海外書評摘抄

「一部令人興奮異常的驚險小說……頁頁都扣人心弦，給讀者無盡想像，令人心跳加速……胡安的故事讓他的讀者群超越了地區的限制。」

——《聖安東尼奧新聞快訊》①

「完美構思，情節緊張，引人入勝的驚險小說。作為國際暢銷書作家，胡安的書自然更加吸引美國讀者的注目。」

——《書目和訂閱書刊》②

「這部書不是要趕走丹·布朗，但胡安的確是一級大師。」

——巴黎《世界報》③

「喜歡的地方太多了……胡安對細節的描寫非常細膩到位。」

——Bookreporter.com

「一部丹・布朗希望能寫成的書……緊張、熱鬧和大氣，絕對不容錯過。」

——BestThrillers.com

「歷史、秘密、陰謀、動作、探險，這是我喜歡的小說。《與上帝的契約》充滿懸疑和複雜的情節。胡安知道讀者需要什麼，他是世界驚險小說頂級人物。一定不要錯過如此優秀的一部書。」

——史蒂文・百利（Steve Berry），美國紐約暢銷書《皇帝的陵墓》作者

「《與上帝的契約》是最具文學性的懸疑和國際迷蹤類小說，驚險交錯，人物刻畫非常飽滿，作者對歷史的深深尊重體現在字裡行間。閱讀他的小說會讓你『用腦過度』，你的床燈會整夜通明。」

——馬修・波爾（Matthew Pearl），美國紐約暢銷書《最後的狄更斯》作者

「一部充滿懸念驚險的小說，作者是天才。這部小說會讓你失眠。」

——斯蒂芬・庫特（Stephen Coonts），紐約暢銷書《門徒》作者

「開始看之前最好先深呼一口氣——因為在你看完之前，胡安沒給你留下一秒鐘喘氣的時間。」

——哈威爾・西耶拉（Javier Sierra），國際暢銷書第一名《藍衣女子》作者

「心跳加速的驚險小說，把兩千年中東之謎壓縮其中。」
——凱瑟琳・納薇禮（Katherine Neville），國際暢銷書《火的祕密》作者

①聖安東尼奧新聞快訊（San Antonio Express-News）：美國德克薩斯州日報，是德州第三大報紙。
②書目和訂閱書刊（Booklist）：美國圖書館協會提供的書評期刊，是各個圖書館及書店訂購書籍的權威期刊，刊登學術文章及各種書評。
③法國《世界報》（Le Monde）：法國第二大全國性日報，也是海外銷售量最大日報。

作者序　致我親愛的台灣讀者們

在我很小的時候，我的血管裡總是流動著一股講故事的衝動。五歲時，我寫了我的第一個故事，現在我抄錄在這裡，特別與我的台灣讀者們分享：

「很久以前有一條鯨魚。她住在大海裡，非常快樂。但是在她的額頭，長著一棵棕櫚樹。如果她在海裡靜止不動的話，會招來很多航海的人們，因為他們誤把她當成一座島。當她醒來游向海底時，船員們都驚訝不已。完。」

若你們讀完我的書就會發現，上面這個五歲時寫下的小故事，幾乎包括我作品中的共同特點：有一個個性強悍的女主角，故事發生的背景很奇特，故事情節總不會「想當然耳」地發展，而其中那些令人震驚的情節元素，更讓結局出人意料、餘韻不絕。

現在，請你翻開下一頁，開始閱讀吧！看看你是否可以在你已經歷的人生中，學到什麼新的體悟！

祝福你和你的全家，我親愛的台灣讀者們！

胡安・高美

Juan Gómez-Jurado

譯者序

為了寫這本書，作者進行了大量的閱讀和研究工作，尋找所有可以找到的背景資料，四個月內讀了上百本書。然後他坐上飛機，開始親自調查。他去了維也納，尋找那個德國納粹（這是一個真實的人物）的資料；還去了埃及，走過紅海、西奈山，沙漠和聖經中所描述的各個地區，甚至親身體會書中女主人翁安德莉亞的「跳海之舉」（當然作者是戴著氧氣瓶）。

然後他又去了約旦，在那裡待了一個星期，學會了當地人做咖啡的禮儀（這在書中也有描述），拍攝了上萬張那裡沙丘和乾涸河床的照片。他也學會了阿拉伯語中十二種「沙漠」的表達方式，並學會懼怕沙漠風暴——西蒙風。

他學會了騎駱駝（這可真不是一件舒服的事！）和在沙漠中駕駛吉普車。為了更深地瞭解國家安全和恐怖主義分子，他還採訪了在西班牙、英國倫敦和德國的軍事專家和員警……正是這些第一手資料，加上作者精湛的寫作技巧和巧妙構思，才讓這本書成為二〇一〇年國際暢銷書前五名，並翻譯成四十多種國家文字。

CONTENTS | 目錄

摩西十誡④

我是你的神。
除我以外，你不可有別的神。
不可為自己雕刻偶像。
不可妄稱耶和華你神的名。
當紀念安息日，守為聖日。
當孝敬父母。
不可殺人。
不可姦淫。
不可偷盜。
不可做假見證陷害鄰舍。
不可貪婪鄰舍的房屋。

אשר וכל־תמונה | פסל תעשה־לך לא
בארץ ואשר ממעל | בשמים
אנכי כי תעבדם ולא להם לא־תשתחוה
עון פקד נאק אל אלהיך יהוה
ועל־רבעים על־שלשים על־בנים אבת
לשנאי:
השבת את־יום :זכור לקדשו
ימיך יארכון למען ואת־אמך את־אביך כבד
אשר־יהוה האדמה על
ס לך: נתן אלהיך
ס תרצח: לא
ס תנאף: לא
ס תגנב: לא
שקר:ס עד ברעך לא־תענה
רעך אשת לא־תחמד רעך בית תחמד לא
וחמרו ושורו ואמתו ועבדו
פ לרעך: אשר כלו

④摩西十誡：根據《聖經》記載，是神耶和華藉著以色列的首領摩西，向以色列民族頒佈的律法中首要的十條規定。十誡代表的摩西律法是猶太人的生活和信仰準則。神在西奈山上，親自將十誡寫在石板上，被放在約櫃裡，存放在敬拜神的會幕至聖所。所羅門在耶路撒冷建成聖殿，約櫃放入聖殿。後來約櫃失蹤，石板也失傳。西元一世紀羅馬軍隊焚毀耶路撒冷。這部小說就是尋找約櫃千古之謎的故事。

主要人物表

神職人員

安東尼・福勒神父：為ＣＩＡ和神聖同盟的特工。
阿爾伯特神父：前電腦駭客。ＣＩＡ系統分析師，梵蒂岡特工聯絡人。
塞薩里奧神父：多明尼加人。梵蒂岡古物館館長。

梵蒂岡情報局

開麥羅・塞林：梵蒂岡秘密情報局局長，神聖同盟的領袖。

平民

安德莉亞・奧蒂羅：西班牙《艾勒全球郵報》記者。
雷蒙德・凱因：企業家，億萬富翁。
雅各・羅素：凱因的執行秘書。
奧威爾・華生：「網補」公司老闆。
格勞・海利茲醫生：納粹份子。

摩西探險隊其他成員

斯克・佛理斯：聖經考古學家。

大衛・帕帕斯、戈登・杜英、凱拉・拉森、斯都・艾靈和埃拉・雷文：斯克教授的助手。

摩根・德克：探險隊安全隊長。

阿洛斯・歌特里布、阿里克・歌特里布、特維・瓦卡，帕克・托里斯、馬拉・杰克森、路易斯・馬洛克：德克的手下士兵。

海瑞爾醫生：探險隊外科醫生。

湯米・愛伯格：司機隊長。

羅伯特・弗里克和布萊恩・漢里：行政人員兼技術師。

尤利・札也特和拉尼・比德克：廚師。

恐怖分子

納茲姆和克羅夫：華盛頓地區成員。

O、D、W：敘利亞和約旦地區成員。

胡全：三個地區區長。

引子

埃姆・斯珀格朗地（Am Spiegelgrund）兒童醫院，維也納
一九四三年二月

當女人來到這座大樓前，首先映入她眼簾的是上面飄揚著一面很大的旗幟，旗面上鮮明的納粹標記非常醒目，讓女人不禁哆嗦了一下。她的舉動讓和她一同前來的丈夫誤以為她是因為寒冷而打顫。他把妻子拉過來靠近自己，想讓她感覺暖和些。在下午的凜冽寒風中，女人身上薄薄的大衣確實不能發揮什麼作用。風已經漸漸大了，預示著一場暴風雪將要來臨。

「穿上這個吧，奧蒂！」男人說，他手指微微發抖著，一邊解開自己的外衣扣子。

女人從丈夫手裡掙脫出自己的手，緊緊抱了抱她胸前的包裹。她已經在雪地裡走了六英里，這讓她精疲力竭，手腳發麻。六年前如果要走這麼遠，他們可以坐著他們家的高級賓士車，由司機開車，而且她還可以穿著自己暖和的皮大衣。但是，現在他們的車屬於一個黨衛軍隊長，而她的皮大衣，此時很可能穿在一個納粹軍官太太的身上，正濃妝豔抹地出入戲院的包廂。奧蒂努力鎮定自己，一邊使勁按著大門的門鈴，按了三次，她才回答丈夫的話。

「不是因為冷，約瑟。馬上要宵禁了，我們快沒時間了！如果我們不能及時趕回去的話……」

她的丈夫約瑟剛要回答，門猛然開了，門口站著一個護士，臉上帶著笑容。然而當她看到門口的夫婦，她臉上的笑容頓時消失殆盡。在納粹政權下幾年的生活，已經教會她一眼就認出眼前是猶太人。

「你們想幹嘛？」護士問。

奧蒂儘量讓自己露出笑容，儘管她的嘴唇因乾裂而疼痛著。

「我們想見格勞醫生。」

「你們有預約嗎？」

「醫生說他會見我們。」

「姓名？」

「約瑟和奧蒂・克翰・佛勞林。」

護士一聽到他們的姓，立刻退後一步，因為這證實了她的推測。

「你們撒謊。你們根本沒有預約。走吧！回到你們待的洞裡去吧。你們知道這裡不允許你們來！」

「求求你！我的兒子在這裡，求你了！」

但是奧蒂的話沒有任何作用，門已經在他們面前重重地關上了。

約瑟和妻子莫可奈何地看著眼前的大樓。當他們轉過身去的時候，奧蒂突然感到渾身無力幾乎跌倒，她的丈夫趕緊攙住她。

「來吧，讓我們找找其他辦法，也許可以進去。」

他們繞到醫院的一側。當他們來到大樓一角時，約瑟用力地把奧蒂往後拉了一把。一扇門忽然開了。一個穿著厚厚外套的男人正使勁把一大車垃圾往外推，趁著他出門的當下，約瑟和妻子緊緊靠著牆，無聲但迅速地溜進大門。

進了大門，他們發現自己好像進了迷宮。眼前是一個就診大廳，通向很多樓梯和走廊。他們朝大廳走，周圍不斷傳來一陣陣低沉的哭喊，這哭聲好像來自另一個世界。奧蒂集中自己所有的精神，想聽出他們兒子的聲音，但是沒用。他們穿過一個走廊，沒碰上一個人。約瑟不得不緊緊跟上妻子，奧蒂此時完全憑藉自己的直覺，迅速向前走，在每一個病房門前只作一秒鐘的停留。

不一會兒，他們發現自己來到一個「L」形狀病床區，這裡四周黑壓壓的，擠滿了孩子，許多孩子被皮帶捆在床上，像一隻濕漉漉的小狗似的在哭泣，屋裡刺鼻的味道讓人窒息。奧蒂開始出汗，她感到渾身像被針扎一樣很不舒服。但是她管不了這些，她的眼睛快速地從一個孩子瞟到另外一個，從一張床到另外一張，不顧一切地尋找她的兒子。

「這裡是觀察報告，格勞醫生。」

約瑟和奧蒂聽到醫生的名字，迅速交換了一下眼神。對，這正是他們要找的醫生，就是他把他們的孩子帶走的，現在孩子的生命就在他的手上！他們向病房一角望去，看到一小群人圍在一張病床前。一個英俊的年輕醫生正坐在床前，床上有一個小女孩，看上去九歲左右。醫生旁邊是一個年紀大一些的護士，手裡捧著一個盤子，上面都是手術器具，旁邊還有一個長相很無趣的中年醫生在作記錄。

「格勞醫生……」奧蒂小心翼翼地叫著，慢慢靠近這群人。

年輕醫生鄙視地給護士做了個手勢，繼續做他的事，根本沒有抬眼看奧蒂。

「現在請不要打擾我。」

護士和另外一個醫生看著奧蒂和約瑟，露出驚訝的表情，但是都沒有說話。

當奧蒂看清眼前正在發生的事，她不得不使勁咬緊牙不讓自己叫出聲來。床上的小女孩顯然已經處於半昏迷狀態，臉上是死一樣的蒼白。格勞醫生抓著女孩的一個胳膊，正在上面用手術刀一道道劃著，她的胳膊上幾乎沒有一處不被手術刀劃開，在胳膊下面是一個金屬盆，血正不斷地流到盆裡，盆子幾乎滿了。最後，女孩的頭無力地垂到一邊。格勞醫生用兩個手指放到女孩脖子上。

「好，她沒有脈搏了。時間，斯托布醫生？」

「六點三十七分。」

「差不多一個半鐘頭，太好了！實驗體一直清醒，儘管意識很模糊，但是她沒有痛苦的表徵。到目前為止，鴉片和曼陀羅混合劑無疑比我們實驗過的任何其他藥品效果都要好。恭喜，斯托布醫生。準備給實驗體進行解剖。」

「沒問題，格勞醫生！我馬上準備！」

直到這時候，格勞才轉過身看著約瑟和奧蒂，他的眼睛裡充滿厭惡和鄙視。

「你們是誰？」

奧蒂向床邊邁了一步，儘量不去看床上的女孩。

「我叫奧蒂克翰，格勞醫生。我是愛蘭克翰的媽媽。」

外科醫生冷冷地看了奧蒂一眼，轉身對護士說：「把這兩個猶太人帶走，尤麗克。」

高大的護士正站在醫生和奧蒂之間，她抓住奧蒂的胳膊，粗魯地推了奧蒂一把。約瑟趕忙上前扶住妻子，他們互相推拉，僵持在那裡。護士由於使勁而臉漲得通紅。

「醫生，這其中一定有什麼誤會，」奧蒂一邊反抗著護士，把頭越過護士高大的肩膀，一邊大聲說，「我兒子的腦沒有病！」

奧蒂擺脫了護士的手腕站到醫生面前。「自從我們失去了我們的房子，他確實不怎麼說話，但是他沒有瘋。他到這裡是一個誤會。如果你能放了他……我願意給你我現在唯一留下的東西。」

奧蒂把胸前的包裹放到床上，確定自己沒有碰到那個死去的女孩子。她小心地打開裹著的報紙。儘管這裡很暗，但打開包裝的瞬間，這個金燦燦的東西放出光來，照亮了周圍的牆。

「這個是我丈夫家族的傳家寶，已經有好多代了。格勞醫生，我寧願自己死也不會放棄這個。可是我的兒子，醫生，我的兒子……」

奧蒂開始哭起來，她膝蓋一軟坐了下去。但年輕的醫生沒有注意，因為此時他的眼睛已經完全盯住了眼前這個東西。然而，他故意慢慢張開嘴巴，拖了很長時間才說話，而他的話粉碎了這對夫婦所有的希望。

「你們的兒子已經死了。走吧。」醫生說完，就伸出手抓住了床上的東西。

當外面的寒冷空氣撲面而來的時候，奧蒂又聚集了一些力氣。她拉著丈夫的手，匆忙離開醫院。比起寒冷，她更懼怕宵禁。此時她一心要趕快回到在城市另一頭的家，那裡她的另外一個兒子還在等他們。

「快點，約瑟，快點！」

在越來越大的雪中，他們加快了腳步。

與此同時，在醫院的辦公室，格勞醫生正心不在焉地掛上電話，然後開始愛撫著眼前桌上這個金子做的東西。幾分鐘後，警報響起來，傳進他的耳朵，但他卻根本沒有心思看一眼窗外發生的事。他的助手看著窗外自語道：「好像有違反宵禁的猶太人被捕了。」格勞依舊毫不在意。

他在準備小克翰的手術。

第一章　格勞醫生

巴爾薩澤居民區，斯德芬斯堡六號，克里格拉赫市，奧地利
二〇〇五年，十二月十五日，星期四，上午十一點四十二分

神父仔細地在門前的踏墊上磨掉鞋底的泥巴，然後才敲門。過去四個月裡，他一直在跟蹤這個屋子裡的人，兩個星期前，他終於找到了此人的藏身之所。神父已確認了翰伍茲的身份，現在，和這個人面對面的時刻就在眼前。

神父耐心地在門口等了幾分鐘。現在已接近中午，按照常規，格勞一般這個時候要在沙發上睡個午覺。在大門外狹窄的街頭，幾乎看不到什麼行人。住在斯德芬斯堡的鄰居們此時都在上班，沒有人知道在這個掛著藍色窗簾的小屋內，隱藏著一個滅絕人性的殺人狂，而此時，他正安靜地在自己電視機前的沙發上小睡。

終於，神父聽到鑰匙在門鎖裡轉動的聲音，他知道門即將打開。一個老人的臉隨後出現，他看著神父，以為又是什麼保險公司的推銷員。

「你是？」

「早安，醫生。」

老人上下打量著門口的人。這個人很高很瘦，頭頂微禿，大約五十歲。在他黑外套裡露出神父的衣領。他僵硬地站在門口，好像一個士兵。這個人正用他綠色的眼睛仔細觀察著老人。

「我想你弄錯了，神父。我從前是一個水管工，現在退休了。我已經給教區捐過款了，所以，如果你不介意……」

「你難道不是格勞醫生，一個著名的德國神經外科醫生嗎？」

老人屏住了呼吸，只有一秒鐘左右。除此之外，他沒有任何失常表現。但是，僅憑此一秒鐘的變化，也足以告訴神父：證據確鑿！

「我的名字是翰伍茲，神父。」

「這不是真的，我們倆都知道。現在，你如果讓我進去，我會告訴你我要帶給你的東西。」

神父舉起左手，他手裡有一個皮箱。

門開向一邊，老人搖晃著，迅速走向廚房。他每走一步，老舊的地板就發出咯吱咯吱的抗議。神父跟在後面，他對屋裡的陳設絲毫沒有興趣。他曾在窗戶外花了三個工作日偷窺屋裡的一切陳設，包括每一件廉價傢俱的擺設和位置。所以，現在他需要做的是把視線集中在這個老納粹的後背。儘管醫生走路有些吃力，神父曾看見他輕鬆地扛起一袋子煤，像一個年輕了幾十歲的小夥子一樣。格勞仍然是一個危險人物。

廚房很小，很暗，散發著一股腐臭味。有一個煤氣爐，一張桌子，上頭放著一個快乾了的洋蔥。還有一個圓桌子，旁邊是兩把椅子，款式都不一樣。格勞示意讓神父坐下，然後翻開一個櫥櫃，拿出兩個玻璃杯，倒滿水，放到桌子上，自己這才坐下。兩個人誰也沒動杯子，他們坐在那裡互相審視著對方，足足有一分多鐘。

老人身上穿著紅色的法蘭絨浴袍，棉質襯衣，舊褲子。二十年前他就已經開始掉髮，如今還剩下一點兒的頭髮都是白的了。他戴的大金框眼鏡早已過時，他的嘴角放鬆的樣子，讓他看起來很有風度。

但這所有的一切都沒能騙過神父。

十二月的太陽光很弱，在這光線中可以看到灰塵在空氣裡飄浮。有一粒灰塵飄到神父的衣袖上。他輕輕地把灰塵彈掉，眼睛始終沒離開過老人。

這些細節也沒有逃過老納粹的眼睛，但他仍有時間恢復他原來的鎮定。

「喝點兒水吧，神父？」

「我不渴，格勞醫生。」

「那麼，你要堅持叫我這個名字了？我的名字是翰伍茲。波爾舍・翰伍茲。」

神父不買他的帳：「我必須承認，你很厲害。當你拿到護照離開阿根廷時，沒有人會想得到你幾個月後還會回到維也納。當然，那是我最後尋找你的地方，離斯珀格朗地醫院只有四十五英里。維森塔爾①在阿根廷找了你數年，卻沒有意識到你就藏匿在他辦公室外不遠的地方。這真是諷刺啊，你說呢？」

「我覺得你這是無稽之談。你是美國人，對吧？雖然你德語說得不錯，但是你的口音藏不住你的真實身分。」

神父把手裡的皮箱放在桌子上，打開已經破損的資料夾。第一份檔案是一張照片，上面是年輕的格勞，是戰爭期間在斯珀格朗地醫院照的。第二份檔案是這張照片的幾個不同版本，卻是醫生不同年紀的模樣。這多虧了現代電腦的技術。

「科技真是了不起，是不是，醫生？」

「這證明不了什麼。這照片誰都可以做。我也看電視。」他雖然這樣說，但是語調已經有些變了。

「你說得不錯，這是證明不了什麼，但是這個能。」

神父拿出一張黃紙，上面釘著一張黑白照片，照片最上方是一行墨色的字：證詞，旁邊蓋著梵蒂岡的圖章。

「波爾舍・翰伍茲，棕色頭髮，褐色眼睛，體格強壯。身份特徵：『左臂有刺青號碼25641，是在奧地利毛特豪森集中營時納粹所刺。』這是你從不觸摸的地方，格勞。你的號碼是假的。那個給你刺青的人在那個地方給你瞎編的，這是最小的化妝，但直到現在還挺見效。」

老人用手摸著自己法蘭絨的浴袍。他的臉色因氣憤和害怕變得蒼白。

「你到底是誰？你這個混蛋！」

「我叫安東尼・福勒。我想和你做筆交易。」

「你給我滾出去，馬上！」

「我想我沒說清楚，你是斯珀格朗地兒童醫院的第二把交椅，長達六年。那是一個很有意思的地方，幾乎所有病人都是猶太人，而且他們都是得了精神上的病。『不值得活下去的一群生命』，你是這麼叫他們的吧？」

「我根本不知道你在說什麼！」

「沒有人懷疑你在那所醫院幹什麼。那些實驗，當孩子們還活著的時候就給他們開刀，七百一十四個孩子！格勞醫生，你親手殺害了七百名孩子！」

「我告訴你……」

「你把他們的大腦放在瓶子裡！」

福勒一拳打在桌子上，他這拳太重了，以致桌子上的玻璃杯跳起來。水濺出來，流到下面瓷磚上。屋子裡鴉雀無聲，只有水流下來的聲音。福勒深深吸了幾口氣，努力使自己平靜。

醫生不敢看那雙綠色的眼睛，那眼睛此時像要把他撕成兩半。

「你是猶太人嗎？」

「我不是，格勞。你知道我不是。如果我是，你就該在特拉法②的絞架上了！我找到了在一九四六年幫你逃跑的那群人。」

醫生打了個哆嗦。

「你是神聖同盟③的人！」他嘀咕道。

福勒沒有回答。

「你們神聖同盟想從我這裡得到什麼？都這麼多年過去了？」

「你擁有的一件東西。」

這個納粹犯看看自己的四周：「你也看見了，我可不是什麼富人，我沒什麼錢。」

「如果我是來要錢的，那還不如把你賣給斯圖加特④的司法部長。他們仍然出十三萬歐元懸賞你。我要的是蠟燭。」

納粹犯看著福勒，一臉茫然，假裝沒有聽懂：「什麼蠟燭？」

「現在你開始裝傻了。格勞醫生。我說的是六十二年前你從克翰家騙取的蠟燭。一個很重的蠟燭，沒有蠟燭芯，外面用金細絲包裹。現在我就要這個。」

「你到別處胡扯去吧，我沒有這玩意兒。」

福勒嘆口氣，向後靠在椅子上，指著桌子上翻倒的玻璃杯。

「你還有什麼『烈』的飲料沒有？」

「你身後有。」格勞說，向櫥櫃努努下巴。

神父轉身找到半瓶子的酒，他倒空玻璃杯，把這黃色的明亮液體倒進杯子大約兩指頭深，然後兩個人一飲而盡。

福勒抓起瓶子又倒了兩杯，這次他小口抿了一下，然後說：「這是琴酒。好久沒喝到這種酒了。」

「我猜你並沒有想念它。」

「是的，但是它很便宜，對嗎？」

格勞聳聳肩膀。

「像你這種人，格勞，聰明絕頂，卻是一無用處。我簡直不敢相信你喝這種東西。你在這個臭烘烘、骯髒的洞裡慢慢毒死自己。我想只有我明白你為何這樣做……」

「你什麼也不明白。」

「好極了。你還記得帝國的伎倆，軍官軍規第三條：『如果被敵人抓住，否認任何事情，對自己無害的問題，只可給出簡短的回答。』格勞啊，你是習慣了。」

老人臉色變得難看，他把剩下的酒都倒在自己杯子裡。福勒仔細觀察眼前這位對手的肢體語言，就像看著一個怪物漸漸崩潰。福勒自己像一個畫家，在畫布上畫幾筆就退後幾步看看自己的作品，然後決定下面如何著色。

神父覺得需要用事實進攻。

「看看我的手，醫生。」福勒說，他把兩手攤在桌子上。他的手有很多皺紋，手指纖細。沒什麼特殊的，除了一個小細節：每個手指的頂部靠近關節處都有一個痕跡，像細小的白線，連著每個手指。

「這是很醜的疤痕。你什麼時候造成的？十歲？十二歲？」

「十二歲。我練習鋼琴，蕭邦的序曲，第二十八號作品。我的父親走進來到了鋼琴旁邊，沒有任何警告，他就用足了力氣把鋼琴蓋往下扣。我現在還有手指真是一個奇蹟。但是我再也不能彈鋼琴了。」

神父喝了口酒，似乎陷入自己的回憶中。他從來沒有這樣：凝視另一個人的眼睛，告訴他自己的遭遇。

「從我九歲起，我父親就控制我。那天我告訴他如果他再如此對我，我就會告訴別人。他沒有威脅我，他就是毀了我的手指。然後他哭得很傷心，求我原諒他。找來他付得起錢的最好的醫生醫治我……不，格勞，你想都別想。」

格勞正把手滑向桌子下面，找到放刀叉的抽屜，聽到福勒的話，他的手迅速收回來。

「所以我理解你，醫生。我父親是一個怪物，他揹負著超過自己能承受的罪惡感，但比起你來，我父親比你有膽量。他進了毒氣室，帶著我的母親。」

「很感人的故事，神父。」格勞語氣嘲弄地說。

「如果你這麼說就算是吧。你為了逃避你的罪責，隱藏了這麼久，但你還是被找到了。我要給你第二次機會，這是我父親從來沒有過的。」

「我在聽著。」

「給我蠟燭。作為交換，你會得到這些檔案，還有免除你死刑的文件。那麼你就可以在你的餘生一直藏匿到死。」

「就這樣？」老人有些不相信。

「就這樣。」

老人搖搖頭，站起來，僵硬地笑著。他打開一個小櫃子，拿出一個大瓶子，裡面裝著米。

「我從來不吃米，我過敏。」

他把米倒在桌子上。有一個包裹埋在米裡面。

福勒湊過來伸手去拿，但是格勞骨瘦如柴的手抓住了他的手腕。神父看著他。

「你說話算話，對吧？」老人焦慮地說。

「那不是你最需要的嗎？」

「是，對我而言是的。」

「那就算數！」

醫生放開福勒的手腕，他自己的手哆嗦著。神父小心地撥開米，從黑色的包裹中拿出一個東西。那東西用麻線緊緊纏裹著。福勒極其小心地拆開麻線，打開一層層包裹的布。奧地利早冬的陽光很弱，照在這個散發著黴味的廚房裡，此時一道金黃色的光射出來，與周圍似乎極不協調。蠟燭上髒兮兮的灰色蠟斑掉到桌子上。這個蠟燭的表面曾經被一層黃金包住，設計非常精細。而現在那層黃金幾乎已經沒有了，只有金線絲的痕跡留在蠟粉上。

格勞慘笑一下。

「當鋪拿去了那上面的東西，神父。」

福勒沒有回答。他從口袋裡拿出一個打火機。然後他把蠟燭向上放在桌子上，讓打火機的火焰靠近上部。儘管沒有燭芯，火焰的熱度還是讓蠟燭開始融化，蠟燭滴下來流出灰色的液體，發出一種令人噁心的味道。格勞看著福勒，露出鄙視的神情，似乎他很享受過了這麼多年，終於可以用自己的真實身份和人說話。

「我覺得這很有趣。猶太人在自己開的當鋪裡買猶太金子，這麼多年了，他們支持我們的大帝國得以發展。你現在看到了吧，你的搜索簡直是徒勞無功。」

「外表是具有欺騙性的，格勞。這個蠟燭上的金子並不是我要找的寶貝。那只是欺騙那些傻瓜的掩飾。」

像一個警告似的，火焰突然跳躍了一下。下方的布上流了一大攤蠟。在蠟燭的上方，出現了一個綠色的邊，一個金屬的東西露了出來。

「好，它在這兒！」神父說，「現在我可以走了。」

福勒用布再次把蠟燭包好，小心不讓蠟燭燙到自己。

納粹犯驚訝地看著他，已經笑不出聲。

「等等，那是什麼？裡面是什麼東西？」

「和你無關。」

老人向前一步，打開了放刀具的抽屜，拔出一把廚房用的刀來。他搖搖晃晃地圍著桌子想撲向神父。福勒看著他，一動不動，這納粹犯的眼睛裡，似乎燃著瘋狂的火苗，這雙眼曾經花掉很多個夜晚來注視這個蠟燭。

「我必須知道。」

「不，格勞，我們有協議。這個蠟燭換取你的那些檔案。只有那些是你能得到的。」

老人舉起刀，但是福勒臉上的堅毅讓老人放下了手。福勒點點頭，把文件扔到桌子上。福勒一手抱住蠟燭，一手拿起皮箱，慢慢倒著退向廚房門。老人撿起那些檔案。

「沒有副本，對嗎？」

「只有一份，門外有兩個猶太人有，他們等了很久了。」

格勞的眼球幾乎掉出來，他舉起刀衝向神父。

「你騙我！你說給我一個機會！」

福勒看著他，無動於衷。

「上帝會原諒我。你還認為你有那麼多好運嗎？」

說完，福勒走出大門。

神父走出大樓，把包裹緊緊抱在胸前。就在大門外幾步遠的地方，有兩個身穿灰色外套的守衛。福勒從他們身邊經過的時候提醒他們：「他有把刀。」

兩個守衛中的高個子扳著自己的手指關節弄得嘎嘎直響，他的嘴角泛起微笑。

「那樣更好。」他說。

發表在瓦倫西亞，西班牙《全球報》上的文章
二〇〇五年十二月十七日，第十二頁
奧地利「大希律王」⑤死亡已被證實

§

【美聯社維也納報導】格勞・海利茲醫生，躲避正義的審判多年，最終被奧地利警局發現。格勞是斯珀格朗地醫院的屠夫，據官方稱，這位惡名昭彰的納粹戰犯被發現由於心臟病猝發，死於自己在克里格拉赫市的住所，其住所距離維也納僅三十五英里。格勞出生於一九一五年，一九三一年他成為納粹黨黨員。在二戰開始時，他已經成為斯珀格朗地醫院第二指揮官。格勞利用職位在猶太兒童身上進行慘無人道的人體試驗，並美其名曰「行為及大腦缺陷研究」。醫生說該缺陷的一些行為是由於遺傳，而他的實驗是為了研究並改善病情，他稱那些受試者為「不值得活著的生命」。

格勞給健康的兒童注射帶有感染疾病的疫苗，進行活體解剖，並給受試驗者注入混合麻藥。這種麻藥是他發明用來測試對疼痛的反應程度的。據查在戰爭期間，斯珀格朗地醫院有將近一千名被害者。

戰後該納粹戰犯逃匿得無影無蹤，只留下三百個兒童的大腦保存在醫院的福馬林溶液裡。儘管德國當局努力尋找，卻沒人發現格勞的蹤跡。著名的納粹獵人西蒙・維森塔爾，生前曾讓超過一千一百名戰犯受到正義的制裁，但直到他去世，也沒有發現格勞的藏身之處。

他曾不分日夜在整個南美尋找格勞，把尋找格勞叫作自己的「未完成任務」。三個月前，西蒙在維也納的文森塔爾去世，並不知道他的「獵物」以一個退休水管工的身份，就住在離他辦公室不遠的地方。

以色列駐維也納大使館非官方資料透露，對格勞未經審判就死亡表示遺憾。因為格勞還未對自己的罪惡向民眾道歉。但是他們仍然對他的突然死亡表示欣慰，因為他年歲已高，這或許會成為他庭審時候的有利因素，就像在智利的獨裁者奧古斯都的案例一樣。

「雖然我們對這個傢伙無能為力，但仍可以看到上帝之手給予他的制裁。」某消息人士說。

---

①西蒙・維森塔爾（Simon Wiesenthal，一九〇八年十二月三十一日—二〇〇五年九月二十日）：猶太裔奧地利籍建築工程師、猶太人大屠殺的倖存者，是著名的納粹獵人。他一生致力於追查納粹黨人和取證，把他們送上法庭，要他們為戰爭罪行和非人道罪行負責。為紀念他設立了西蒙・維森塔爾中心。

②特拉維夫（Tel-aviv）：以色列第二大城市。

③神聖同盟（Holy Alliance）：拿破崙帝國瓦解後，由俄羅斯、奧地利和普魯士三個王國的國王於一八一五年九月二十六日在巴黎會晤時建立的一個同盟。歐洲大多數國家後來參加了這個鬆散的政治組織。

④斯圖加特（Stuttgart）：德意志聯邦共和國西南部城市。

⑤大希律王：大希律王（前七十四年—前四年）亦被稱為希律大帝一世，是羅馬帝國在猶太行省耶路撒冷的代理君王。

第二章　網捕

「他在樓下，先生。」

一個男人坐在椅子上，他的身體往後縮了一下，手有些顫抖，儘管除了他的助手，沒人會注意到。

「他長什麼樣？你有沒有全面調查他的背景？」

「你知道我已經調查了，先生。」

椅子上傳來一聲深深的嘆息。

「是的，我知道，對不起，雅各。」

那人一邊說一邊站起身，伸手拿起一個遙控器，那是他周圍環境的控制器。他使勁按下一個按鈕，因為用力指尖都變白了。他已經弄壞了幾個遙控器，他的助手最終無計可施，只好訂購了一個特殊的，這個遙控器用加固的塑膠製成，並做成適合他手型的樣式。

「我的行為一定很令人難堪，」那人說，「對不起。」

他的助手沒說話，他知道他的老闆需要讓自己有釋放的管道。老闆是一個很謙遜的人，但如果有些特點可以協調好的話，那老闆就是一個很不錯的人。

「讓我在這裡坐一整天令我很痛苦，你知道嗎？每天我都從日常瑣事中發現越來越少的樂趣。我成了一個很沒用的老傻瓜。每天晚上睡覺的時候，我告訴自己：明天，明天將是新的一天。可是第二天早上起床時我的決心又沒了，就像我的牙齒一樣都脫落了。」

「我們該有個新的開始，先生。」他的助手說，對於這個話題，他已經聽了無數個版本的牢騷。

「你認為有絕對的必要嗎？」

「是您要求的，先生。這樣可以掌握所有的線索。」

「我也可以看報告。」

「並不能完全那樣。我們已經在第四階段了。如果您參與到這次探險中，您就得習慣周圍有陌生人走動。您的醫生也很明白這一點。」

老人在他的遙控器上按了一個按鈕。百葉窗關上了，屋裡暗下來，他坐回到椅子上。

「沒有其他辦法了嗎？」

助手搖了搖頭。

「那麼，好吧。」

助手朝門走去，現在只有這裡還有一道光線。

「雅各。」

「什麼，先生？」

「在你走之前……能否讓我握住你的手待一會兒，我害怕。」

他的助手聽從了命令。

凱因的手還在顫抖。

凱因集團總部，紐約
二〇〇六年，七月五日，星期三，上午十一點十分

奧威爾・華生緊張地用手指敲著自己膝頭放著的公事包，好像在打著鼓面。他已經在這裡坐了兩個小時。這是凱因企業總部的三十八層，奧威爾坐在接待室的最後一張椅子上。兩個多小時了，還沒人招呼他。他被告知這次他的報酬是每小時三千美金，對於這種報酬，任何人都願意耐心地等待下去，哪怕一直等到世界末日的審判，但奧威爾例外。這個在美國加州長大的年輕人漸漸感到無聊，開始失去耐性。事實上，他的生命和職業就是無數次地與無聊征戰。

他還在上大學時就感到無聊。大學第二年，不顧家人的反對他退了學。他在CNET找到一個相當不錯的工作，CNET是最新高科技的領導品牌之一，但是做了不久他又開始厭倦。奧威爾不斷挑戰新的嘗試，他真正的熱情是去回答各種各樣的問題。在千禧年開始的時候，他那種企業家的精神促使他離開了CNET，開始自己創業。

他的母親反對他這樣做，因為她每天在報紙上看到又有多少個.com公司倒閉。但是她的擔心沒有讓奧威爾改變主意，他整裝啟程。奧威爾有兩百二十磅重，梳著一個馬尾，他把自己所有的衣服裝進一個行李箱，扔進自己的那輛破車，然後就上路了。他幾乎穿越了全國，最後在曼哈頓一間地下室找到了棲身之所。在這裡，他的「網捕」公司誕生了。他的標語是「你問，我們回答。」一開始，整個公司就好像是一個不知天高地厚的年輕人的瘋狂夢想，他飲食沒有規律，也有很多的擔憂，然而他對網路有著奇特非凡的領悟。在「911」發生那年，勇往直前的奧威爾意識到在華盛頓有三件事發生了，而這三件事，華盛頓的有關部門花了很長時間才明白是什麼。

其實這三件事很簡單。首先，華盛頓方面偵查情報的方法太落後，已經過時。第二，在柯林頓任職時期，他花了八年的時間調整政治策略，這讓情報搜索工作更加困難複雜，因為你只能依靠「可信賴資料來源」，而這些所謂的可信賴資料來源在對付恐怖主義上一無用處。第三件事就是，新的對手已經在情報偵察方面成為新的蘇聯，而美國政府卻忽視了這個重要改變。

奧威爾的母親雅思米娜是在貝魯特出生長大的，在結婚前一直都住在那裡，直到嫁給從美國加州索薩利托來的英俊工程師，也就是奧威爾的父親。當時奧威爾的父親在黎巴嫩參與一個工程。新婚後二人很快定居美國，在這裡雅思米娜用英語和阿拉伯語培養教育了自己唯一的孩子奧威爾。

在網路上可採用不同身份登錄這件事，讓這個年輕人發現網路對極端主義者來說，無疑是一個完美的樂園。在網路上，人們之間的實際距離並不重要，即使相距千里之外都無所謂，因為距離是用毫秒計算的。網路上人們的身份也許是隱蔽的，想法可能很瘋狂，但是在網路上他們可以找到想法和他們相近的同類人。幾個星期後，奧威爾就發現了在西方知識份子圈中，除了他自己，沒有人從這個便利的方法中獲取實際利益，因為他已經潛入了恐怖主義者最激進的網路組織中！

二〇〇二年剛開始的一個早晨，奧威爾自己開車到華盛頓去，他那輛破車的後車廂裡放著整整四大盒子的檔案資料。到了中央情報局的總部，他詢問誰是負責極端恐怖主義問題的頭兒，說他有很重要的情報。在他手裡是長達十頁的發現摘要。接見他的低階官員讓他等了兩個小時，根本不屑於看他的摘要報告。最後他終於讀完了的時候，這位官員非常迷惑，叫來了他的上司。幾分鐘後，來了四個人，把奧威爾按到地板上，剝光了他的衣服，然後把他押到審訊室。在整個侮辱人格的審訊中，奧威爾心裡竊喜，因為他知道他擊中了他們的弱點。

在CIA的遭遇顯示了奧威爾巨大的天賦，CIA提供給他一份工作。這時，奧威爾才告訴他們在自己車子裡那四大盒的秘密（這個秘密導致後來在全美和歐洲有二十三名嫌疑人被捕，而這還只是奧威爾提供的一份免費試閱本而已）。如果情報局需要更多情報，他們必須和「網捕」公司合作。

「我必須指出，我們的價格非常合理，」奧威爾說，「現在，我可不可以要回我的內褲？」

四年半後，奧威爾又長了二十磅肉。他的銀行帳戶也和他的體重一樣漲了很多。「網捕」公司現在有十七名全職雇員，他們為西方世界多數政府提供詳細的報告，主要是和國家安全有關的情報。而奧威爾・華生現在已經是一個百萬富翁，但是他又開始感到無聊了。

直到接受了這個新案子。

「網捕」有自己獨特的做事方法。對於所有服務要求，它們都被做成問題形式，而這個項目的最後一個問題是一份附件——關於專案的預算。這個案子來自一個私人公司，不是政府，這也激起了奧威爾的好奇。

誰是安東尼・福勒神父？

奧威爾從接待室舒適的沙發中站起來，活動一下發麻的身子。他把雙手合在一起然後儘量伸向腦後。像凱因這種大企業集團——世界五百強中位居第五的企業，他們有情報方面的需求似乎非同一般。特別是他們的要求是對一個在波士頓的普通神父的詳細背景調查，這個就顯得非常奇特。

一個「看起來」非常普通的波士頓神父，奧威爾糾正自己。

奧威爾正使勁向上伸著胳膊活動筋骨，這時候一個黑髮男人走進接待室。他穿著高檔西裝，剪裁得很貼身。這個人最多不過三十歲年紀，他看著奧威爾，眼睛在無框眼鏡後面非常嚴肅。他的皮膚有些橘黃色，顯然是室內日曬沙龍的常客。他說話時帶著清晰的英國口音。

「華生先生，我是雅各・羅素，是雷蒙德・凱因的執行助理。我們通過電話。」

奧威爾想把伸在半空的手收回來，結果費了點力氣才恢復原樣，他把手遞給羅素。

「羅素先生，我很高興見到你，對不起，我正在……」

「不用解釋。請讓我帶你去開會的地方。」

他們踏過接待室的地毯，來到走廊盡頭，這裡有一對桃木做的門。

「開會？我以為我是要跟你介紹我的發現。」

「哦，確切地講，華生先生，今天雷蒙德・凱因要親自聽你說。」

奧威爾一時不知如何回答。

「有什麼問題嗎？華生先生？你還好吧？」

「好，哦不。我是說，有一個問題，羅素先生。你剛才說的讓我沒想到，你是說，凱因先生……」

羅素把手握在一個小巧的桃木門把手上，把門打開一條小縫，剛好露出一塊深色方玻璃。他把右手放在玻璃上，立刻出現一道橘黃色的光，隨著一聲簡短的嗶嗶聲，門開了。

「我能明白你為何如此訝異，你從媒體那裡聽說過關於凱因先生的一些事。你也許已經知道，我的老闆是一個對隱私非常注重的人……」

他是一個極端的隱士，報紙上說的。奧威爾想。

「……但是你不必擔心。一般情況下，他不會見陌生人，但是如果你能聽從這些步驟……」

他們走過狹窄的大廳，大廳盡頭朦朧出現一個金屬門的電梯。

「什麼意思？你說『一般情況下』，羅素先生？」

執行助理清了清喉嚨。

「我應該告訴你，我給凱因先生工作的這些年裡，你是第四個人，除了公司高級主管，這五年內凱因先生沒見過別人。」

奧威爾吹了聲口哨：「這很有趣。」

他們來到電梯前。牆上沒有向上或向下的按鈕，只有一塊電子顯示看板。

「請你把眼睛移向別處好嗎，華生先生？」羅素說。

年輕的加州小夥子按著要求做了。他身後傳來一系列嗶嗶的聲音，那是執行助理在輸入密碼。

「你可以轉過身來了，謝謝！」

奧威爾轉過身對著羅素。電梯門開了，兩人走進去。同樣，裡面也沒有按鈕，只有一個磁卡機。羅素拿出他的卡片然後很快在槽口劃了一下，電梯門關上，電梯開始平穩地向上升。

「你的老闆對這裡所有的安全系統相當看重。」奧威爾說。

「凱因先生受過幾次死亡威脅。事實上，幾年前他遭遇了相當嚴重的生命危險，幸好並無大礙。請不要對這些警備設施感到不安。這些都是絕對安全的。」

奧威爾心中暗想：**這個人到底在說什麼？**這時，從天花板灑下一股白色的霧氣，很細。奧威爾向上看，發現幾個噴頭正噴出雲一樣的霧氣。

「怎麼回事？」

「一種輕微的抗菌複合劑，絕對安全。你喜不喜歡這股味道？」

天啊！為了確保別人不帶給他任何細菌，他竟然在客人見他面之前灑這種玩意！我改變看法了，這個傢伙不是一個隱居者，是一個幻想狂，一個怪物！奧威爾心想。

「嗯，不錯，薄荷味道，對嗎？」

「野薄荷提取的，非常清新。」

奧威爾緊咬嘴唇，覺得自己在一個滑動的籠子裡。他竭力壓住自己的舌頭不對羅素的話作出評價，轉而想著寄給凱因的高達七位數字的帳單，這想法讓他從某種程度上又恢復了活力。

電梯門終於開了，奧威爾眼前一亮，一個很大的空間，充滿了自然的光。奧威爾鬆了口氣。三十九層的大樓樓梯，有一半的臺階都很大，是玻璃做的，周圍是玻璃牆，可以看到哈德遜河的全景，一直朝前就看到赫伯肯市，再往南，可以看到愛麗絲島①。

「真棒！」

「凱因先生喜歡緬懷他的家鄉。請跟我來。」大廳陳設簡單，和窗外壯觀的景色形成鮮明的對比。地板和傢俱都是白色的。樓房的另外一半可以看到曼哈頓，用一道牆分割，不是玻璃做的，但也是白色，可以看到幾扇門。羅素停在一扇門前。

「好了，華生先生，凱因先生現在可以見您了。但是你在進去之前，我想再和你重申一些簡單的規定。首先，不要直視他。第二，不要問問題。第三，不要嘗試接觸他或者走近他。你進去後，會看到一個小桌子，上面放著你提交的報告副本，是你的辦公室秘書今天早上給我們的，還有一個遙控器，用來給你做簡報的。坐在桌前，簡報完後請立刻離開。我會在這裡等你。你都明白了嗎？」

奧威爾緊張地點點頭。「我會盡力而為。」

「很好，那麼，請進吧！」羅素說完就打開了門。

進門之前，奧威爾猶豫了一下。

「哦，還有一件事：我們網捕為FBI所作的常規調查中，發現了一些你們可能感興趣的事。很有可能，你們凱因集團將遭到恐怖組織威脅。都在這個報告裡。」奧威爾說著，遞給羅素一張光碟。羅素接過光碟，臉上掠過一絲擔憂。

「這個送給你們，算是我們免費的。」

「非常感謝。華生先生，祝你好運！」

樂美登阿曼大酒店（Le Méridien Amman）

阿曼，約旦

二〇〇六年七月五日，星期三，下午六點十一分

在世界的另一頭，一個教區的小官員，塔爾·本·法瑞斯，離開了他的辦公室。他比平時走得稍微晚了些，並不是因為他對工作太投入。當然，這份工作對他來說，的確是要時時做出榜樣的樣子，但真正的原因是他不想讓別人看到他。他花了不到兩分鐘就來到了今天要去的地方，這不是他每天去的公車站，而是奢華的樂美登阿曼大酒店——約旦高級的五星級酒店。這裡有兩名紳士在等著他，他們有一個約會，是一個很有名的企業安排的。但遺憾的是，這個仲介企業在媒體中的名聲不是太好，既不是很令人尊敬也不太「乾淨」。因此塔爾覺得，這次的喝咖啡邀請是不是會有些隱藏在檯面下的交易。儘管他對自己二十三年的工作經歷非常自豪，但是最近幾年他的自豪感漸漸減退，而是更努力地去掙錢。原因是他的大女兒到了出嫁的年齡，結婚會花掉他很多錢。

塔爾一邊朝總經理套房走去，一邊從鏡子裡看著自己的倒影。他希望自己看上去像一個比較貪婪的人。塔爾不到五英尺高，他的肚子，灰色的鬍子還有漸漸光禿的腦袋都讓他看上去像一個十足的醉鬼，而不是政府雇員。現在他想儘量抹去他身上任何關於他身份的痕跡，哪怕只是很少的一點。

超過二十多年的兢兢業業，此時也不能給他一個導回正途的指引。他究竟在做什麼？塔爾輕輕敲門，他的膝蓋不受控制地碰撞著，發出奇怪的聲音。他努力讓自己鎮靜一下，然後走進了套房。裡面的人立刻起身歡迎他。其中一個看起來五十幾歲，美國人，他穿著非常考究的西裝。另外一個人年輕得多，坐在寬大的客廳沙發上抽著煙，邊打著手機。當他看到塔爾時，他掛上電話站起來歡迎他。

「阿拉，瓦，薩哈蘭姆。」他用標準的阿拉伯語說。

塔爾向後退了一步。在阿曼這裡，多數場合下他拒絕被某些企業或商業界利用做事。而這些地方對於他的一些道德感較弱的同事來說，恰好是一個名副其實的金礦。他這樣做不是出於職業的敏感，而是不願接受西方佬的傲慢態度，他們中有的人在和他見面幾分鐘後，就把大把的美鈔甩在桌子上，這讓塔爾感覺受到了侮辱。

然而和這兩個美國人之間的對話與往日完全不同。在塔爾驚奇的目光下，年紀較大的美國人坐下來，在他面前的小桌上已準備了四個達勒斯②小杯，一個貝都因人的咖啡壺，還有一個小炭爐。美國人熟練地用新鮮的咖啡豆煮咖啡，並把咖啡豆倒在一個鐵板上讓它們冷卻。然後他把烤好的豆子分開，把熟的豆子放進研缽碗，他一邊做這一切，一邊和塔爾談話，除了小杵在研缽碗中發出的有節奏的聲音外，整個談話的氣氛都散發著親切自然。而搗碎咖啡豆的聲音，在阿拉伯地區被當作一種音樂，是能使人感到愉悅的。

美國人又在碗裡加入小豆蔻種子和一小撮番紅花粉，這種細緻的混合調製做法是幾個世紀前的古老製作咖啡方法。而現在，塔爾作為客人，手裡端著沒有把手的咖啡杯，美國人給他倒了半杯，這是主人款待屋子裡重要客人時候的特權。塔爾喝著咖啡，心裡還是對這次的會面結果保持戒備。他想他不會再拿第二杯了，因為現在已經很晚，但是當他嘗了這味道醇美的第一杯後，他忍不住又喝了四杯。要不是因為偶數在他的傳統中是有不禮貌的含義，他實在還想在喝了第五杯後再喝一杯。

「法隆先生，我實在沒有想到像您這樣生在『星巴克』國度的人，可以做出如此完美的傳統貝都因人咖啡。」塔爾說。他現在感覺非常棒，他想應該讓這兩個人知道他的感受，然後他就可以知道這兩個美國魔鬼到底想從他這兒得到什麼。

年輕的那個美國人把香煙盒子遞給塔爾，那盒子是金子做的。

「塔爾，請不要叫我們的姓，我們喜歡你叫我們彼得和法蘭克。」他一邊說一邊又點燃一支登喜路。

「謝謝，彼得。」

「這樣好多了，現在我們都放鬆了。塔爾，你覺得現在我們討論交易是不是有些不禮貌？」

上了年紀的人民公僕塔爾感到有些驚奇，但是心裡很愉悅。已經兩個多小時了，阿拉伯人不喜歡在見面的頭半個小時談生意，但是這兩個美國人竟然還徵詢他的意見，此時此刻，塔爾已經決定重新評估他們提出任何關於建築物的請求，即使是阿卜杜拉③國王的皇宮也可以。

「完全可以，我的朋友。」

「好極了。這是我們需要的：一張給凱因集團開發磷酸鹽的執照，一年有效，從今天開始。」

「那不是很容易，我的朋友。幾乎所有的死海沿岸都被當地各大集團佔據了。你們也知道，磷酸鹽和旅遊的開發是屬於我們國家的特別資源。」

「這沒關係，塔爾，我們對死海沒有興趣，只是對這一小塊，以這座標為圓心，向外延伸大約十平方英里的範圍有興趣。」

他遞給塔爾一張紙。

「北緯29° 34' 44"東經36° 21'24"?·你在開玩笑吧?·我的朋友，這裡是歐姆達瓦沙漠④的東北部。」

「是的，離沙烏地阿拉伯的邊界不遠。我們知道，塔爾。」

約旦人看著兩個美國人，眼中充滿迷茫。

「那裡沒有磷酸鹽。那是沙漠，那裡即使有礦物也是一無用處的。」

「嗯，塔爾，我們對我們的工程師有很大的信心，他們認為在那裡可以開發出很多的磷礦。當然，作為報答，我們會給你一小部分佣金。」

塔爾的眼睛張得很大，看著他的美國朋友打開一個皮箱。

「但是那一定是……」

「足夠你家小美妮莎的婚禮用了，對吧？」

一棟有雙車庫的海邊別墅，塔爾想。這些美國人自以為比任何人都聰明，還以為他們在這裡能開採石油呢！其實我們已經在那地方考察了無數次！當然啦，我不會告訴他們，省得破壞了他們的美夢。

「我的朋友，毫無疑問，你們都是博學的人。我相信你們的投資一定會在我們約旦國哈桑王族那裡受到歡迎。」

儘管彼得和法蘭克都笑得很甜，塔爾仍在使勁思忖著那微笑的含義。這些美國人到底要在沙漠裡得到什麼？

在他為這個交易討價還價的時候，塔爾根本不會想到這次的會見，將會讓他付上生命的代價。

凱因集團總部

紐約，二〇〇六年七月五日，星期三，上午十一點二十九分

奧威爾發現自己在一個完全黑暗的房間。只有十英尺以外的一盞小檯燈，發出微弱的光亮，他隱約看見自己的報告放在檯燈邊上，還有一個遙控器，就像剛才執行助理羅素說的一樣。他走過去拿起遙控器，一邊把玩研究著如何使用，一邊想著如何開始他的簡報。突然一道強光直射過來，嚇了他一跳。在離他不到六英尺的地方有一個很大的電視螢幕，足足有二十英寸大小，上頭已顯示出來他報告的第一頁，上面還有一個「網捕」的公司標幟。

「呃，謝謝，凱因先生，早安！首先讓我榮幸地向您介紹……」

一個細小的嗡嗡聲傳來，螢幕上的畫面換了，成了他報告的第二頁，上面是標題，也就是這次報告中兩個問題的頭一個：

誰是安東尼・福勒神父？

顯然凱因先生對時間的控制非常嚴格並高效，他手上一定還有一個遙控器，可以加速報告者的工作進程。

好吧，老頭子！我明白你的意思了。現在我就進入正題。

奧威爾拿起遙控器把螢幕翻到第三頁。這是一個瘦瘦的神父，有一張冷峻瘦削的臉。他的頭髮快掉光了，剩下的幾根頭髮也剃得很短。奧威爾開始在黑暗中對一個看不見的老人報告。

「約翰・安東尼・福勒，別名安東尼・福勒神父，或別名托尼・布蘭特。生於一九五一年十二月二十六日，波士頓，麻省。綠色眼睛，體重大約一百七十五磅。受命於CIA的自由特工，肩負秘密使命。為了探究出他的特殊秘密使命，我們花了兩個月的時間，用了我們十個最好的調查人員，放下所有的工作專門調查他，為了得到最有效的資訊來源，我們也花費甚多，這也是我們在這個項目上的花費有三百萬之多的部分原因，凱因先生。」

螢幕又被換了，這回顯示的是一張家庭照片：一對穿著考究的夫婦正在花園裡，這是一個看起來相當富有的家庭。在他們身邊，有一個很惹人喜歡的黑色頭髮的小男孩，大約十一歲左右。父親的手似乎想抓住男孩子的肩膀，三個人的臉上都露出微笑，但表情僵硬。

「男孩是馬克思・阿本納塞・福勒家唯一的孩子。老福勒先生是無極藥業集團的商業巨頭。現在這個公司是價值數百萬的生物科技公司。一九八四年，夫婦兩人在一起非常可疑的車禍中雙雙死亡，安東尼・福勒賣了父親的公司，他把這筆錢以及他家的其他資產，都捐獻給慈善機構。只留下父母這幢位在必肯山的豪宅，出租給一對有孩子的夫婦。但是他留下樓上一層給自己，把它改裝成公寓，裡面堆放了一些傢俱和很多哲學書籍。他每隔一段時間就會回到波士頓，在此住上一段日子。」

下一幅圖片是福勒母親年輕時期的照片，背景是一個大學校園，她穿著畢業服，正參加畢業典禮。

「戴芬・布蘭特是一個出色的化學家，她畢業後就職於無極藥業，直到老闆『釣』到她，然後她和福勒先生結婚。她懷孕後，福勒先生讓她成了完全的家庭主婦。這就是我們所知的關於福勒家庭的所有事情，只有一件事我們還不明白原因，就是後來安東尼沒有像他父親一樣進入波士頓的大學，而是去了史丹福上大學。」

下一張圖片是年輕的安東尼，看上去比十幾歲的年輕人老得多，他臉上帶著嚴肅的表情，圖片上寫著時間是一九七一年。

「二十歲，安東尼畢業，獲得心理學學位，同時獲得優等拉丁文學文憑。他是班上最年輕的畢業生。這張照片是他畢業前一個月照的。在學校最後一天的時候，他收拾了自己所有的東西，走進學校徵兵辦公室，他申請去越南服兵役。」

螢幕上出現了一張照片，是一張發黃磨損的表格，上面有手寫的字跡。

「這是安東尼參加的武裝部隊鑑定測驗。滿分一百分，安東尼獲得九十八分。徵兵長官對他的成績非常滿意，立刻把他派遣到德州的空軍基地來柯藍，在那裡他接受了基本訓練，然後他又接受了高級跳傘訓練，那種訓練是專門為派遣到敵方前線的特種兵進行的特殊訓練。在來柯藍基地，他學習了游擊技巧，成為一名直升機飛行員，之後安東尼經歷一年半的實地野戰，退役回家時他的軍銜是陸軍中尉。在他所獲得的所有勳章中，有一枚紫色心形獎章，還有一枚空軍十字勳章⑤。報告中有關於他如何獲得這些勳章的詳細資料。」

下一張圖片是幾個穿著軍裝的人在空軍基地。中間站著的一個年輕人穿著神父的衣服，正是安東尼・福勒。

「越南服役後，安東尼進入天主教神學院並在一九七七年被授予聖職。他成為軍隊神父，服務於美軍在德國的斯班達蘭空軍基地。在那裡他被情報局招募，因為他的語言天賦，可以看出情報局招募他的原因：安東尼可以流利地說十一種語言，並對其他十五種語言觸類旁通。但是當時CIA不是唯一招聘他的單位。」

另外一張安東尼的照片，這張背景是羅馬，他和另外兩個年輕的神父在一起。

「在七〇年代末，安東尼成為情報局全職雇員，他仍保持軍隊神父的身份，穿梭在世界各地的美國軍事基地。到目前為止我給你的資料，其實你可以在任何資訊公司獲得，但是我現在要告訴你的一些事情，就屬於高度機密資料，別人幾乎是無法拿到手的。」

下一頁的螢幕成為空白。在投影儀的燈光下，奧威爾勉強看到一把椅子，上面坐著一個人。他想起羅素的話，儘量使自己不直接看著對方。

「安東尼是神聖同盟的特工，秘密為梵蒂岡服務。這個機構不大，外界幾乎沒人知道，但是卻是一個非常活躍的組織。他們最成功的一項任務是救護了以色列前總理梅厄⑥夫人，當時恐怖份子企圖在她去羅馬時炸掉她的飛機。」雖然這件事的獎章歸了摩薩德⑦，但神聖同盟並不在乎。他們確實是名副其實的「秘密服務」。只有羅馬教皇和一些紅衣主教在官方宣佈過這件事是他們做的。在國際情報局界，神聖同盟享有很高的地位，備受尊敬同時也為其他人所畏懼。遺憾的是，我對安東尼在此組織的工作歷史知之甚少，而對於他在CIA的工作，我的職業道德以及我與他們的合約令我止步，不能再去探究更多關於他的事情。凱因先生，請您原諒。」

奧威爾清清嗓子。他停了一下，儘管他其實並不指望得到對方的回答。

沒有回應。

「對於你的第二個問題，凱因先生……」

奧威爾猶豫了一下，想著是否在進行第二個問題前，應該告訴凱因先生，自己的網捕公司收到過一份資料，不是網捕人員得來的情報。這個情報是從一個匿名線民那送來的，當時那是一個密封的信封，躺在他的辦公室桌子上。那裡有些事情，顯然是凱因集團感興趣並想知道的。但此時，奧威爾想到剛進門時那個侮辱人的噴霧待遇，於是他就沒提這份情報。

這時，螢幕上出現一名年輕女子，她有著藍色的眼睛，古銅色的皮膚。

「這是一個年輕的記者，她的名字是……」

---

①愛麗絲島：紐約市曼哈頓區（Manhattan, New York）上紐約灣（Upper New York Bay）中的一個島。是一八九二年至一九四三年間美國主要的移民檢查站，一九五四年關閉，現為博物館。是美國人尋根的地方。

②達勒斯：和貝都因都是阿拉伯的部落。

③阿卜杜拉・伊本・海珊：外約旦的埃米爾（一九二一年四月十一日—一九四六年五月二十五日在位），後成

為國王（一九四六年五月二十五日—一九五一年七月二十日在位），一九五〇年時改稱約旦國王。

④歐姆達瓦沙漠（Al-Mudawwara）：約旦境內沙漠地區。

⑤空軍十字勳章：是美國空軍成員能被授予的第二高等級的勳章。授予那些在戰鬥中作出了極大貢獻和有英勇行為的軍人。

⑥果爾達·梅厄（一八九八年五月三日—一九七八年十二月八日）：是以色列創國者之一，曾經擔任以色列勞工部長、外交部長及第四任以色列總理（一九六九年—一九七四年）。在英國首相瑪格麗特·柴契爾未被稱為「鐵娘子」之前，果爾達·梅厄被外界認為是一位以色列的「鐵娘子」，果爾達·梅厄是首位掌以色列大權的女性，她也是世界上第三位女性總理。

⑦摩薩德：為以色列情報機構，被譽為世界上最有效率的情報機構之一。全稱為「以色列情報和特殊使命局」。

第三章　勇敢的女記者

《艾勒全球郵報》編輯室，西班牙，馬德里
二〇〇六年七月六日，星期四，上午八點二十九分

「安德莉亞！安德莉亞・奧蒂羅！你死到哪裡去了！」

主編的突然咆哮，讓新聞編輯室一下子鴉雀無聲，當然，這麼說也不確切，因為這裡從來都沒有片刻的安靜，尤其是出刊前一個小時，總是熱鬧紛亂。但是今天，現在，除了屋子裡電話聲、收音機、電視、傳真機，還有印表機仍然照舊發出聲音，一個人聲都沒有，這使那些機器發出的聲音顯得非常突兀，甚至有些可怕。

主編兩隻手各提著一個箱子，腋下夾著一份報紙，走向編輯室。在門口，他扔下兩個箱子，然後徑直走向國際部，那裡只有一張桌子是空的，主編的方向就是那張桌子，「砰」的一聲，他的拳頭重重地擊打在桌子上，臉上滿是怒氣。

「你給我滾出來！我已經看見你躲在下面了！」

慢慢地，桌子底下鑽出一頭長長的金色頭髮，然後是一張有著藍色眼睛的年輕女子臉龐，她想讓自己淡定，但無法掩蓋她緊張的神色。

「嗨，主編你好……哦，我的筆剛掉了……」

退伍軍人出身的主編走近女子，一邊整理自己的假髮（關於主編禿頭的話題是辦公室的禁忌，所以安德莉亞剛看到的一幕對她將要迎接的風暴於事無補）。

「我很不高興，奧蒂羅。一點也不高興。你能不能給我解釋一下你到底在幹什麼？」

「您是什麼意思啊，老闆？」

「你銀行裡有一千四百萬歐元存款嗎？奧蒂羅？」

「呵，上次我查看的時候還沒有……」

實際上，上次她看自己的戶頭，她的五個信用卡都嚴重超支，都是因為她太喜歡愛馬仕的包包和莫羅・伯拉尼克的高跟鞋，無法抵抗它們的誘惑。她還在想是否可以說服財務部對她施加憐憫，讓她可以先預支三年的耶誕節獎金。

「那你最好有一個馬上能對你伸援的富婆姨媽，因為你要讓我破產了，奧蒂羅！」

「請不要向我發火，主編。那次在荷蘭的事不會再發生了！」

「我可不是在和你討論你花的客房服務費，奧蒂羅，我說的是佛朗格斯・杜培爾①。」主編一邊說，一邊把手裡的報紙摔在桌子上，那是昨天的報紙。

原來如此，糟糕！安德莉亞想。

「就一天，我就休息了一天，這五個月繁忙的工作中我就離開了一天！你就能搞得一團糟！」

主編語音剛落，整個編輯室——從門口到最遠的角落，每一個記者都鬆了一口氣，又回到了自己的桌前，似乎突然他們又可以回到自己的崗位中去了。

「可是，主編，盜用就是盜用啊。」

「盜用？你用這個詞嗎？」

「當然啦！從你客戶的帳戶轉移一大筆錢到你自己的私人帳戶，不叫盜用叫什麼？」

「那麼你就用國際版面的頭版來慶祝我們大股東的這一個小錯誤？他可是我們主要的廣告客戶。你是用這種方式來愛護我們的忠實客戶嗎？奧蒂羅小姐？」

安德莉亞嚥了口口水，假裝她並不知道這個關係。

「大股東？」

「國際銀行，安德莉亞。假如你不知道，我告訴你。他去年給我們報紙投了一千二百萬歐元，並且他正打算在明年投給我們一千四百萬。當然，是曾經這麼想，現在已經成為過去式了！」

「主編……真理是無價的。」

「是啊是啊，無價，一千四百萬，一去不復返。這件事的罪魁，你和莫蘭諾，滾吧！」

這時另外一個禍首走了進來。佛內多・莫蘭諾是夜間負責編輯，是他刪掉了一則無關痛癢的石油公司新聞，換上了安德莉亞的稿子。這是一次對勇氣的挑戰，現在他後悔莫及。安德莉亞看著她的同事，一個中年男人，想起他的妻子和三個孩子。她又吞了一口口水。

「主編，莫蘭諾和這事無關。是我在報紙要印刷之前把消息放上去的。」

莫蘭諾的臉剎那間亮了一下，但立刻又恢復了悔恨交加的樣子。

「別胡扯了，安德莉亞。」主編說，「這不可能。你沒有進入藍色指令的權力。」

報社電腦系統叫做赫爾墨斯②，是按照顏色代碼指令處理工作的。新聞頁面是紅色時，表明記者們在修改；如果是綠色，說明已經發給編輯審批；藍色是夜間值班編輯使用，指令通過才可以印刷成文。

「我用莫蘭諾的密碼進入了藍色指令，主編。」安德莉亞撒謊道，「他真的和這件事無關。」

「哦，是嗎？那你從哪兒弄來的密碼？你如何解釋？」

「這個很容易，他把密碼放在他辦公桌最上方抽屜裡。」

「是這樣嗎？莫蘭諾？」

「呃，這個嘛……主編，」莫蘭諾支吾著，偷偷鬆了口氣，但盡力不讓主編看出來，「對不起。」

《艾勒全球郵報》的主編仍然不滿意，他迅速轉向安德莉亞，他的假髮在頭頂又偏了。

「見鬼，安德莉亞。我真看錯了你。我還以為你只是一個傻瓜，現在我知道你不僅是個傻瓜，還是個麻煩製造者。我要以我個人的名義確保沒人再雇用你！」

「可是，主編……」安德莉亞說，她的語氣中顯出絕望。

「省省吧，安德莉亞，你被解雇了！」

「我不知道……」

「你被解雇了，我不想再看見你！我也不想再聽到關於你的任何消息！永遠！」

主編走了。

安德莉亞看看四周，除了她同事們的後背，什麼也沒有。莫蘭諾走過來站在她身邊。

「謝謝你，安德莉亞。」

「沒事。要是咱倆都被解雇，那才慘，我會瘋的。」

莫蘭諾搖搖頭：「對不起，讓你告訴他說是你違規操作。現在他氣壞了，他會讓你很難再找工作。你知道他曾經幹過什麼……」

「看來他已經開始這麼做了，」安德莉亞說，用手指著周圍，「突然間我就像是一個大痲瘋病人。嗯，我已經不是以前那個人見人愛的記者了。」

「你不是壞人。安德莉亞，實際上你是一個很有膽量的記者。但你太不合群，也不擔心結果。不管怎麼說，祝你好運！」

安德莉亞對自己發過誓一定不會哭，她是一個堅強獨立的女子。在保全幫她把她的東西放進一個紙盒子時，她咬緊牙，使勁讓自己不掉淚。

安德莉亞・奧蒂羅的公寓，西班牙，馬德里
二〇〇六年七月六日，星期四，中午十一點十五分

自從伊娃搬走後，每次回到家，最讓安德莉亞討厭的事情，就是聽到自己拿鑰匙開門以及把鑰匙放在門口小桌子上的聲音。那是一種空洞的回音，讓安德莉亞感覺就像自己生活的寫照。

伊娃在的時候，一切都不是這樣的。她會飛跑到門前迎接安德莉亞，親她，然後開始絮絮叨叨報告她一天做的事情和遇到的人。而安德莉亞呢，總是被這種「轟炸」弄得連坐在沙發上都不可能，她總是祈禱著要能安靜些該多好。

結果，她的禱告終於得到了結果。三個月前的一天早上，伊娃走了，正像她來的時候一樣：都發生在突然之間。沒有離別的眼淚，沒有惆悵。安德莉亞什麼也沒說——甚至還覺得是一種解脫。而現在，當鑰匙開門打破公寓寂靜的時候，那種微弱的回音卻讓她有更多的時間想起她們在一起的日子，她不禁有些傷感和遺憾。

安德莉亞努力用不同的方法讓自己適應這種寂寞：當她離家的時候，她讓收音機開著；每天走進門時她把鑰匙放進自己的牛仔褲口袋而不是桌子上；她甚至自己和自己說話。但是這些通通都不管用，都不能掩蓋那種寂寞的聲音，因為那聲音來自她心靈深處。

安德莉亞來到家門前，門口臥著一隻黃色的老貓，安德莉亞一腳踢開它，算是對那即將到來的寂寞聲音一記最後的抗議。這隻貓是安德莉亞在寵物店看到的，當時它看上去很可愛。然而幾乎四十八小時後，安德莉亞就開始討厭它了。這對她來說無所謂，對於這種感覺安德莉亞認為自己可以對付。因為討厭是一種積極的感覺：你可以討厭某人或某件事，這沒什麼。但是讓她無法對付的是挫折感，因為那是一種被動的，讓她無法擺脫的情緒。

「嗨，L·B，他們把你媽咪炒魷魚了。你有什麼想法？」安德莉亞給那隻黃貓起名叫L·B，其實是小雜種③的縮寫，那天這個討厭鬼闖進浴室，企圖把那瓶昂貴的洗髮精打破，從那次以後，安德莉亞就給它起了這個名字。

L·B對它主人帶來的這個被解雇的消息不感興趣。

「你無所謂，是不是？不過你應該有所謂，」安德莉亞說，從冰箱裡拿出一些貓食倒在L·B腳前的一個盤子裡，「等到你沒東西可吃的時候，我就把你送給中餐館的王先生。然後我就去他那裡要一盤『左宗棠雞』加檸檬。④」

這個讓L·B成為中餐館美味的主意也並沒有讓這隻黃貓有什麼感覺。黃貓對任何人都沒有什麼好感。它活在自己的世界中：壞脾氣，無動於衷，懶散而傲慢。安德莉亞討厭死它了！

因為它讓我看到很多我自己的影子。安德莉亞想。

安德莉亞向周圍看看，一切都讓她心煩。書架上都是灰塵，地板上有剩飯，水槽裡有堆積如山的髒碗盤，還有一部寫了一半的小說手稿，那是她三年前開始寫的，如今還散落在浴室地板上。

該死！要是我有信用卡去雇一個清潔工就好了！

房間裡唯一還整潔有秩序的地方——感謝上帝——就是臥室裡那個巨大的衣櫥。安德莉亞對衣服非常講究。公寓其他地方可以看上去像戰場，但是衣櫥一定要整齊。她知道伊娃最終的離去一定和她不愛整潔有關，因為她們已經在一起生活了兩年。伊娃是一個工程師，她就像一台清潔機一樣，安德莉亞給她起了個綽號叫「浪漫吸塵器」，因為伊娃喜歡屋子裡一塵不染的樣子，就像巴里・懷特⑤一樣的潔癖。

安德莉亞終於領悟：她的悲劇是由公寓的髒亂造成的，想到這，她似乎得到啟發，決定動手清理自己的「豬圈」。把這些衣服都賣到eBay上去，然後找一份報酬好的工作，付清債務，再和伊娃重修舊好。現在，安德莉亞有了目標，有了使命。所有的事情都會變好。

安德莉亞感到一股力量湧進她的全身。然而這股力量，精確地說，持續了四分二十七秒。這幾分鐘讓她打開一個垃圾袋，把桌子上四分之一的殘羹冷炙扔進垃圾袋，外加把幾個盤子放到資源回收袋，安德莉亞莽莽撞撞地在房內奔走，直到踩到一本書，那是她昨天吃晚飯時看的，書被丟到地上，夾在裡面的照片散了一地。

她和伊娃一起照的，最後在一起的照片。

沒用！

安德莉亞倒在沙發上，哭了。任憑垃圾袋裡的東西又傾倒出來，散落在客廳地毯上。L・B走過來，從垃圾裡揪出一塊披薩啃起來，那披薩上的乳酪都已變綠。

「顯而易見是不是，L・B？我就是這種人，改變不了，根本不會用掃帚和拖把！」

黃貓根本對主人的話沒有任何同情心，它跑到門口，開始用爪子磨蹭門框。安德莉亞機械地站起來，意識到有人馬上就會按門鈴了。

在這個時候哪個蠢蛋會來？

她猛地打開門，把剛要按門鈴的來訪者嚇了一跳。

「嗨，你好啊！真巧！」

「我猜我的消息傳得很快啊！」

「是個壞消息，如果你要哭的話，我就撤了。」

安德莉亞讓他進來，並沒有掩飾臉上厭煩的表情，但是心裡到底有些安慰。她應該猜得到的。安里奎・帕斯卡是她多年的好朋友，一副她可以倚靠的肩膀。安里奎在馬德里最大的一家電臺工作，每次安德莉亞受挫，他都會及時出現在她的門口，臉上帶著笑容，手裡拿著一瓶威士忌。這一次安里奎一定認為安德莉亞非常需要安慰，因為他手裡的威士忌是十二年陳的，而且除了臉上的微笑之外，他手裡還拿著一束花。

「你必須這樣做，對吧？作為一名優秀記者你必須和報社最大的廣告商鬥爭。」安里奎說，他穿過走廊來到客廳，居然沒有被L・B絆倒。「你這個垃圾站有沒有回收乾淨的花瓶？」

「讓那些破花去死吧！你把酒瓶給我就夠了，誰還管它們？反正它們也活不久。」

「現在你讓我糊塗了，」安里奎說，不再追問花放在哪裡的問題，「現在我們在說伊娃還是你被解雇的事情？」

「我也不知道。」安德莉亞咕噥著，她從廚房拿出兩個玻璃杯。

「你要是和我結婚的話，也許事情會更清楚些。」

安德莉亞憋住不笑，安里奎個子很高，也很迷人，對很多女人來說，可以在十天內就成為最理想的伴侶，但也就十天而已。接下來三個月就會像噩夢一樣了。

「要是我喜歡男人，你可能在我頭二十人的候選名單裡。」

現在輪到安里奎笑了。他優美地倒了兩小杯威士忌，他還沒來得及喝一口，安德莉亞已經一飲而盡又伸手去勾瓶子了。

「喝慢點，安德莉亞。你要是最後又去了急診室可不是好玩的。」

「我倒覺得這主意不錯。至少有人可以照顧我。」

「多謝你對我的好心無動於衷。請不要這麼情緒化好不好？」

「兩個月內我失去了我的愛人，又失去了我的工作，你覺得我不該這麼情緒化嗎？我的生活簡直像狗屎一團糟。」

「我可不想和你爭論。至少你現在周圍還有伊娃留下的東西可以思念。」安里奎說，一邊指著亂糟糟的屋子。

「也許你可以當我的清潔女工。那一定比你那個什麼破體育節目更有意義。」

安里奎的表情沒有變化。他和安德莉亞都知道接下來會發生的事。安德莉亞把頭埋進沙發靠枕使勁尖叫起來，用盡她所有的力氣。幾秒鐘後，她的尖叫變成了抽泣。

「我該帶兩瓶酒來。」

這時手機響了。

「是你的手機。」安里奎說。

「管他是誰，告訴他去死吧！」安德莉亞說，她的臉還埋在靠枕裡。

安里奎用優雅的手指打開安德莉亞的手機。

「《奔流之淚》⑥，你好，可以幫你做點什麼嗎？呃？請等一下……」

安里奎把電話遞給安德莉亞。

「你還是自己聽吧，我不會說英文。」

安德莉亞接過電話，用手背擦掉眼淚，努力使自己聽起來正常。

「你知道現在幾點了，傻瓜？」安德莉亞咬牙切齒地說。

「對不起。您是安德莉亞・奧蒂羅小姐嗎？」是一個說英語的傢伙。

「你是誰？」安德莉亞也用英語問道。

「我叫雅各・羅素，奧蒂羅小姐。我代表我的老闆雷蒙德・凱因，從紐約打來。」

「雷蒙德・凱因？你是說凱因集團？」

「完全正確。你就是那個去年採訪布希總統，並寫出一篇很有爭議文章的安德莉亞・奧蒂羅小姐吧？」

當然啦，那次採訪對西班牙甚至整個歐洲都造成了影響。安德莉亞是第一個得以進入那個橢圓形辦公室的西班牙記者。當時她提出一些問題，非常尖銳，有些問題採訪之前沒有被官方認可，但是安德莉亞還是問了這個來自德克薩斯州的總統，並讓他有些緊張。那次獨家採訪後，安德莉亞很快有機會加盟EL郵報，可以說那個報導讓大西洋彼岸都有些震動。

「我就是那個安德莉亞，先生。」安德莉亞回答說，「那麼你告訴我，為什麼雷蒙德・凱因先生需要一個出色的記者？」安德莉亞補充說，暗暗吸口氣，慶幸電話那頭的人不能看到她現在的醜態。

羅素清清嗓子：「奧蒂羅小姐，我可不可以信賴你，不把我們今天的談話寫在報紙上？」

「當然！」安德莉亞說，心說自己都被解雇了，還寫什麼啊，真是諷刺。

「凱因先生想給你提供一個你一生中最難得的機會。」

「我？為什麼？」安德莉亞問，同時向安里奎做了一個要寫字的手勢。

安里奎從自己口袋裡掏出一支筆和一個筆記本，把它們遞給安德莉亞，他的臉上帶著問號。安德莉亞假裝沒看見。

「讓我們這樣想吧：他喜歡你的風格。」羅素說。

「羅素先生，以我現在這個處境，我很難想像一個從未見過面的人會給我打這個電話，並且，似乎要給我一份讓人難以置信的好工作。」

「好吧，讓我解釋一下。」

羅素說了將近十五分鐘，這期間安德莉亞一直在紙上不斷寫著，臉上滿是驚訝的表情。安里奎試圖隔著肩膀看清她寫的字，但是安德莉亞的字龍飛鳳舞，安里奎根本認不出她寫的是什麼。

「……因此我們覺得應該邀請你參加這次的實地挖掘，奧蒂羅小姐。」

「會對凱因先生進行獨家採訪嗎？」

「通常來講，凱因先生不接受任何採訪，從來沒有。」

「也許這次凱因先生需要一名記者打破他的規矩吧？」

電話那頭沒說話，這讓安德莉亞覺得不安。她交叉著手指祈禱著，希望自己的請求能得到回音。

「我想總會有第一次。怎麼樣？我們說妥了嗎？」

安德莉亞想了幾秒鐘。如果羅素說的條件都兌現的話，她將可能和世界上任何媒體公司簽約，而且還可以給那個該死的ＥＬ郵報主編一張自己的薪資單複本。哈！

即使羅素沒有說實話，那也沒什麼損失。

她不再多想了。

「麻煩你幫我訂一張下一班去吉布地的機票，頭等艙。」

安德莉亞掛了電話。

「我一句也沒聽懂，就聽你說了一個頭等艙。」安里奎說。「可不可以告訴我到底怎麼回事？」看見安德莉亞的情緒突然完全改變，安里奎驚訝極了。

「如果我說去巴哈馬，你不會相信我的，對吧？」

「好吧，」安里奎說，語氣裡帶著一絲氣憤一絲嫉妒，「我給你帶來鮮花、威士忌，我把你從地板上扶起來，而你就這麼對待我……」

安德莉亞假裝沒聽到他說什麼，她走進臥室去整理行李。

教堂地下室的遺物，梵蒂岡

二〇〇六年七月七日，星期五，晚上八點二十九分

敲門聲嚇了塞薩里奧神父一跳。沒有人會到教堂的地下室來，不光是因為到這裡的人需要特殊通行證，也因為這裡非常潮濕，長期待在這地方對身體非常不利，雖然最近這裡裝了四個除濕機，經常會在偌大的地下室發出嗡嗡聲，但仍然潮濕得很。聽到敲門聲，塞薩里奧神父很高興，因為這意味著有了一個同伴，這位年邁的多明尼加修道士微笑著打開安全門，踮起腳尖擁抱這位來訪者。

「安東尼！」

安東尼・福勒神父微笑著擁抱這位矮小的修道士：「我正在附近……」

「我向上帝發誓，安東尼，你是怎麼跑到這裡的？這裡安裝了錄影監控和安全警報系統，已經有一段時間了。」

「但如果你知道路的話，總會找到一個入口到這裡的啊。你教我的，你忘了？」

老多明尼加修道士一手捋著他的山羊鬍子，一手拍著自己的大肚子開心地笑起來。整個羅馬城的地下，是一個錯綜複雜的交通系統，多達三百多英里都是隧道和墓穴，有些墓穴有二百多英尺深。這真是一個精彩紛呈的地下展覽館，一個曲折迂回的迷宮。這些無法揣測的地下通道都與城市某個地方連著，包括和梵蒂岡。二十年前，安東尼和塞薩里奧神父曾把他們的業餘時間都花在探索這些複雜和危險的地下通道上。

「看起來塞林要重新審查自己毫無瑕疵的安全系統了。如果像你這麼一條老狗都能溜進來的話……但是你幹嘛不走前門，安東尼？我聽說你已經不再是聖城辦公室『不受歡迎的人』了。我真想知道原因呢！」

「其實現在，對某些人來說，我可能是最不受歡迎的人呢。」

「塞林想讓你回來，是不是？要是讓這個「馬基維利」⑦盯上了，你可就不容易擺脫啦。」

「還有那些看守梵蒂岡遺跡的守護者也非常頑固，特別是當他們說起那些其實他們不懂的東西時。」

「安東尼，安東尼。這個地窖是我們國家收藏秘密最好的地方。但是這裡的牆可以洩露謠言。」塞薩里奧神父一邊說，一邊用手指著周圍。

安東尼抬頭向上看看。地窖的天花板是拱形石頭砌成的，因著無數蠟燭兩千年來的煙熏，已經變成黑色。當然了，最近這些年，現代化的電燈代替了蠟燭。這個地窖是長方形的，大約二百五十平方英尺，有些地方的牆壁被鎬砍劈修葺過。從天花板到地板的牆上有很多小門，裡面藏著壁龕，那裡面滿是聖徒們的遺物。

「你在這裡呼吸了太長時間的糟糕空氣，這對你的客人可是相當不好。」安東尼說，「你幹嘛還待在這兒？」

有一個公認的事實，就是在過去的一千七百年裡，這裡每一個天主教堂，即使是最微不足道的小教堂，都會在每個隱蔽的壁龕裡放置著一名已故聖徒的遺物。而現在他們待的地方，是世界上保存聖徒遺物最多的地方。有些壁龕基本上已經空了，只有一些骨頭的殘片，而其他一些壁龕裡放著幾乎沒有被碰觸過的完整骷髏。每次在世界上任何一個地方要建教堂，都會有一個年輕的修道士來到這裡，拿著一個鋼製的箱子找到塞薩里奧神父，然後從這裡拿去一些聖徒殘骸或遺物，小心地放進那個新建教堂的壁龕中。

這位老歷史學家這時候摘下眼鏡，用自己的白袍子褶邊擦拭著。

「安全，傳統，還有頑固。」塞薩里奧神父說，「這些字眼也足以形容我們的信仰。」

「沒錯。而且這裡太潮溼，散發出憤世嫉俗的臭氣。」

塞薩里奧神父在自己那台先進的蘋果電腦螢幕上輕輕敲著，打從他朋友到來前，他就一直用電腦在寫東西。

「在這裡我可以尋找真理，安東尼。四十年前我就在這裡給這些死人骨頭做檢索，你有沒有吸吮過一根古老的骨頭，安東尼？這可是辨別骨頭真偽的最佳辦法，但是會在你嘴裡留下一點兒苦味。但是四十年後，我感覺我還跟剛開始一樣，沒有距離真理更近一點兒。」他嘆了一口氣。

「哦，那麼也許你可以幫我一個忙。看看這張照片。」安東尼說著，遞給塞薩里奧神父一張相片。

「總是有事才來，總是這樣……」

剛說了一半，這位多明尼加神父停住了，他定睛在照片上足足幾秒鐘，然後走到自己工作的桌子前。他從一堆書裡抽出一本厚厚的書，那是用古老的希伯來文字寫成的，封面是一幅用鉛筆畫的標誌。他一頁一頁翻看，仔細查看裡面不同的圖形，最後他有些吃驚地抬起頭。

「安東尼，你從哪兒拿到的？」

「從一個古老的蠟燭台裡。一個老納粹那裡。」

「開麥羅・塞林讓你去找的，對不對？你必須告訴我每個細節，不要遺漏任何一個。我必須知道！」

「這麼說吧，我欠塞林一個人情，於是我同意為神聖同盟執行我最後一個任務。他讓我去找一個住在奧地利的戰爭罪犯，他在一九四三年，從一個猶太人家庭那裡騙取了一個蠟燭台。這個蠟燭台外面是用金子包裹的，這個傢伙戰後一直留著它。幾個月前我找到他拿回了蠟燭台。把上面的蠟融化後，我發現那層銅皮，就是你現在看到的這幅照片。」

「你有沒有清晰度更高一點的？我根本看不清上面的文字。」

「那是在蠟燭上卷起來的。如果我完全打開它，就一定會破壞它的原樣。」

「幸虧你沒弄壞它。否則你就是毀滅了一個無價之寶。它現在在哪兒？」

「我給了塞林，當時也沒想太多。我以為是在地區元老院有人要它。做完這事我就回了波士頓，說服自己我已經還了塞林的人情……」

「你說的不完全是實話，安東尼。」一個聲音傳來，這聲音很平靜，不帶任何情感。這人像個間諜一樣溜到這裡，他身材矮壯，長相平庸，穿著普通的灰色衣服，樣子是那麼不起眼，但是從他的聲音，可以發現他躲藏在一堵牆後，這堵牆很不起眼，就像變色龍一樣隱藏在那裡。

「不敲門就進來是不禮貌的，塞林。」塞薩里奧神父說。

「在被召喚的時候不回應也是不禮貌的。」這位神聖同盟的領導人此時盯著安東尼說。

「我以為我們結束了。我們都同意的，就一次。」

「但是你只拿出第一部分，就是發現了那個蠟燭。現在你得保證那個東西會被正確使用。」

安東尼・福勒沒有說話。

「也許知道了更多的事你會感激我的，」塞林說，「就像現在我們正在做的，塞薩里奧神父，可不可以請你告訴安東尼你在那張照片上發現了什麼？」

塞薩里奧神父清了清嗓子。

「在我說之前，我要知道這是許可的，塞林。」

「是。」

塞薩里奧神父的眼睛亮起來。他轉向安東尼。

「這個，我的朋友，是一份寶藏的地圖。或者說得更確切些，是一半地圖——如果我的記憶沒有騙我的話。因為多年以前，我曾經拿到過另外一半。這就是庫姆蘭會社⑧銅卷上遺失的部分。」

安東尼的臉色變了。「你是說……」

「是的，我的朋友。史上那些最有意義的東西都可以透過這些符號圖形找出來。也可以發現所有與之相關的問題。」

「上帝啊，那麼這將揭曉最關鍵的時刻了。」

「我很高興你終於明白了，安東尼，」塞林插話道，「與這個東西相比，我們的朋友在這間地下室保留的所有遺物都如塵土一般一無是處了。」

「是誰讓你介入這件事的，塞林？為什麼過了這麼久，你卻到現在才出手？是你想找到格勞醫生？」安東尼問。

「資訊是一個教會的捐贈者提供的，他叫凱因先生。他也是一個慈善家。他想讓我們找到格勞醫生，並且他用私人的名義提供了贊助費，透過我們發現的蠟燭，去進行一場考古探險。」

「去哪裡呢？」

「他還沒告訴我具體的地點。但是我們知道大概位置，在約旦的歐姆達瓦。」

「好極了。但這不是重點。」安東尼打斷塞林，「如果有人對這件事感興趣的話，你知道將會發生什麼事情？結果就是：參與到這件事的每一個人，還沒來得及舉起鐵鍬就都得玩完！」

「讓我們期待你說的是錯的。我們會為這次探險派遣一位觀察員去，而那個人就是你。」

安東尼立刻搖頭：「不。」

「你已經意識到這件事的後果，或者說衍生結果。」

「但我還是說不。」

「你不能拒絕。」

「那就來說服我啊。」安東尼說著，向門口走去。

「安東尼，」塞林跟著安東尼的腳步一起向門口移動，「我不是說我要說服你。你必須自己決定是否要去。幸運的是，這些年我學會怎麼對付你了。你有一個牽掛，這個牽掛你看得比你的自由更重要，因此我就找到了對付你的辦法。」

安東尼停住腳步，並沒有轉身：「你做了什麼，塞林？」

塞林向他走近幾步。如果說有什麼能使塞林比說話更討厭的，就是他提高的音調。安東尼心想，他說的話與他的音調一樣討厭。

「我代表凱因先生現在告訴你：我推薦一位最適合的記者來參加這次的探險。坦白說，她作為一個記者相當一般，既不是很漂亮，文筆也不是很尖銳，甚至不是完全誠實的。事實上，唯一一件讓她變得有趣的事就是你救了她一命。根據我們的行為準則，在她需要的時候，你一定會不惜一切代價幫助她。現在你不會立刻躲到什麼最近的廚房去喝湯了吧，因為你知道她身陷一場冒險。」

安東尼仍然沒有轉身。隨著塞林的每一句話，他的手也慢慢握緊，直到握成一個拳頭。他的手指甲陷進自己的手掌。但是他一點兒沒感到疼。他一拳打進一個壁龕。那個讓古人安息的木門碎了，一些先人的骸骨掉出來，撒了一地。

「聖徒掃提諾的膝蓋骨！可憐的人，他一生都是瘸的。」塞薩里奧神父叫著，彎下腰撿起這些碎片。

安東尼・福勒這才緩緩轉過身來，他屈服了。

---

①佛朗格斯・杜培爾（Francois Dupré）：法國貴冑。旅店老闆，藝術收藏家，法國著名純種馬飼養場 Haras d'Ouilly 場主，著名畫家 Jules Dupré 之孫。

②赫爾墨斯（Hermes）：希臘神話裡宙斯神的信使。

③小雜種：Little Bastard。

④這裡安德莉亞是在諷刺王先生的雞做得不好吃，像貓肉一樣。

⑤巴里・懷特（Barry White，1944 年—2003 年）：美國著名黑人作曲家和歌手。他的歌以性感著稱。

⑥《奔流之淚》（A torrent of tears）：是一首歌曲名。

⑦尼可洛・馬基維利（Niccolò Machiavelli）：義大利新興資產階級思想政治家，歷史學家。義大利文藝復興中的重要人物，著作《君主論》提出現實主義政治理論，《論李維》提出共和主義。

⑧庫姆蘭會社（Qumran Community）：舊時在死海西岸的一個猶太教團。

第四章　比蒙號啓航

登上比蒙號，紅海

二〇〇六年七月十一日，星期二，下午四點二十九分

§

《雷蒙德・凱因：未被授權的自傳》

作者：羅伯特・德斯科爾

很多讀者都會奇怪，一個沒有任何背景的猶太人，童年在慈善機構度過，卻建立了如此龐大的金融帝國。從上一章我已經提到，在一九四三年前，雷蒙德・凱因根本不存在。他沒有出生記錄，也沒有任何檔證明他是美國人。

他早期生活的記錄是從他進入麻省理工學院（MIT）開始的，他當時包攬了一堆專利。當美國開始迎接輝煌的六十年代的時候，凱因重新改造了積體電路。五年後他擁有了自己的公司，十年後矽谷的一半都屬於他了。

這些故事都在美國《時代週刊》雜誌裡，同時也講述了他的不幸：他的生活曾受到重創幾乎喪命，他失去了妻子和唯一的兒子……

也許最讓美國人感到迷惑的是沒人能見到他，這種幾乎透明的印象，使人們更感到他像謎一般。但遲早總會有人揭開這層面紗……

安德莉亞捧著雷蒙德・凱因的傳記，微笑著。她放下手裡的書，這是一本俗不可耐又帶著偏見的破書，她已經完全厭倦了。此時，她正在飛機上，飛過撒哈拉沙漠，飛往吉布地。飛行中安德莉亞做了些她平時很少做的事情：她認真端詳著自己的模樣，然後得出結論：她不喜歡現在自己的樣子。

她是家裡五個孩子中最小的，其他幾個都是男孩子。安德莉亞從小長在讓她感到備受保護的環境裡。這個環境索然無味。她的父親是名警官，母親是家庭婦女。他們住在藍領為主的社區，一個星期中大部分時間的晚餐都是義大利通心粉，周日可能有雞吃。馬德里是一個很美麗的城市，但對安德莉亞來說，這座城市只是給了她一個平庸的家庭，十四歲時，她在日記中發誓，到十八歲時一定離開這座城市，永遠不回來。

當然啦，關於自己性取向的問題，還有父親制定的家規加速了離家的過程，對不對？

離家出走後，那是一段很漫長的旅程。家人把她轟出去，直到她有了自己的第一個工作，她唯一和家裡的聯繫就是讓家裡幫她付了新聞學院的學費。在安德莉亞來到《ＥＬ郵報》之後，她覺得自己中了樂透，可惜好景不長，她從一個部門被調到另一個部門，每一次她都以為自己可能是要被提升了，其實是她沒有看清形勢，也忘了收斂自己的私生活。結果，她在國際部丟了飯碗……

是他們把我轟出去的。而我竟然加入這個不可能的任務。

這是我最後的機會。在勞動市場中，我的下一個工作說不定就是超級市場的收銀小姐了。在我身上總是有一些東西不正常。我什麼也做不對。即使對伊娃，她是世界上最有耐心的了，可以包容我的一切。那天她走的時候……她說我什麼來著？「粗心大意，毫無自制能力，」「性冷感」……我覺得她說我「不成熟」是完全正確的，她一定有深刻體會，因為她說話的時候根本沒有提高嗓音。該死！總是這樣！這次我千萬不能再搞砸了。

安德莉亞不再想了，她調高自己眼前iPod的音量。艾拉妮絲・莫莉塞特①溫暖的聲音讓她心情平復下來。安德莉亞把椅背後仰，想小睡一下，希望醒來時她已經到了目的地。

值得慶幸的是，頭等艙的達官貴人們可以比其他人提早下飛機，這是頭等艙的特權。一個年輕的黑人司機正在等著安德莉亞，他旁邊是一輛已經很舊的吉普車，停在跑道邊上。

好吧好吧，沒有海關，對不對？羅素先生已經打理了所有的事情。安德莉亞一邊想，一邊從飛機樓梯上走下來。

「就這個？」司機用英語說。指著安德莉亞隨身的小箱子。

「我們是去該死的沙漠，不是嗎？你認為我還該帶什麼？開車吧！」

安德莉亞忘不了剛才司機看她的樣子——和平時那些人的不一樣。她已經習慣了那些人看她的眼神，從眼神中她知道自己是一個年輕的，長相一般的女子，還帶著點愚蠢。安德莉亞不知道是否她現在這種對穿著和金錢過於隨便的樣子，可以讓她從原來的印象中跳脫出來，或許是她自己對世俗的遷就，也許二者都有吧，讓司機對她的眼神與眾不同。對於這次的旅行，她覺得應該是和自己過去的生活告別的好機會，於是她把行李量縮減到最小。

吉普車要開五英里才能到船停泊的地方。在這期間安德莉亞沒忘了拿她的相機照了好多照片。（這相機真的應該是屬於她的，雖然其實那是報社的相機，她臨走的時候忘了還了。**活該！他們那些豬！**）

安德莉亞被這片土地的貧瘠鎮住了。這裡的石頭乾燥，一層土黃色。一個人大概走兩個小時就能穿越整個城市，這裡似乎沒有工廠，沒有農業，也沒有基礎設施。吉普車掀起的塵土刮上行人的臉龐，那些人看著他們的車飛馳而過，麻木的臉上沒有一丁點希望。

「如果像比爾・蓋茨和雷蒙德・凱因這些人，他們一個月賺的錢比這個國家一年的國民生產總值都要高的話，這個世界就真是糟透了。」

司機聳聳肩，算是回答。他們已經到了港口，這裡是這個城市最現代化的地方，管理得非常好。這個地方實際上就是這個城市的主要收入來源。在非洲，吉布地因為它的地理位置而得到特殊的利益。

吉普車打個轉後停下。安德莉亞好不容易控制住平衡，她看到的景象讓她的下巴幾乎掉下來。「比蒙號」和她想當然的那些醜陋的貨船一點兒都不一樣。這條船很時髦，現代化的船舷桅杆既大又堅固，外表面漆成紅色，而它整個龐然身體是耀眼的白色，讓人眩暈，這是凱因集團的象徵顏色。沒等司機幫忙，安德莉亞抓起自己的東西就跑向這個白色怪獸，她恨不得立刻開始她的新航程。

半個小時後，輪船起錨上路。一個小時後，安德莉亞躲在自己狹小的船艙裡，偷偷地吐起來，吐得翻江倒海。

兩天後，安德莉亞唯一能吃的東西就是一點兒飲料，她內心的聲音告訴她要停止這種折磨，她終於勇敢地走出船艙，來到甲板呼吸一點兒新鮮空氣，瞭解一下船的樣子。但她首先想做的事是，找到雷蒙德・凱因，那個沒有經本尊授權而寫的人物傳記簡直把她搞得抓狂。

「你不該這麼做。」

安德莉亞從欄杆轉過身來。主甲板上有個人朝她走來，那是一位黑髮的迷人女性，大約四十歲。她的穿著和安德莉亞類似：牛仔褲和一件T恤。但在上面還套了一件白色的外套。

「我知道污染海洋是很糟的事情。但是如果你也鎖在房內看了三天爛書，你就會明白哪個比較慘。」

「如果你不是只向船員要水喝，而是自己打開門出去拿食物的話，你就不至於這麼痛苦了。我知道你在等著我來看你……」

安德莉亞把眼睛盯在書上，但其實她的眼神早已游離到船上了。她感到害臊。她不喜歡在生病的時候有人來看她，更討厭自己現在脆弱的樣子。

「我很好。」安德莉亞說。

「我明白，但是我想如果你吃點『暈船寧』，你會感覺更好的。」

「除非你想讓我死，醫生，否則……」

「我叫海瑞爾。你對『暈船寧』過敏嗎，奧蒂羅小姐？」

「對其他東西過敏，請叫我安德莉亞。」

海瑞爾微笑了一下，笑紋讓她臉上的表情柔和了許多。她的眼睛很漂亮，杏仁眼，也有著杏仁的顏色。她的頭髮黑黑的帶點捲度，她比安德莉亞高兩英寸。

「你可以叫我海瑞爾醫生。」她說著伸出了手給安德莉亞。安德莉亞看著她的手，並沒有伸出自己的。

「我不喜歡自以為是的人。」

「我也不喜歡。我不告訴你我的名字是因為我沒有名字。我的朋友都叫我醫生。」安德莉亞終於把手伸給了醫生，握手的時候，安德莉亞感到醫生的手很溫暖也很令人愉快。

「我們走走吧！我可以告訴你更多。」

她們朝船頭走去，熱風吹過來，船頭那面美國國旗迎風招展。

「我在特拉維夫出生，那是戰後第六天。」海瑞爾說著，「我家裡有四個人死於一場戰鬥。拉比②說這是一個很壞的預兆。為了躲開死神的搜尋。只有我父母知道我的名字。」

「這樣做有用嗎？」

「對於猶太人來講，名字很重要。它決定一個人的命運。在我十三歲成人禮的時候，我父親在我耳邊輕輕叫我的名字，其他人在會堂裡唱歌。我不可以把我的名字告訴任何人。」

「否則死神就會找到你？不是想冒犯你，醫生，可是這種說法真沒意義。死神那傢伙可不從電話簿來找你。」

海瑞爾爆出一陣大笑。

「我經常碰到和你有同樣看法的人，而且我覺得你們的看法很新穎。但是我還是要讓我的名字成為一個秘密。」

安德莉亞笑了笑。她喜歡醫生的平易近人，她看著醫生的眼睛，多看了一會兒，也許不太禮貌，海瑞爾把眼睛移開了，望著遠方。

「那麼一個無名氏醫生在這艘巨船上做什麼呢？」

「我是替人來的，到最後一分鐘才知道。這次探險他們需要一個醫生。所以你現在在我手裡。」

她的手很美，安德莉亞想。

她們倆走到船頭。海水在她們腳下迅速滑過，下午的太陽熱辣辣地照著。安德莉亞朝四周看看。

「即使當我感到肚子翻江倒海時，我也必須承認這真是一艘美麗的船呢！」

「它的氣力在腰間，能力在肚腹的筋上。它搖動尾巴如香柏樹。它大腿的筋互相聯絡。」醫生背誦著，聲音很生動。

「這是，呃，哪個船員寫的詩嗎？」安德莉亞笑起來。

「不是，親愛的，這是《舊約》裡『約伯記』裡的一段，是在描述一個怪獸，它的名字就是這條船的名字：比蒙，是海中怪獸利維坦的兄弟。」

「嗯，給船起這麼個名字倒也不錯。」

「從某種意義上來講，它是丹麥海軍護衛艦，是丹麥皇家海軍編制。」醫生指著甲板上正在焊接的一塊金屬牌說，那牌子大約十英尺見方。「那裡本來有船上唯一的一支槍的。凱因集團買下這艘船，花了一千萬美金，那是在四年前的一次拍賣會上，是一場很好的交易。」

「要是我就花九百五十萬買。」

「你就只管嘲笑它吧，安德莉亞，這裡的甲板有二百六十英尺長，有自己的直升機，能以高達三十節③的速度航行八千英里。它可以從西班牙的加的斯開到紐約來回一趟不用加油呢！」

這時，船經行過一些海上的巨大物體，船體輕輕搖晃了幾下。安德莉亞一時沒站穩，滑向欄杆，船頭只有一英尺半寬，醫生一把抓住安德莉亞的T恤。

「小心！如果你掉下去，船速這麼快，還來不及救你，你就肯定被螺旋槳碾得粉碎。」

安德莉亞剛要說聲謝謝，忽然發現遠處有什麼東西。

「那是什麼？」安德莉亞問。

海瑞爾眯起眼睛，用手遮著太陽光往安德莉亞指的方向望去。剛開始她什麼也沒看見，但是五秒鐘後她看見了一個黑點。

「我們終於要見面了，那是老闆。」

「誰？」

「他們沒告訴你嗎？凱因先生會親自指揮這次的探險。」

安德莉亞轉過身來看著醫生，大張著嘴：「你開玩笑？」

海瑞爾搖搖頭：「這將是我第一次見到他。」

「他們答應讓我採訪他的。但我以為那是在這次無聊的行動完成之後呢。」

「你不相信這次探險會成功嗎？」

「只是對這次行動的真實目的有些懷疑。當羅素先生招募我的時候，他說我們要尋找一個遺落了千年且非常重要的古物。他可沒說詳情。」

「我們都是一頭霧水。看，那傢伙飛近了。」

安德莉亞現在可以看清了，在離船頭大約兩英里處有一架飛機正迅速向他們的船飛過來。

「醫生，你說的沒錯，是一架飛機！」由於馬達的噪音，安德莉亞不得不提高嗓門對著醫生喊起來。此時船員們也看到了飛機，都在甲板上高聲叫著以示歡迎。

「不，這不是飛機，你看！」

兩人的目光跟著那個飛行的東西。這架飛機——或者至少安德莉亞把它叫作飛機的傢伙——是一架很小的飛行物，上面印著凱因集團的名稱和標誌，但是它的兩個螺旋槳是普通螺旋槳的三倍大。安德莉亞很驚奇地看著那傢伙的翅膀張開，在這艘巨輪的上空盤旋。突然它就像掛在空中一樣，螺旋槳陡然轉了九十度，然後，如一架直升機一樣停住，把海水的波浪都吹動得同速旋轉。

「這是BA609傾斜翼飛機。這一等級裡最高級的那種。這是它的處女航。他們說這是凱因先生的主意呢。」

「這人好像做什麼都那麼與眾不同。我真想見見他！」

「不，等一下，安德莉亞！」

醫生企圖拉住安德莉亞，但是她被旁邊走過來準備接機的船員擋住了。

安德莉亞來到主甲板，通過下面的舷梯穿過大船的主道，到達樓梯，現在飛機在盤旋降落。在樓梯盡頭，安德莉亞被一個船員擋住了，這個船員長著棕色頭髮，有六英尺多高。

「請止步，小姐。」

「你說什麼？」

「你只能走到這裡，從這裡看飛機。」

「哦，是這樣啊，但如果我想看看凱因先生本人呢？」

「我的任務是不能讓任何人通過這裡，對不起。」

安德莉亞轉身走開，沒再說些什麼。她不喜歡被人拒絕，現在她有兩個動機想愚弄一下這一個保安。

安德莉亞轉到右邊的艙口，來到船的主體。凱因就要下飛機了，她需要快點行動。她可以試著爬過去到下面的甲板，但是那裡肯定還有一個保安。於是她試著推推周圍的幾個門，果然有一扇門沒有關，那是一間娛樂室，裡面有沙發、乒乓球桌子什麼的。這間大房子的盡頭是一個舷窗，安德莉亞走到這的時候，她看到了機會。

好極了！

安德莉亞把一隻腳伸進角落的桌子下面，另一隻伸進沙發下。她兩手拉住舷窗，然後她的頭和她的身體慢慢都鑽出去。不到十步遠，有一個穿著黃色背心的船員，頭上戴著耳機正向飛機發出信號。BA609正發出尖銳的聲音，緩緩降落在甲板上。安德莉亞的頭髮被螺旋槳吹得亂舞。她使勁按住頭髮，但同時也已經發誓好幾遍了：如果她知道自己會在一架直升機的下面，她會像電影裡演的那樣把自己的頭儘可能壓低。電影裡的螺旋槳離演員起碼五英尺高，可是她現在就在正下方！

當然啦，想是一套，實際狀況又是另一套……

BA609的機艙門開了。

安德莉亞感到身後有人。她剛準備轉身，就被人突然抓住扔了出去，然後給按到了甲板上。安德莉亞立刻感到甲板的熱度燙到她的臉頰，因為有人坐在了她的背上。她使勁扭動身體，可是無法動彈。儘管幾乎無法呼吸，但是安德莉亞還是從眼角瞟到從飛機艙門上走下來一個年輕人，穿著運動夾克，他被太陽照成古銅色，雖然戴著太陽鏡，仍然可以看出是一張英俊的臉。在他身後是一個大約二百磅猶如公牛的人。這人冷酷地看著她，安德莉亞儘量使自己面無表情地注視著那人的褐色眼睛。一道很醜的傷疤從那人左邊眉毛一直劃到臉頰。最後走出一個單薄矮小的人，這人從頭到腳都穿著白色。這時安德莉亞感到後背的重量更沉了，幾乎擋住了她所有的視線，根本分不清誰是誰了。唯一還能看清的就是那飛機螺旋槳在高速旋轉。

「放開我，行了吧？那個該死的瘋子加幻想狂已經進到自己的船艙了。你給我滾開！」

「凱因先生既不瘋也不是幻想狂。我想他是受到廣場恐懼症的干擾。」壓在安德莉亞身上的人說。

他的聲音不像其他船員。那聲音很有教養，音調嚴肅緩慢而有韻律，甚至有些空靈，讓安德莉亞想起美國影星艾德．哈里斯④。那人從安德莉亞身上移開，安德莉亞立刻跳起來。

「是你！」

站在安德莉亞面前的是安東尼．福勒神父。

---

①艾拉妮絲．莫莉塞特（Alanis Morissette）：上個世紀九〇年代加拿大搖滾樂超級明星，是加拿大女歌手中最具有象徵意義的代表人物之一。專輯《Jagged Little Pill》是一張具有重要意義的二〇世紀九〇年代女子搖滾樂代表性專輯，獲得多項加拿大最權威的音樂獎Juno獎，並且先後獲得了七次格萊美獎。

②拉比：以色列宗教教師的統稱。

③節：船、飛行器和風的速度計量單位。

④艾德．哈里斯（Edward Allen Harris）：一九五〇年十一月二十八日出生，是一位被四次提名奧斯卡的美國演員、電影導演和製作人。

第五章　你太弱了

「網捕」公司辦公室外，華盛頓特區日落大道二百二十五號
二〇〇六年七月十一日，星期二，上午十一點二十九分

兩個人中個子較高的那位，也是較年輕的那個人，總是去拿咖啡和食物，展現他給對方的尊重。他是納茲姆，十九歲。他已經在克羅夫的組織有十五個月了，他很喜歡這裡，因為他覺得自己的生命重新有了意義和出路。

克羅夫的組織在納茲姆心中佔有重要地位。他們在科萊佛一個寺廟集會，那個地方在新澤西，是一個充滿「西方」味道的地方，克羅夫是這麼說的。納茲姆喜歡在附近打籃球，也是在那裡遇到了他的新朋友們，那些人比他大二十多歲。當這些外表成熟的大學畢業生站在他旁邊並且跟他說話的時候，納茲姆有些受寵若驚。

現在他打開車門，讓自己鑽進副駕駛的座位，對於六英尺多高的他來說，這並不是一件容易的事情。

「我只看到一個漢堡櫃檯，就買了漢堡和沙拉。」納茲姆把食物袋子遞給克羅夫，他正朝納茲姆微笑。

「謝謝你，納茲姆。但是我必須告訴你一件事，並且希望你不要生氣。」

「什麼？」

克羅夫把漢堡從袋子裡拿出來，扔到窗外說：「這些油炸的食品會使我們的身體發胖，讓我們陷入追求味覺的欲望，這不是我們該吃的。對不起，但是沙拉沒問題。」

納茲姆有些失望，但同時也消除了疑慮。克羅夫就像是他的導師。每當他犯了錯誤，克羅夫總是面帶微笑地糾正他，非常尊重他。這和納茲姆父母對他的態度完全不同，在最近幾個月裡，自從他遇到克羅夫之後，他的父母總是對他大喊大叫，因為克羅夫帶他去另外一個地方禱告，那裡比他原來去的地方小，但是納茲姆認為那裡更虔誠。

為這事，他與父母鬧得很不愉快。而姐姐漢娜的晚歸成為這次家庭內戰的最後一根稻草。

有一天晚上，比納茲姆大兩歲的姐姐漢娜和朋友出去喝酒，直到淩晨兩點才回家，納茲姆一直等著她，並且責備了姐姐的穿著和醉酒。兩個人互相吵起來，摻雜著辱罵。最後納茲姆的父親走進來，納茲姆用手指指著父親說：「你太弱了，你不知道怎樣管好你的女人們。你讓你的女兒去工作，你讓她開車也衣著暴露。她應該待在家裡，直到她找到一個丈夫！」

漢娜開始為自己辯駁，納茲姆賞了她一耳光。這個行為切斷了最後的親情紐帶。

「我也許很弱，但我至少是這家的主人。」納茲姆的父親說：「滾出去！我不認識你，滾！」

納茲姆跑出去找克羅夫，身無分文，只有身上穿的衣服。那天晚上他哭了一陣，但很快就止住了。現在他有了一個新家。克羅夫成了他的父親和兄長。從那時起克羅夫要求納茲姆學會對人正確的尊重態度。

納茲姆心裡充滿沮喪，因為父母姐妹不接受他。但他心裡清楚，他想到這些只是為了轉移注意力。他潛意識裡最擔心的是這次任務，這是他第一次執行任務。

克羅夫搖起駕駛座的窗戶。「再過六分鐘我們就走。」

納茲姆有些焦慮地看著他。克羅夫看了他一眼，覺得有些不對勁。

「怎麼了，納茲姆？」

「沒什麼。」

「從來沒有沒什麼。說吧，你可以告訴我。」

「真的沒什麼。」

「是不是有些害怕？你害怕嗎？」

「不是，我是堅強的戰士！」

「戰士也可以害怕的，納茲姆。」

「但是我不。」

「是不是因為要開槍？」

「不是！」

「沒關係，你已經在我表弟家的屠宰場訓練了四十小時了，你一定已經殺過上千頭牛了。」

克羅夫也是納茲姆的射擊老師，在屠宰場中一項訓練就是對著牛群開槍。有時候牛已經死了，但是為了讓納茲姆對武器更加適應，他會讓納茲姆過去看牛的屍體和身上的子彈。

「不必害怕，在那裡訓練我感覺很好。我不害怕這次是去對著真人開槍。我的意思是，他們根本不能算人。」

克羅夫沒說話。他靠在方向盤上，緊緊盯著前方，等待。他知道讓納茲姆說話的最好辦法就是保持幾分鐘的安靜狀態，這會讓納茲姆感到不自在。

「是，是因為，唔，我覺得沒和我爸媽說聲再見，讓我感到有些……」他終於說出了實話。

「我明白了。你還在為發生的事自責。」

「有一點，難道我錯了嗎？」

克羅夫微笑了一下，把手放在納茲姆的肩頭：「振作起來，納茲姆！」

納茲姆想微笑，但只是抽動了一下嘴角，克羅夫使勁按了按納茲姆的肩膀，他的聲音聽起來充滿愛，非常溫暖。

「放鬆一點兒，納茲姆，今天是要別人的血，不是讓你自己流血。但萬一發生了什麼事，你也已經給家裡錄下一段影片了，對吧？」

納茲姆點點頭。

「那麼你就沒什麼可擔心的了，也許你的父母有些『西方』化，但是在他們靈魂深處仍是很好的信徒，他們知道殉道的意義，如果你為他們的信仰殉道，你覺得那時他們會怎麼想。」

納茲姆似乎看到他的父母和姐姐都跪在他的面前，感謝他拯救了他們，請求他原諒他們的過犯。在這霧濛濛的幻想中，他覺得這是對於「下一個生命體」最美好的憧憬了。他終於擠出笑容。

「這就對了，納茲姆。你的笑容是勝利者的微笑，殉道者的微笑。這也是我們的承諾，我們的獎賞。」

納茲姆把手伸進口袋裡，抓住槍把。

納茲姆和克羅夫極其鎮靜地走出車子。

第六章　廣場恐懼症

比蒙號上，開往紅海的亞喀巴①灣
二〇〇六年七月十一日，星期二，下午五點十一分

「是你！」安德莉亞又說了一句，她的氣憤多於驚訝。

他們最後一次見到彼此，是安德莉亞懸在離地面三十英尺的地方，是她的一個敵人把她追到那裡去的。那次安東尼救了她的命，但是他也阻止她繼續寫那篇偉大文章，那是很多記者都夢寐以求的。伍德沃德和伯恩斯坦揭發了水門案，勞威爾伯爾曼寫了煙草工業的內幕。他們都成功了。安德莉亞·奧蒂羅本來也可以成就這樣的成績，但是這個神父阻止了她。至少他擋了她的前途。

要是知道怎麼擺脫你，我就……安德莉亞想起那次採訪布希總統的特殊機會，幸虧現在她在這條船上，可能還有成功的機會——除非是她胡思亂想。但那是以後的事，她更關心現在，安德莉亞不會讓現在這個機會白白溜走。

「我也很高興見到你，奧蒂羅小姐。那道傷疤已經幾乎不見了，成為記憶。」

安德莉亞下意識地摸了摸前額。那是十六個月前，安東尼讓她縫了四針。如果仔細看，現在

還有一條細細的白色痕跡。

「我知道我欠你一條命。但這不是你來這裡的原因吧。你在跟蹤我嗎？你又要把我的工作計畫攪亂嗎？」

「我是以梵蒂岡觀察員的身分參加這次探險，沒有其他原因。」

安德莉亞懷疑地看著他。由於太熱，神父穿著短袖衫，戴著神職人員的衣領，褲管筆挺，永遠是黑色。安德莉亞第一次看見他被太陽曬黑的胳膊，他的前臂很長，上面的青筋像圓珠筆畫上去的那麼粗。

這可不像是神父的胳膊。

「梵蒂岡為何需要對一次考古探險派來一個觀察員？」

神父剛要回答，一個昂揚的聲音打斷了他。

「好極了！你們兩個已經互相介紹了？」

海瑞爾醫生出現在船頭，臉上帶著可愛的笑容。安德莉亞沒有回頭去打招呼。

「差不多吧。福勒神父正要告訴我他為什麼在幾分鐘前要讓布雷特・法夫爾②壓在我身上。」

「奧蒂羅小姐，布雷特・法夫爾打的是四分衛，很少去撂倒對手的。」安東尼說。

「發生了什麼事情，神父？」海瑞爾問。

「奧蒂羅小姐到這裡的時候，正碰上凱因先生下飛機。我不得不阻止她。我有些粗魯，對不起。」

海瑞爾點點頭：「我明白了。你要知道安德莉亞並無意越過警戒線，不用擔心，神父。」

「不用擔心，你什麼意思？你們瘋了嗎？」

「別著急，安德莉亞。」醫生說，「可惜的是，你前兩天都病著，不知道最新消息。讓我告訴你吧。雷蒙德・凱因是一個廣場恐懼症患者。」

「正像這個擒抱員神父③剛告訴我的。」

「除了是神父，安東尼也是個心理醫生。如果我說得不對請打斷我，神父。安德莉亞，你知道什麼是廣場恐懼症嗎？」

安東尼清了清嗓子。

「好像是害怕公共場合什麼的。」

「大多數人都這麼認為。實際上，患這種病的人出現的很多相關症狀比這複雜得多。」

「關鍵是這種病人會失去控制。」神父說，「他們害怕獨處，害怕自己在一個沒有辦法逃離的地方。也害怕見到陌生人。所以他們都要待在家裡很長時間。」

「如果他們不能控制自己的話，會發生什麼情況呢？」安德莉亞問。

「這不一定。凱因先生的病情特別嚴重。如果他發現自己處在一個棘手的環境裡，他可能會恐懼異常，失去和外界接觸的辦法，會暈眩，顫抖，心悸。」

「換句話說就是他會得心臟病？」安德莉亞說。

「或者是神經病發作，」海瑞爾開玩笑說，「但是這些病人可以有正常生活。有些有名的人比如金・貝辛格④和伍迪・艾倫⑤就得了這個病，他們和病魔鬥爭多年並且戰勝病魔。凱因先生也是空手建立起來自己的帝國。遺憾的是，最近五年他的病情在惡化。」

「我想知道到底是什麼原因說服了這個病人來冒險走出他的保護罩？」

「這是這次探險的關鍵，安德莉亞。」海瑞爾說。

安德莉亞發現醫生正用一種奇怪的眼神看著自己。他們都沉默了一會兒，安東尼打破了沉默。

「我希望你原諒剛才我的粗魯。」

「也許吧。但是你幾乎把我腦袋扯掉了。」安德莉亞說著，揉著自己的脖子。

安東尼看著醫生，海瑞爾點點頭。

「你會明白的，奧蒂羅小姐……你看到凱因下飛機了嗎？」海瑞爾問。

「有一個年輕人，他的皮膚是橄欖色，」安德莉亞回答說，「然後有一個大約五十歲的人下來，全身黑衣，臉上有個很大的疤。最後是一個瘦小的男人，頭髮都白了，我想他就是凱因先生吧。」

「那個年輕人是雅各・羅素。凱因先生的執行助理。」安東尼說，「有疤的人是摩根・德克，凱因集團安全總監。相信我，如果你真的接近了凱因先生，德克會緊張，他要做的事你肯定不喜歡的。」

這時船尾傳來警報信號聲。

「好了，現在我們到了互相介紹的時間了。」海瑞爾說，「這次神秘的探險終於要開始揭開面紗了。跟我來。」

「去哪兒呢？」安德莉亞一邊問一邊跟著醫生走上通過船舷門的甲板，幾分鐘前她就是從這裡溜下來的。

「整個探險隊要第一次正式見面了。會介紹每個人的職責和扮演的角色。更重要的是……我們到底去約旦找什麼也該知曉了。」

「順便問一句，醫生，你這次有什麼特殊任務嗎？」進入會議室前，安德莉亞問海瑞爾。

「為醫學而戰。」海瑞爾隨便地說。

克翰一家的藏身之所，維也納
一九四三年二月

約拉・梅爾病了，非常憂慮。她喉嚨裡有一個腫塊，讓她想吐，感覺很不舒服。自從一九〇六年她從烏克蘭的奧德賽逃出那場大屠殺後，她已經好久沒有現在的緊張感覺了。至今她還清晰地記得，那時她的爺爺拉著她逃跑，那年她十四歲。她非常幸運，逃出來後就在克翰家找到一份當傭人的工作。她的主人在維也納擁有一個工廠。約瑟是克翰家最大的孩子，當媒人終於給他找到一個優秀的猶太妻子後，約拉就跟過來，繼續照顧他們的孩子們。他們的大兒子艾倫，小時候有些嬌生慣養，一直在優越的環境裡成長，而小兒子尤岱，則是另外一個故事了。

現在，尤岱蜷著身子躺在床上，身子下壓著一個球。這張床是他和哥哥輪流睡覺用的。地上還有兩條毯子。直到昨天，他還在與哥哥共用這張床，而此時，尤岱躺在那裡，看起來很小也很憂鬱，他的爸爸媽媽都不在這兒，讓這個本來很擠的地方忽然顯得很寬敞。

可憐的孩子。自從他出生，這塊只有十二平方英尺的地方就成了他全部的世界。他出生的那天下午，克翰一家，包括約拉，都在醫院裡。他們再也沒能回到在老家的豪宅。那是一九三八年十一月九日，後來人們把這一天叫作「水晶之夜」⑥，也叫作碎玻璃之夜。尤岱的祖父母首先被殺害。整個靈思瑞都被燒了，連同旁邊的禮拜堂，而救火員都喝醉了，只對著大火狂笑。克翰一家所能拿出來的所有東西就是一些衣物，還有一個神秘的包裹，那個包裹在尤岱出生的儀式上，他的父親用過。約拉不知道那是什麼，因為整個儀式中，克翰先生讓每個人都離開屋子，包括妻子奧蒂，當時她剛生完尤岱，幾乎站不起來。

身無分文，約瑟無法離開這個國家。但是像很多其他人一樣，他相信這個災難只是暫時的，很快就會過去，於是他請一些天主教的朋友幫忙找避難所。他也沒有忘記約拉，後來發生的事讓約瑟永遠不會忘記她。在被納粹佔領的奧地利，很多友誼因為現實的恐怖不復存在，但是有一個朋友不是這樣：一位年邁的法官拉斯冒著生命危險，決定幫助克翰一家。在他自己家裡的一間房子，他修了一個藏匿所，親手用磚頭砌了一堵隔牆，並在底下留下一個口，讓克翰一家可以出入。然後拉斯用一個書架擋在這個洞口前面。

在一九三八年十二月的一天，克翰一家鑽進了這個像活墳墓一樣的住處。他們相信納粹佔領奧地利不會超過幾個星期。這個藏身之處太小，不能讓他們同時躺下睡覺，唯一值得安慰的東西是一盞煤油燈和一個水桶。每天早晨法官的女傭回家後兩小時，法官拉斯把食物送進來，每天一次。在過了午夜大約半小時後，老法官會慢慢推開書架，因為上了年紀，推開書架幾乎要花上半個小時，還要不時停下來休息，才能打開足夠的空隙讓克翰一家出來透透氣。

其實和克翰一家一樣，老法官拉斯也是一個囚徒。他知道他女僕的丈夫是一個納粹黨員，所以當他在建這個洞穴的時候，他讓他的女僕到薩茲堡休假了幾天。當她回來的時候，他告訴她他們換了煤氣管道。他不敢換女僕，因為那樣會讓別人起疑，而且他必須每天小心購買食物的多少。後來按人頭購買，他就更要加倍小心來給這額外多出來的五個人提供食物。約拉很同情他，因為他幾乎賣了他家裡所有值錢的東西去黑市換取肉和土豆，他把這些食物藏在閣樓上。到了晚上，約拉和克翰夫婦從藏身之處出來，光著腳，就像奇怪而竊竊私語的鬼魂，接著，老人就把食物從閣樓拿出來給他們。

克翰夫婦不敢在外邊待的時間太長，每次就幾個小時。此時約拉總是幫孩子們洗洗讓他們可以活動一下，而克翰夫婦就和老法官輕輕地說話。在白天他們幾乎不敢弄出一點兒輕微的聲響，大部分時間不是在睡覺就是處在半清醒狀態。這對約拉來講簡直是折磨。後來他們就聽說了在達豪的集中營發生的事。從此每天的每一件簡單的事都變得複雜起來。最起碼的生活需要——比如飲水，甚至給小尤岱換尿布——在這個狹小的空間裡都成了很沉悶的過程。在這種情況下，奧蒂一直還在和大家不斷溝通，這讓約拉感到簡直是件神奇的事。奧蒂發明了一套複雜的手勢，這樣她可以和丈夫進行長時間的交流，他們不說一句話，卻可以對那些苦難的事交換意見。

三年就這麼靜靜地過去了。尤岱的詞彙量只有四、五個。幸運的是，他的性情比較安靜，幾乎不怎麼哭。他更喜歡讓約拉而不是他的母親抱著他，但這並沒有讓奧蒂感到難過。奧蒂似乎更關心艾倫，他是這次幽禁最大的受害者。因為他一直沒規矩慣了，一九三八年十一月大屠殺開始時，他還是一個被慣壞了的五歲男孩。在這裡被關了大約一千多天後，他的眼睛出了問題，他幾乎被折磨得發瘋。每當必須回到洞裡的時候，他總是最後一個，靠在洞口拒絕回去。每當這時，尤岱就走過來拉住哥哥的手，鼓勵艾倫再次犧牲忍耐，回到那個漫長的黑暗之中。

但在六個晚上之前，艾倫終於無法忍受了。等到其他人都回到洞裡，他偷偷溜到了屋子外面。老法官試圖抓住他，可是老人的手指只碰到了孩子的衣服，他已經跑了出去。約瑟想跟上他，但是當他來到街上，已經找不到艾倫。

三天後，他們在《新克朗倫彙報》⑥得到消息。一個頭腦有問題的少年，顯然沒有家庭，已經被埃姆・斯珀格朗地兒童醫院收留。老法官把這個消息告訴克翰夫婦的時候，他嚇壞了，嗓子幾乎被堵住。艾倫將會遇到的事情，讓奧蒂失控以至於沒法聽丈夫的解釋。約拉看到奧蒂衝出大門，她差點暈過去，奧蒂手裡拿著那件東西，就是幾年前尤岱出生時候在醫院的東西，現在那是他們家唯一值錢的物件。約瑟也跟去了，陪著奧蒂，儘管奧蒂反對，他堅持要陪著她去找兒子。臨走之前，約瑟交給約拉一個信封。

「是給尤岱的，」他說，「等到了成人禮⑧之前他才可以看。」

他們走後，約拉度過了兩個可怕的夜晚。她焦急地等待著消息，但老法官似乎比平時更沉默。一天前，房子裡忽然傳來一些奇怪的聲音，而現在，書架忽然在大白天被移開了，這是三年來的頭一次，老法官的頭出現在洞口。

「快點！我們沒有時間了！」

約拉使勁眨眨眼睛。從黑暗中分辨出外邊的陽光非常刺眼。尤岱從沒見過太陽，他哆嗦著爬到洞口又退回去。

「約拉，對不起，昨天我得知奧蒂和約瑟被捕了。我什麼也沒說，因為我不想讓你再難過。但是你現在不能待在這兒了。他們會審訊克翰夫婦，不管他們再怎麼堅強，納粹最後也一定會找到尤岱的。」

「約瑟不會說任何事，他非常堅強！」

老法官搖搖頭。

「他們會答應保證艾倫的生命，來換取這個小的作為條件，或者還有什麼誘惑。他們總能使人開口的。」

約拉哭了。

「沒時間了，約拉。那天他們倆沒回來，我就去見一個在保加利亞使館工作的朋友。我有兩個出境簽證，名字是碧蓮・鮑爾，她是教師，和米克・直蔻，一個保加利亞外交官的兒子。我想出來的故事是：你和這個孩子來這裡和孩子的父母過聖誕，現在要回去上課。」老法官給約拉看了看手中兩張長方形的票，「這是去舊扎戈拉⑨的火車票。但是你們不去那裡。」

「我不明白。」約拉說。

「舊扎戈拉是你文件上要去的目的地。但是你得在切爾納沃德⑩下車。火車會在那裡逗留一會兒。你可以下車，孩子可以活動一下腿。然後你需要面帶微笑地離開火車。你沒有行李，手裡也沒有東西，一有機會你就帶孩子溜走。康斯坦薩⑪就在那裡往東三十英里。你要不走路要不找到什麼人可以帶你們乘車去那裡。」

「康斯坦薩。」約拉重複著，在困惑中仍努力記住每一個字詞。

「那裡以前屬於羅馬尼亞，以前。現在是保加利亞的。誰知道明天又會是誰的。重要的是那是一個港口，納粹的控制不是很嚴格。從那裡你可以乘船去伊斯坦布爾。從伊斯坦布爾你就可以隨便去哪裡了。」

「可是我們沒有錢買票啊！」

「我這裡有些馬克給你們做旅費。信封裡這點錢足夠讓你們倆去一個安全的地方。」

約拉看看四周。房間裡幾乎沒有什麼傢俱。突然她明白了前天屋子裡那些奇怪的聲音是什麼了。老人幾乎把所有的東西都賣了，好湊夠錢讓他們倆逃走。

「這可讓我們怎麼感謝你呢，拉斯法官！」

「不用。你們的旅途會非常危險，我也不知道這個出境簽證是不是能保護你們。上帝原諒我，我希望我不是把你們推向死亡啊！」

兩個小時後，約拉費力地把尤岱拖出來，來到樓梯口。剛要出去，突然她聽到一輛卡車停在了門口。每個在納粹統治下生活的人都知道這聲音意味著什麼。整個過程就像一種旋律：先是刺耳的煞車聲，跟著是有人大聲吆喝，然後是間奏曲般沉悶的靴子踩在雪地的聲音，這聲音越來越清晰，已經踏到木地板上。此時，你除了禱告這種聲音可以離你而去，沒有任何辦法。而這種不祥的聲音卻在一步步接近來到門口。稍停片刻，就會傳來尖叫和混亂的哭聲，夾雜著機關槍的獨奏。當這「音樂」結束的時候，燈就又亮了，鄰居們又回到桌子前，母親們臉上帶著笑容安撫家裡其他人，好讓他們相信其實隔壁什麼也沒有發生。

約拉對此瞭若指掌。她一聽到車聲，就迅速躲到樓梯底下。士兵闖進了老法官的家，其中一個士兵神情緊張地拿著手電筒來回照著大門。手電筒光劃破屋子的黑暗，幾乎照到約拉的鞋子。尤岱緊緊抓著她，像一個受驚嚇的小動物。約拉使勁咬住嘴唇，不讓自己叫出聲來。士兵離他們太近了，她都可以聞到他們皮大衣的味道，還有冰冷的槍上的金屬味道和機油味。

樓梯天井那裡傳來一陣很大的聲響。士兵停止了搜查都衝向樓梯那裡，一個士兵在那裡慘叫。約拉抱起尤岱出了大門奔到街上，再盡力裝出若無其事的樣子，慢慢地走著。

---

①亞喀巴：約旦西南部的港口城市。

②布雷特・法夫爾（Brett Favre）：美國著名橄欖球隊員。

③擒抱員（Tackler）：美式足球中的角色。

④金・貝辛格（Kim Basinger，一九五三年十二月八日—）：一位美國電影與電視劇演員，也曾是一位模特兒。獲得過奧斯卡最佳女配角。

⑤伍迪・艾倫（Woody Allen，一九三五年十二月一日—）：美國電影導演、編劇、演員、作家、音樂家和劇作家。

⑥水晶之夜（德語 Kristallnacht）：又稱碎玻璃之夜，指一九三八年十一月九日—十日淩晨，納粹黨與黨衛軍襲擊德國全境和部分奧地利的猶太人事件。是夜，德國境內猶太會堂、絕大部分猶太商店和住宅玻璃被砸，九十一個猶太人死於非命，三萬猶太人被捕。

⑦新克朗倫彙報：奧地利最大的報紙。

⑧成人禮：為滿十三歲的猶太男孩舉行的成人儀式。

⑨舊扎戈拉（Stara Zagora）：保加利亞城市。

⑩切爾納沃德（Cernavodă）：羅馬尼亞的城鎮，位於該國東南部多瑙河畔。

⑪康斯坦薩（Constanta）：世界最大港口之一，在羅馬尼亞。

第七章　會議

比蒙號上，紅海海域，駛往亞喀巴灣
二〇〇六年七月十一日，星期二，下午六點〇三分

房間裡有一張很大的長方形會議桌，上面整齊地擺放著二十份資料夾。大部分位子都已經坐滿了人。海瑞爾、安東尼和安德莉亞是最後進來的，因此只能坐在最後的三個座位上。安德莉亞坐在一個年輕的美國黑女人和一個老人之間。黑女人穿著半軍事的制服，根本不看安德莉亞一眼，而是跟自己左邊的人在聊天。那個人也穿著和她類似的制服。安德莉亞右邊的那個老人頂禿，留著密密的鬍子。伸出手來和安德莉亞打招呼，他的手指又大又粗糙。

「我叫湯米‧愛伯格，是司機。你一定是奧蒂羅小姐。」

「哦，又一個認識我的人！很高興見到你。」

湯米笑了笑，他有一張圓圓充滿笑意的臉。

「我希望你現在好一些了。」

安德莉亞剛要回答他，一個人走進門來，很大聲地清了清喉嚨，打斷了安德莉亞，那人看起來很不友善。他上了年紀，大概有七十歲。他的眼睛幾乎埋在他密密的皺紋下，就像給他的鏡片

加上兩個符號似的。他表情異常嚴肅。他的頭剃得非常光滑，卻留著灰鬍子，好像一塊雲在嘴邊漂浮著。他穿著短袖上衣，卡其布的褲子，腳上是很厚的黑靴子。他開始說話的時候，聲音就像一把刀刮在牙齒上，令人非常不舒服，他走近會議桌時，一台小巧的可攜式螢幕已經裝好，在螢幕旁邊坐著凱因的助理。

「女士們先生們，我叫斯克・佛理斯，是這次探險的聖經考古教授，來自麻省大學。那不是巴黎大學①，但至少對我來說是個家。」

屋子裡傳來一些友好的笑聲，那是教授的助理們，對於這個笑話，他們聽了不下千遍。

「毫無疑問，當你們踏上這條船時，一定在思量到底這次探險是什麼目的？我希望你們沒有自作主張地去調查，因為我們的贊助者凱因集團要求我們對這次旅行要完全保密，合約要求我們從開始答應參加這個專案一直到我們進棺材之前都要保密。但遺憾的是，我的合約中還有一條要求，就是給在座的諸位介紹我們的行程計畫，這就是接下來的一個半小時我要做的事情。不要打斷我，除非你的問題是非常明智的，羅素先生已經告訴我你們每一個人都是非常特別的，我對你們的細節都非常瞭解，從你們的智商到你們最喜歡用的保險套牌子我都知道。至於德克先生的小組，就根本不要張嘴說一個字。」

安德莉亞特意把身子轉過去對著教授，這時她聽到一個很有威脅性的聲音，是從那幾個穿制服的人那裡傳來的。

「這狗娘養的以為自己比誰都聰明。也許我該叫他一顆顆吃掉自己的牙！」

「安靜！」

這個聲音不大但是充滿暴力，讓安德莉亞打了個哆嗦。她轉頭尋找，看到這聲音是出自摩根

・德克，就是那個臉上有疤的人，此時他正靠著一張椅子，頂著後面的牆。那些士兵立刻沉默不語了。

「好，現在我們都在同一個地方了，」斯克教授繼續說，「我先介紹一下，我們一共二十三人，被召集在一起，將參加這次偉大的探險，你們每一個人都有自己的工作要做。你們已經都認識在我右邊的羅素先生了，是他挑選了你們。」

凱因的助理點點頭和大家打個招呼。

「羅素先生的右邊是安東尼・福勒神父，他是梵蒂岡的觀察員，負責對這次探險做觀察報告。福勒神父旁邊是尤利・扎也特，拉尼・比德克，廚師和助理廚師。然後是羅伯特・弗里克和布萊恩・漢里，行政管理員。」

兩個廚師都很老。尤利很瘦，大約六十歲，嘴角向下撇著，拉尼則是一個很胖的傢伙，比尤利小幾歲。安德莉亞看不出他的年齡。那兩個行政人員就不一樣了，他們都很年輕，顯得幾乎和拉尼一樣黑。

「除了這幾個拿了過高薪資的工人，這裡還有我的助手們，他們都是閒得無聊、只會說些奉承的話，並都有從那些昂貴大學換來的文憑，以為自己比我懂得多。他們是：大衛・帕帕斯，戈登・杜英，凱拉・拉森，斯都・艾靈和艾拉・雷文。」

這些年輕的考古學家在座位上不自在地扭動，想讓他們看起來很專業的樣子。安德莉亞很同情他們，他們大概都在三十出頭，但斯克讓他們看上去像被繩子牽著的狗，這讓他們顯得更年輕也更不成熟，但也許他們真的很專業。畢竟和那幾個穿著制服的人比起來，簡直是天上地下的差距。

「桌子這頭最外邊坐著的是德克先生和他的公狗們：歌特里布雙胞胎兄弟——阿洛斯和阿里克，還有特維瓦卡，派克・托里斯，馬拉・傑克森，以及路易斯・馬婁尼。他們負責保安，其實是給我們增加了很多碎嘴。因為那些風涼話很具破壞性，是不是？」

士兵們都沒回答。但是德克倒是挨著桌子坐直了，開始講話。他的話帶著很重的南非口音。

「因著我們這次的……行動，可能會引來當地的武力事件。到時候我想斯克教授會感謝我們提供的保護。」

斯克教授張開嘴想回應他的話，但是德克臉上的表情似乎在告訴他，現在不是說刁難話反駁的時候。

「你的右邊是安德莉亞・奧蒂羅小姐，我們的官方記者。當她需要任何資訊或者想採訪你們誰的時候，我請你們與她配合。那樣她就可以寶貴地把我們這次的探險經過告訴世界。」

安德莉亞擠出個微笑，臉朝桌子看了一圈，有些人也微笑地回應她。

「那個長著鬍子的人叫湯米・愛伯格，我們的司機。坐在最後面右手的是海瑞爾醫生，我們官方的蒙古大夫。」

「如果你記不住所有人的名字，不必擔心。」醫生說著，舉起她的手，「我們會在一個地方待上很長的一段時間，那個地方可沒有什麼娛樂設施，所以我們會對彼此相當熟悉。別忘了帶上船員給你們在船艙裡準備的名牌……」

「就我所知，你認識不認識每一個人無所謂，只要你幹好你該幹的工作，」斯克教授打斷海瑞爾的話，「現在，你們要把注意力集中在螢幕上，我要開始講我們這次的使命了。」

前方大螢幕出現了一組電腦合成的一個古老城市的照片。一條山谷上，出現了一道紅牆，還有傾斜的屋頂，環繞著一個三角形的外牆。街道上有很多人在做著他們每天要做的事，照片很清晰，安德莉亞不禁為此感到驚訝，這簡直可以和好萊塢的電影相媲美，可惜這部紀錄片的旁白是教授那沙啞的聲音，這傢伙太自我了，他甚至聽不出自己的聲音多難聽，安德莉亞想，他讓我頭疼。只聽教授的聲音在屋子裡迴響起來：

歡迎來到耶路撒冷。這是西元七〇年的四月。這是這座城市被那些反對派的狂熱份子佔領的第四年。這些反對派禁止原來的居民居住。羅馬人，就是當時統治以色列的民族，也已經無法忍受那些反對派的狂熱份子，羅馬統治者讓提圖斯②來懲治他們。

這時候螢幕上出現了一個非常祥和的畫面：在外牆四周，婦女們在井邊打水，孩子們在玩耍，突然遠處的號角打斷了他們，一群鷹飛舞在上空，那是勝利的聲音，孩子們被嚇到了，他們跑進城裡去。

幾個小時後城市四周被羅馬人圍住。這是第四次圍攻。城裡人擊退了前三次。提圖斯使用了詭計。他讓信徒進城去慶祝逾越節，他們可以越過戰線。慶祝活動結束後，他封鎖了城市，不允許信徒再離開。現在城裡的居民是平時的兩倍，食物和水的供應很快告罄。羅馬軍隊從城北面開始進攻，並且攻下了第三道城牆。現在是五月中旬了，這座城的淪陷只是時間早晚問題。

螢幕展示出一個古代攻城用的大木槌正在摧毀外牆。從耶路撒冷最高的山峰，可以看到殿宇的祭司們淚流滿面，親眼見證這座城市的淪陷。

城市最終在九月失守。提圖斯兌現了他向他父親維斯帕先作出的許諾，城市大部分居民被處死和流放。他們的家被搶劫一空，他們的殿宇被破壞。從燃燒的殿宇中，羅馬士兵扛出一個巨大的七燈燭檯③，他們的長官騎在馬上，正微笑地看著他們。

所羅門的第二個殿宇被燒為平地，殘垣斷壁一直留到今天。殿裡很多珍寶都被偷走，很多，但不是全部。在五月份第三道城牆倒塌後，一個叫也莫拉的祭司想出一個計畫，可以挽救至少是一小部分的寶貝。他挑選了二十名勇敢的人，給頭十二個人每人一個包裹，並仔細告訴他們這個包裹要帶到哪裡和他們要做什麼。這些包裹裡面有殿宇最「傳統」的寶貝：大量的金子和銀子。

一位年紀很老的白鬍子祭司，身穿黑色長袍，正在和兩個年輕人說話，其他人在等待，他們在一個很大的石頭洞穴裡，洞穴裡插著很多火把。

也莫拉老祭司委託最後的八個年輕人一項很特殊的使命，比其他人的任務危險十倍。舉著火把，老祭司領著這八個年輕人，他們扛著一個很大的包裹，上面放了很多亂七八糟的東西作掩飾，幾個人走向隧道深處。

利用廟宇地下的秘密通道，也莫拉帶領幾個人越過城牆，繞過羅馬人的包圍。儘管這裡是羅馬第十軍團的後面，經常有羅馬士兵巡邏，但幾個年輕人設法繞過他們，到達耶利哥城，第二天他們穿戴上沉重的裝備，從此永遠消失了。

斯克教授按了一下按鈕，螢幕變黑了。他轉向聽眾，他們都在等著他解釋。

「這些人當時所做的事非常不可思議。他們扛著一件巨大的東西，走了十四英里路，大概九個小時。而這只是他們行程的開始。」

「他們拿的到底是什麼東西？教授？」安德莉亞問。

「我想該是最寶貴最值錢的東西吧。」海瑞爾說。

「別著急，親愛的，也莫拉回到城裡，在接下來的兩天裡寫了一封很特殊的信，這封信寫在一個很特殊的卷軸上。這其實是一份詳細的地圖，有詳細說明，關於如何發現這件從殿宇裡被搶救出來的寶貝其每一部分藏在哪裡……但是這件事他一個人無法完成，這是一個以文字寫成的地圖，被刻在銅軸的表面，幾乎有十英尺長。」

「為什麼用銅軸？」一個坐在後面的人問。

「因為不同於草紙或羊皮紙，銅更具耐久性。當然也非常不容易把字刻上去。這件事用了五個人，每個人輪流刻其中一部分。他們完成後，也莫拉把刻好的文件分成兩部分，第一部分給了一個傳遞消息的人，告訴他為了好好地保存，要放在耶利哥城的一個社區。另一部分他給了自己的兒子，他也和他父親一樣是一個祭司。我們之所以知道這些第一手資料，是因為也莫拉把這些都寫在一塊銅板上。從此以後，這些都不見了，長達一千八百八十二年之久。」

教授停下來，喝了口水。這一刻他看上去似乎沒有那麼多皺紋，也不再是那個高傲的傢伙，而更像一個人了。

「女士們先生們，現在你們對此事的瞭解比世界上任何一個專家都多。沒人知道這手稿到底是怎麼寫的。不過在一九五二年，在死海西岸的一個洞穴裡發現了第一部分，立刻變得非常引人注意，這可是在庫姆蘭會社八萬五千嚬殘片中發現的。」

「這就是庫姆蘭會社的著名銅卷嗎？」海瑞爾醫生問。

考古學家斯克再一次轉向螢幕，現在上面是一幅圖，正是那個著名的銅卷：那是一個捲起來的黑綠色金屬片，上面的字看不大清楚。

「這就是它的樣子。研究者們立刻被這個不同尋常的發現迷住了，就是這種奇怪的刻寫原料和上面的文字，沒有一樣是可以正確地詮釋出來的。只有一件事是清楚的，就是當初這個寶貝有六十四個組成部分，這上面寫著那些寶貝都是些什麼以及如何找到它們。比如說，『在洞穴的下面，朝東走四十步』、『在瞭望塔下，挖三英尺深，那裡可以找到六條金子』。但是這些說明太模糊，而且說的數量也似乎非常不對，有些說有二百噸的金銀，而那些所謂『嚴謹』的研究者認為這一定是某種虛構的故事，或者是惡作劇之類。」

「這可是個很費工夫的笑話。」湯米說。

「說得太對了，湯米，你這話非常好，沒想到能從一個司機嘴裡說出來，」斯克說，他似乎不知道如何在表揚別人的時候不夾帶損人的話，「在西元七〇年，還沒有什麼五金店，這麼大一片含銅量九十九%的銅片是非常昂貴的東西。沒有人會把一本小說寫在這麼值錢的東西表面。這裡有一線希望之光。這個被叫作第六十四號的東西，也就是庫姆蘭會社銅卷上寫的『一段有說明的文字和密碼，用來發現隱藏的東西』。」

一個士兵舉起了手。

「那麼這個老頭，也莫哥……」

「也莫拉。」

「管他是哥還是拉，這老頭把這銅片切成兩片，每一片上寫著如何找到另外一片的線索？」

「並且兩片必須同時放在一起，才能找到藏起來的那些珍寶。沒有第二個銅卷就沒辦法知道任何事情。但是八個月前，發生了一些事……」

「我猜你們一定想聽一個簡短的故事。教授。」安東尼微笑著說。

老考古學家盯著安東尼幾秒鐘。安德莉亞注意到斯克教授好像不知道接下來該怎麼說，她想：這兩個男人之間到底發生了什麼？

「對，當然，第二個銅卷最後能被發現，梵蒂岡功不可沒。這是一個神聖的物件，歷代父傳子承，他們家庭的職責就是要保護聖物的安全直到合適的時間才開啟。他們把銅卷藏在一個蠟燭裡面，但是最後他們自己都忘了裡面到底是什麼了。」

「這並不奇怪。多少代了?七十、八十代?這麼久他們還能保護著這個蠟燭已經是個奇蹟。」一個坐在安德莉亞前面的人說，那是行政管理人員，布萊恩。

「我們猶太人是個很有耐心的民族。」湯米說，「我們已經為了等待彌賽亞的出現等了三千年。」

「你們還得再等三千年。」一個德克的兵說。他說著大笑起來為自己的玩笑鼓掌。但沒有人笑。安德莉亞猜測，因為除了這些雇傭兵，幾乎參加探險的所有人都有猶太背景。她感覺到屋子的空氣有些緊張。

「讓我們繼續，」斯克說，沒理那個士兵唐突的笑話。「是的，這是一個奇蹟，我們來看一看。」

他的一個助手拿出一個木頭盒子，大約三英尺長。裡面有一個玻璃罩，他從裡面拿出那個銅牌，上面有希伯來的符號。每一個人，包括那幾個士兵，都盯著這個銅牌，輕聲發表意見。

「看起來像新的一樣。」

「是的，庫姆蘭會社的銅卷應該很舊才對。不應該亮閃閃的還被切成很多小條。」

「庫姆蘭會社應該看起來更古老，因為它被暴露在空氣裡。」斯克教授解釋說，「被切成小條是因為研究者們找不到其他方法可以展開銅卷進而閱讀上面的內容。第二部分銅卷因為用蠟包裹著防止了它的氧化，因此上面的字至今還比較清晰容易辨認。這就是我們的寶貝地圖！」

「那麼你想把它翻譯出來？」

「當我們拿到了第二部分，想知道第一部分寫的是什麼，就像孩子辦家家酒一樣簡單。不容易的是要讓這次發現不被其他人注意。請不要問我實際操作步驟，因為我沒有權利告訴你們揭開這些秘密的詳細過程，再說你們也不會懂。」

「那麼我們是要去尋找那些金子啦？這麼興師動眾地來一次探險，不是有些小題大做？像凱因這麼有錢的人為何這麼感興趣？」安德莉亞說。

「奧蒂羅小姐，我們不是去找金子。實際上我們已經發現了一些。」

老考古學家對一個助手做了一個手勢，助手拿出一塊黑色的毛氈放在桌子上，然後在上面小心翼翼地放上一個金光閃閃的東西。那是安德莉亞見過的最大的金條了！它和一個男人的小臂一樣長，形狀不是很光滑，大概是千年前鑄造而成的。儘管金條表面佈滿顆粒小坑，仍然非常美麗。屋子裡每個人的眼睛都黏在金條上了，有人忍不住吹口哨讚揚。

「透過銅卷上的一些線索，我們已經發現了一處藏寶貝的地方。那是今年三月的事情，在紅海西岸某個地方。那裡有六條和這個同樣大的金條。」

「值多少錢？」

「大約三萬美金……」

口哨聲響成一片。

「但是相信我，和我們要去尋找的東西比起來，這簡直算不了什麼。我們要去尋找人類歷史上最有能力的東西。」

斯克又做了一個手勢，助手把金條拿走，毛氈還留在桌子上。考古學家拿出一張紙，上面畫著很多圖，他把這張紙放在剛才放金子的毛氈上面。每個人都站起身湊過來看，他們幾乎立即都看明白了上面畫的。

「女士們先生們，你們是被挑選的探險隊，由二十三人組成，你們的任務是要發現約櫃④。」

比蒙號，紅海上

二〇〇六年七月十一日，星期二，下午七點十七分

斯克教授的介紹讓整個會議室裡彌漫著激動好奇的空氣。每個人都興奮地彼此交談著，然後問題像雪片一樣飛到教授那裡。

「約櫃在哪裡？」

「約櫃裡面還有什麼？」

「我們要怎麼做？」

安德莉亞也被這個消息驚呆了，「約櫃」這個詞像個魔法箍套在考古學家身上，讓他們渴望了三千年。

即使是凱因的採訪也不會比這個消息更精彩了！羅素說得對，如果我們發現了約櫃，那就是本世紀最大的頭條！將證明上帝的存在……

安德莉亞的呼吸變得急促，突然間她有上百個問題要問，但她也知道如果直截了當地向斯克發問不會有什麼效果。這老頭故意把他們引到這裡，然後他在旁邊看大家祈求的樣子，心裡不知道有多得意。

最好的辦法是我們大家合作。

如同證明了安德莉亞的想法，斯克此時像只喝醉酒的貓，滿意地看著大家，然後他做出手勢，讓大家安靜。

「今天就說到這裡吧。我不想給你們說太多，否則你們的頭腦不能承受。我會在適當的時候告訴你們其他的事。現在，我要把時間交給……」

「最後一件事，教授，」安德莉亞打斷他，「你說我們是二十三人，但我數了，這裡只有二十二人。誰沒來？」

斯克轉過頭來望著羅素，眼睛裡帶著詢問，羅素點頭示意他可以說出原因。

「第二十三名成員，就是雷蒙德・凱因先生。」

房間裡突然鴉雀無聲。

「這他媽的到底是什麼意思？」一名士兵問。

「意思就是我們的老闆將參加這次探險。眾所周知，他剛在幾個小時前上了這條船，他會和我們在一起，這很奇怪嗎，托里斯先生？」

「上帝啊，每個人都知道那老人是個瘋子。」托里斯說，「保護這麼多人已經夠累的，現在又多了一個……」

托里斯身材矮小，很瘦，皮膚很黑，說話帶著很重的西班牙口音。

「托里斯你給我閉嘴！」一個聲音在他背後叫。

托里斯立即縮回到座位裡，但是沒有回頭。顯然德克不想讓自己的人給他難堪。

這時候斯克教授坐下了，羅素站起來。安德莉亞發現羅素的衣服上連一個皺褶都沒有。

「下午好。首先感謝斯克教授生動的發言。我代表我個人和凱因集團，非常感謝大家能加入這次行動。我要補充的，只有兩點，非常重要。第一，從現在開始，一切與外界的聯繫都必須嚴格控制，在我們行動完成之前，這裡就是你們的全部世界。你們會明白，這種限制對於安全和這次行動是否成功是非常關鍵的，因為我們的行動對外界來說是一個十分敏感的話題。」

底下傳來一些抱怨的細小聲音，但每個人都明白羅素說的，因為在他們個人的合約裡都有這條，他們也都簽了字。

「第二點可能讓你們更有些難以接受。安全顧問已經給了我們一份報告，還沒有最後確認，但是據悉極端恐怖主義組織已經知道了我們這次的行動，並要襲擊我們。」

「什麼？」

「是騙人的吧？」

「還有危險？」

羅素舉起手示意大家安靜。顯然他對大家的反應早有準備。

「不必擔心。我只是想讓你們警覺些，而不是做一些沒有必要的冒險。對我們這次的目的地，向外界透露得越少越好。雖然我不知道從這裡洩露的消息會給我們造成多大影響，但是相信我，我們已經作好準備，屆時會採取必要的行動。」

「會不會危險來自約旦政府內部呢？」安德莉亞問，「我們這麼一大群人肯定會引起注意的。」

「就約旦政府而言，我們是一支商業考察團，是來約旦歐姆達瓦沙漠進行開採磷酸鹽的前期研究。這裡和沙特接壤。你們當中沒有人需要通過海關，所以不必擔心需要掩護身份。」

「我不擔心這個，但是我擔心那些恐怖主義者。」斯克教授的一個助手凱拉說。

「只要有我們在，你的擔心就是多餘的。」一名士兵驕傲地說。

「這個報告還沒有得到最後的證實。只是一種傳言。傳言傷害不了你。」羅素說，臉上帶著滿滿的笑容。

證實後就難說了，安德莉亞想。

會議幾分鐘後結束。羅素、德克、斯克教授還有其他幾個人都回到他們的艙裡去了。在會議室門口有兩個推車，上面有三明治和飲料。一些船員偷偷放在這裡的，顯然，探險隊成員和船員之間的關係不是很好。

留在會議室的其他人順手拿了些吃的喝的。他們一邊興奮地討論著剛才得到的那些資訊，一邊吃喝得津津有味。安德莉亞和海瑞爾醫生以及司機湯米說得正帶勁，安德莉亞已經嗑掉了一塊烤牛肉三明治和兩瓶啤酒。

「我很高興看到你恢復胃口，安德莉亞。」

「謝謝醫生！可惜每次吃完飯，我的肺就會渴望尼古丁。」

「你只能在甲板上抽煙。」司機湯米說，「船上禁止吸煙。你知道這是……」

「凱因先生的命令。」其他幾個人一起說，大笑起來。

「是的是的我知道。不必擔心。我就抽五分鐘。現在我想看看這推車上有什麼比啤酒更厲害的沒有。」

① 巴黎大學：也叫索邦神學院。

② 提圖斯（Titus Flavius Vespasianus）：因為與父親維斯帕先同名，史學家稱為提圖斯，聖經中做提多王，羅馬帝國佛拉維王朝第二任皇帝，西元七十九年至八十年在位。西元七〇年他率軍攻破耶路撒冷。

③ 七燈燭檯（Menorah）：一種可以插七個蠟燭的燈檯，古時放在猶太人的聖殿裡，並慶祝哈努卡節（Hanukkah），也稱光明節。

④ 約櫃：猶太人的聖物，裡面放置著摩西從神那裡獲得的石板，上面有摩西十誡，是神與以色列人立的約。

第八章　紅海溺水

比蒙號上，紅海
二〇〇六年七月十一日，星期二，晚上九點四十一分

甲板上已經很黑了。安德莉亞從行人通道慢慢向船頭走去。她後悔把毛線衣脫了，現在溫度已經降下來很多，冷風吹著她的頭髮，讓她冷得直哆嗦。

她從自己牛仔口袋裡翻出一包揉皺了的駱駝香煙，又在另一個口袋裡找到一個紅色打火機。打火機很普通，只是上面畫了一朵花，大概商店裡也就賣七歐元左右，但這是伊娃送給她的第一件禮物。

因為風，安德莉亞打了十次才點著香煙。可是點燃著後燃燒得很快。自從她踏上比蒙號，因為暈船她就沒抽過一次煙，雖然她很想。

安德莉亞此時欣賞著渦輪在海中破水前進的聲音，她在腦海裡使勁搜索自己關於死海古卷和銅卷的知識。她沒想起什麼。幸運的是，斯克教授的一個助手答應會給她惡補一下，那樣她就可以把這次發現寫得更清楚了。

安德莉亞簡直不敢相信自己的運氣。這次探險比她想像的還棒。雖然人們一直沒有發現約櫃

的下落，安德莉亞相信大概永遠不可能找到，但是她知道自己的報導還是會很精彩，比如那個銅卷的發現，還有部分財寶……這些都會足夠讓她寫報導，讓報紙大賣，並引起世界轟動。

*最關鍵的是找到一個中間人買我寫的整個故事。該不該以獨家報導的方式賣給幾個主要大媒體，比如說《國家地理》雜誌或者《紐約時報》呢？那一定很爽。還是分別賣給那些小報紙？我想這次賺的錢一定會讓我還清所有的信用卡債。*安德莉亞想得入了神。

她最後又狠狠抽了一口煙，走到欄杆旁想把煙頭扔出去。她很小心地走著，想起今天下午在下面發生的衝撞事件。安德莉亞正舉起手扔出煙屁股時，醫生海瑞爾的臉出現在她眼前，似乎在提醒她污染環境是很糟糕的一件事。

*哇，安德莉亞。你有希望，有人喜歡你。想想看，現在雖然沒人監督，我也別做壞事，這種感覺真不錯。*她一邊想著，一邊把煙屁股掐滅然後放到牛仔褲的口袋裡。

突然，她感覺有人抓住了她的腳踝，然後整個世界在她面前就顛倒過來。她的手在空中胡亂揮舞，想抓住什麼，但沒有成功。

當她墜落的時候，安德莉亞可以看到黑暗中有一個人影在欄杆那側望向自己。

一秒鐘後她掉進了大海。

二〇〇六年七月十一日，星期二，晚上九點四十三分

安德莉亞落海後，第一感覺就是寒冷的海水像刀一樣割著她，挑戰著她的極限。她向周圍胡亂划動著胳膊，想回到海面。用了兩秒鐘她發現自己根本不知道朝哪個方向划是向上。她肺部殘留的一點空氣馬上要用光了，她儘量慢慢呼吸，看氣泡是朝哪個方向走，但是在黑暗中根本沒有用，她什麼也看不見。她快沒力氣了，她的肺極度渴望空氣。她知道自己一旦吸入海水就得死。安德莉亞咬緊牙，發誓不張嘴，拼命集中精神。

見鬼！不可能，不應該是這樣，不該就這麼完蛋！

她又划動雙臂，相信自己是在朝海面游動。突然她感到有股力量在拉她。

一下子，她的臉又碰到了空氣，安德莉亞大口呼吸。有人抓住她的肩膀把她拖出來了。安德莉亞想逃跑。

「放鬆，慢慢呼吸。」福勒神父對著她的耳朵大喊，試圖讓自己的聲音蓋過輪船渦輪機發出的吼聲。安德莉亞發現海水的力量正把他們倆向渦輪推過去，幾乎要把他們捲進去了，這嚇壞了她。

「聽我說！」神父說，「先別轉身，否則我倆都得死。放鬆。把鞋脫掉，慢慢移動你的腿。十五秒後我們就會進入死海，那時輪船就不會再轉，我就放了你，那時你再使勁游！」

安德莉亞用力踢掉鞋子，同時看著渦輪攪起的灰色泡沫都被機器碾碎。他們大概離渦輪四十英尺遠，她搖動身體讓安東尼的手放鬆些，準備向反方向游動。她感到耳朵在嗡嗡響，十五秒簡直太漫長了。

「好，快游！」安東尼大叫。

安德莉亞感到那股吸力沒了。她向渦輪機反方向游去，遠離這地獄般的聲音。幾乎兩分鐘後，神父跟著她游過來，抓住她的胳膊。

「我們成功了！」

安德莉亞抬眼看著輪船。現在船離他們很遠，她只能看到船的一側，上面有一些亮起的探照燈，正在海面掃著，船上的人已經在找他們了。

「見鬼！」安德莉亞說著，努力保持自己浮在水面上。她馬上就要沉下去了，神父一把抓住她。

「放鬆，讓我托著你，像從前一樣。」

「見鬼！」安德莉亞又說了一句。吐出灌進嘴中鹹鹹的海水。神父在她背後托著她，很標準的救援姿勢。

探照燈的亮光直射過來，閃得安德莉亞幾乎瞎了。

比蒙號上的威力探照燈終於找到了他們。護衛艦朝他們開過來，在他們不遠處停下，船上的船員對他們吆喝著，指示他們該怎麼做。有兩個人扔來兩個救生圈，安德莉亞已經精疲力竭，寒冷刺進了她的骨頭，她的激動和恐懼此時都已減弱，船員又扔過來一條繩子，安東尼把繩子捆在安德莉亞胳膊下面，打了個結。

「到底哪根神經錯亂了讓你跳下去？」安東尼問，此時兩個人都被拉起來。

「我沒跳，神父，我是被人推下去的！」

§

籃子把兩人吊回到船甲板上，安德莉亞還在顫抖。安東尼坐在她身邊，全神貫注地看著她。船員們離開他們，以免違反不能與探險隊成員交談的禁令。

「你根本不知道你有多幸運！那個渦輪機正在放慢速度，如果我沒錯的話，一定是『安德生轉』。」

「你到底在說什麼？」

「我從我的船艙出來想透透氣，就聽到你落水。所以我就抓起旁邊的電話喊『有人落水！左舷！』然後就跟你跳下去。船一定是轉了一個圈，這就叫『安德生轉』①，但應該是左舷啊，不是右舷……」

「你怎麼知道？」

「因為如果船是朝落水者反方向轉動的話，落水人就會被渦輪切成肉醬！我們差點就是這樣。」

「變成魚餌可不是我的計畫。」

「你跟我說的話都是真的嗎？」

「當然啦，就跟我知道我媽的名字一樣真實。」

「你看見是誰推你的嗎？」

「我只看到一個黑影。」

「如果你說得對的話，船向右舷轉而不是左舷就不是一次簡單的事故，也不是……」

「他們也可能聽錯吧？」

安東尼停了一分鐘才又開始說話。

「奧蒂羅小姐，請不要告訴任何人你的猜測。有人問你的話，就說你失足落水。如果真是船上有人想害你，現在說出去就會……」

「就會警告了那個混蛋！」

「沒錯！」安東尼說。

「放心神父。那雙亞曼尼時裝鞋花了我二百歐元。」安德莉亞說，她的嘴唇還在輕輕哆嗦著，「我一定要抓住這個良心被狗吃的壞蛋把他扔進紅海裡去！」

①安德生轉：航海技術之一。常常在有人落海後立刻採取此法。設法讓一隻小船或小艇接近落水者的位置實行搭救。

第九章　你犯罪了

塔爾·本·法瑞斯的家，約旦，阿曼

二〇〇六年七月十二日，星期三，下午一點三十二分

塔爾在黑暗中回到家，他因為害怕全身發抖。一個不熟悉的聲音從客廳傳來。

「過來，塔爾。」

腐敗的小官塔爾鼓足勇氣，穿過走廊來到小客廳。他想找到電燈開關可是白費力氣。一隻手抓住了他的胳膊把他扭過去，迫使他跪下來。聲音是從他眼前一個影子發出來的。

「你犯罪了，塔爾。」

「不，請不要這樣，先生！我一直都是誠實地、遵守誡命地生活，那些西方人誘惑過我很多次，我從來沒有馴服。這是第一次，第一次，先生！」

「那麼你說你很誠實？」

「是，是的。」

「但你仍允許阿卡發，那個異教徒，擁有了一塊我們的土地。」

那人使勁扭著塔爾的手臂，塔爾疼得尖叫起來。

「別叫。你要是愛你的家人就別叫，塔爾！」

塔爾把另外一隻能動的手放進嘴裡使勁咬著，一直咬近袖口處。那人還在用力擰他。

突然發出一聲可怕的咔嘎聲。

塔爾跌在地上，無聲地哭泣著。他的右手在身上吊著，像一隻塞滿東西的襪子。

「不錯，塔爾，恭喜啊！」

「求求你，先生。我是按你的指示去做的啊。接下來的幾個星期沒有人會走進那塊探勘區。」

「你確定嗎？」

「是的先生，再說從來沒人去那裡。」

「那些沙漠員警呢？」

「最近的路也是在四英里以外，是條泥巴路。員警一年只去那裡一兩次。只要那些美國人搭好營地，他們就是你的了，我發誓。」

「好極了，塔爾，你幹得不錯。」

這時有人打開了燈。客廳亮了起來。塔爾在地上看到的，讓他的血液都變冷。

他的女兒米沙，還有他的妻子紮娜，被捆在沙發上，嘴也被堵起來。但這並不是讓他最震驚的。五個小時前他離開家，去執行這個戴著頭巾的傢伙的指令時，他家裡就是這個樣子了。

讓他恐懼的是那個人現在不再戴著他的頭巾了。

「饒了我們，先生！」塔爾祈求。

可憐的貪官本來帶著希望，希望自己回來時一切都恢復原樣：從美國人那裡得到的賄賂可以不被人知道，戴頭巾的男人會離開他和他的一家。這個希望現在完全破滅了，就像一滴水落在燒紅的煎鍋上。

塔爾想避開那人的目光，他正坐在他女兒和妻子的中間。女兒和妻子的眼睛都哭紅了。

「饒了我們，先生！」塔爾重複著。

那人手裡有個東西，是把槍。槍的末端綁著一個空的可樂瓶。塔爾知道那是幹什麼用的：最原始也是最有效的消音器。

塔爾止不住地顫抖起來。

「沒什麼好害怕的，塔爾。」那人說，向前靠在塔爾的耳邊低語：「很快的，你就沒有任何煩惱了。」

輕輕一響，好像鞭子一揮。幾分鐘後又有一聲響，間隔幾分鐘後是第三聲。有間隔是因為要用膠布固定那個可樂瓶，這需要花點時間。

第十章　偷窺檔案

比蒙號上，紅海亞喀巴海灣
二〇〇六年七月十二日，星期三，上午九點四十七分

安德莉亞醒了，她在船上的醫務室裡。這是一個很大的房間，有兩張床，一些玻璃櫃子，還有一張桌子。海瑞爾醫生滿臉焦慮，陪了安德莉亞一個晚上。她一定沒怎麼睡，因為安德莉亞張開眼時，海瑞爾已經坐在桌子旁邊了，她正一邊看書一邊喝著咖啡。安德莉亞使勁打了個呵欠。

「早上好，安德莉亞。你錯過看到我美麗國家的機會。」

安德莉亞揉著眼睛從床上起來，唯一一個她可以看清楚的東西就是桌子上那個咖啡壺。醫生看著她，知道咖啡因已經在安德莉亞身上開始產生奇妙的效果。

「你美麗的國家？」安德莉亞定了定神說，「我們到了以色列？」

「更確切地說是在約旦海域。讓我們到甲板上去，我指給你看。」

他們走出醫務室，安德莉亞抬起頭讓臉對著早晨的太陽。今天會很熱。她深深吸了口氣，在睡衣裡伸展著四肢。醫生靠在欄杆上。

「你小心別再掉下去！」醫生打趣地說。

安德莉亞哆嗦了一下，意識到自己還活著實在是幸運。昨晚緊張的搭救過程，還有她不得不撒謊說是自己不慎落水的事，讓她感到恥辱，那時她還顧不上害怕。但是現在，在日光下，渦輪機的發動聲，還有對那寒冷海水的記憶一股腦湧回她的腦海，簡直是一個噩夢。她想擺脫這個噩夢，把注意力集中在眼前這些美景上。

比蒙號正緩緩駛向一個水上平臺。一艘拖船正把它向右拖向亞喀巴港。海瑞爾向船頭指著。

「那就是約旦的亞喀巴。那邊是以色列的埃拉特。看看這兩座城市面對面，就像在互相照鏡子。」

「很美吧？但這還不是最棒的……」海瑞爾臉紅撲撲的，她把臉側向一邊。

「在海上你沒辦法真正欣賞。」她繼續說，「但如果你坐飛機來的話，就可以看見海岸線上一塊正方形的海灣。亞喀巴在東邊，埃拉特在西邊。」

「說得也是啊，為什麼我們不坐飛機來呢？」

「因為我們的官方說法不是為了考古來的。凱因先生想找到約櫃，把它帶回美國去。約旦當然不會同意，不管在什麼條件下都不可能。我們的說法是來尋找磷酸鹽，所以我們得像其他公司一樣坐船來。每天都有上百噸的磷酸鹽從亞喀巴運出去，運往世界各地。我們是一個低調的探礦隊，我們在船上帶著自己的運輸工具。」

安德莉亞若有所思地點點頭。她喜歡岸邊這種和平的景象。她朝埃拉特方向看去。很多的小船在城市附近遊蕩，就像一群白鴿子在綠草裡玩耍。

「我從來沒到過以色列。」

「那你應該去看看。」海瑞爾說，笑得有些悲哀。「那是一片美麗的土地。就像一個栽滿果樹和鮮花的園子，現在被鮮血和沙漠的沙塵弄得衣衫襤褸。」

安德莉亞仔細看著醫生。因為對家鄉的感慨，讓她臉上泛起淡淡的憂傷，這有些令人不安，但她捲曲的頭髮和被太陽曬得黝黑的皮膚此時在陽光下顯得格外美麗動人。

「我想我明白你的意思，醫生。」

安德莉亞又從睡衣裡掏出一個皺巴巴的煙盒子，她掏出一支駱駝香煙，點著它。

「睡著的時候把這個放在你的睡衣裡可不妥。」

「抽煙也不妥，還有喝酒。或者是在這次有恐怖主義者威脅的探險合約上簽字都不妥。」

「看來我們有很多相似之處。」

安德莉亞看著海瑞爾，想知道她究竟是什麼意思。醫生伸出手從安德莉亞手裡拿過香煙盒子。

「哇，醫生，你不知道你讓我多高興。」

「為什麼？」

「我喜歡醫生抽煙。就像一個自以為牢固的盔甲上有一道裂縫。」

海瑞爾大笑起來。

「我喜歡你。看到你現在的處境這麼慘，著實讓我困擾。」

「什麼處境？」安德莉亞揚起眉毛。

「我是說你昨晚的事。」

安德莉亞的香煙停在半空。

「誰告訴你的？」

「福勒神父。」

「其他人知道嗎？」

「不，但是我很高興他告訴了我。」

「我要殺了他。」安德莉亞說著，把香煙掐滅在欄杆上，「你不知道昨晚當每個人看著我時我有多尷尬……」

「我知道他告訴你說不要告訴任何人。但是相信我，我和別人不同。」

「『看那個傻瓜，她都站不穩！』他們一定這麼看我。」

「可是，呃，這也不是沒有一點兒道理，是不是？」

安德莉亞想起頭一天飛機BA609抵達時，她為了看飛機差點摔倒，多虧海瑞爾拉了她衣服一把，想到這，安德莉亞有些侷促。

「不用擔心，」海瑞爾繼續說，「福勒神父告訴我是有理由的。」

「這理由恐怕只有他懂！醫生，我不相信他，我們倆以前曾經碰到過……」

「那次他也救了你的命。」

「好了，那次的事他也告訴你了。你知道我們在水裡時，他是怎麼使勁讓我浮出水面嗎？」

「福勒神父曾是美國空軍一名軍官。傘降援救特種部隊精英。」

「我聽說過，他們專門找那些被擊落的飛行員，是吧？」

海瑞爾點點頭。

「我想他喜歡你，安德莉亞，也許你讓他想起什麼人。」

安德莉亞看著海瑞爾，陷入沉思。她說得不錯，一定有些什麼關連，而她想知道究竟是什麼。現在她比以往任何時候都清楚，這次她的機會，包括對失落古物的報導，採訪那個最古怪而難以接近的億萬富翁，還有現在自己遭遇事，將會是她一次事業的巔峰。而除了這些以外，她還從一艘行駛中的船被扔進了海裡。

要是知道到底是怎麼一回事該多好！安德莉亞想，可是現在我一點線索也沒有，但福勒神父一定是解開這些秘密的一把鑰匙，還有海瑞爾……還有他們究竟想告訴我多少……

「你好像知道他好些事情。」

「是啊，福勒神父喜歡旅行。」

「讓我們說得更直截了當些，醫生。這個世界可是大得很。」

「在他的世界裡也不很大，你沒看出他認識我的父親嗎？」

「他是一個很了不起的人。」安東尼的聲音。

兩個女人轉過身來，看到安東尼離他們就幾步遠。

「你在這裡很久了？」安德莉亞問，有些愚蠢的問題總在你不想問的人面前越是冒出來。安德莉亞可不想讓自己剛才說的話讓安東尼聽見。安東尼沒理會安德莉亞的發問，他臉上的表情很憂鬱。

「我們有一件緊急的事情要做。」他說。

§

「網捕」公司辦公室，日落街二百二十五號，華盛頓特區

二〇〇六年七月十二日，星期三，淩晨一點五十九分

ＣＩＡ人員帶著奧威爾・華生穿過公司前臺。看到公司此時的景象，奧威爾完全目瞪口呆：大火已經撲滅，但黑煙仍包圍著一切，坍塌的辦公室和燻黑的牆壁慘不忍睹。黑煙散發出令人窒息的焦味，到處是塵土，還有燒焦的屍體。地毯上到處都是水，和著泥土。

「小心點，華生先生，我們切斷了電源防止短路，所以我們得用手電筒照路。」

ＣＩＡ的手電筒放出強亮度的光束，奧威爾和他們穿過幾排桌椅。年輕的奧威爾簡直不敢相信自己的眼睛。每次手電筒的光照在一張翻倒的桌子上，或者一張冒煙的臉上，或者一個燻黑的廢紙簍上，他就覺得自己要哭了出來。這些剛剛死去的人是他的員工，這裡是他的生活。他旁邊的ＣＩＡ正給他解釋著這裡發生的一切細節，剛才可能就是他給奧威爾的手機打了電話（奧威爾不是很確定）。此時他一邊聽，一邊緊緊咬住牙。

「槍手從正門進來，槍擊了櫃台接待員，扯斷了電話線，然後向其他人開火。很遺憾，你的員工當時都在自己的座位上。一共十七個人，對不對？」

奧威爾點點頭。他驚恐的眼睛落在奧噶爾脖子上的琥珀項鍊上。奧噶爾是他的會計。奧威爾兩個星期前把這個項鍊作為她的生日禮物送給她的。此時項鍊在手電筒光照下，放出一種詭異懾人的光。黑暗中，奧威爾幾乎認不出奧噶爾的手，那手已經燒焦，像雞爪子一樣彎曲著。

「槍手把他們一個一個殺死，非常冷血。你的員工沒有辦法逃走。唯一的出口就是穿過前面的門，可是辦公室已經……什麼？你的公司一共一百五十平方米？卻沒有地方藏身？」

是的，奧威爾喜歡開放型辦公環境。整個公司是用玻璃、鋼筋和黑斑木（就是非洲黑木）建成的半透明式結構，沒有門，沒有隔間，光線可以照到各個角落。

「槍手殺完所有的人後，他們在門口和最裡面的壁櫥扔了兩枚炸彈，自製武器，不是很強大的那種，但是足以讓你的公司處處起火。」

電腦終端機、光碟片、價值百萬的硬體和奧威爾員工們這些年搜集整理的珍貴資料，全部丟失了。上個月，奧威爾整理了他的資料儲存並備份到「藍光」光碟片中。這個工作幾乎用了近兩百張光碟片，佔用了近十個TG硬碟空間，之後放在防火壁櫃內……現在這個櫃子開著，裡頭空空如也。該死，這些人怎麼知道的？

「他們用手機控制炸彈，我們猜想整個過程不超過三分鐘，最多四分鐘而已。等到有人通知警察時，他們早已逃之夭夭。」

網捕是個小公司，辦公樓只有一層，遠離市中心，周圍都是一些小商業公司，還有一個星巴克咖啡店。在這裡作案非常完美：不用著急，也沒人懷疑，更沒有證人。

「第一批趕到的員警封鎖了現場並呼叫消防員。他們把好奇圍觀的人隔離，一直等到我們的調查人員趕到。我們告訴群眾這裡發生了瓦斯爆炸，一人死亡。我們不想讓人知道到底發生了什麼。」

這件事的兇手可能和上千個集團有關，比如阿爾蓋達組織，極端主義突擊隊……任何人，如果他們覺得網捕對他們有威脅的話，都會使用這種極端手段破壞公司。網捕這幾年的確發現了這些恐怖組織的一些弱點：比如他們聯絡的手段。但是奧威爾懷疑這次的襲擊可能出於更深更隱秘的原因：他最近一次的專案，是凱因集團的專案，可能就是這次悲劇的起因。因為這裡有一個名字，一個非常危險的名字：胡全。

「你當時不在真是幸運，華生先生。現在你不必擔心，你在CIA完全的保護之下。」邁出門檻時，聽到CIA如此說，奧威爾才第一次打破了沉默。

「你們的超爛保護有何屁用！簡直就是一張停屍房的頭等票。別想跟著我！我要消失幾個月。」

「這可不行，先生。」工作人員說，他往回退了幾步，把手放在腰間槍套上，另一隻手用手電筒照著奧威爾的胸膛。奧威爾穿的花襯衣此時在整個燒毀的辦公室裡，就好像一個參加海盜葬禮的小丑。

「你什麼意思？」

「先生，那些在蘭利的人要和你談談。」

「我早該知道。他們想付給我很多錢，企圖侮辱掩蓋這裡死去的人的記憶。把這場謀殺——來自我們國家敵人的謀殺——裝扮成一場事故。他們不願做的事就是關閉資訊管道，對不對，特工？」奧威爾堅持說道，「即使這麼做意味著我將遭受生命危險。」

「你說的我都不知道，先生。我的任務就是把你安全地帶到蘭利。請配合我的工作。」

奧威爾低下頭深深吸了口氣。

「好吧，我和你走。我還能做什麼？」

特工笑了笑，顯然他很滿意。把手電筒的光從奧威爾身上移開。

「你不知道我聽你這麼說多高興，先生。我可不願意用手銬把你銬起來帶走……」

話沒說完，他已經意識到一切都太晚了。奧威爾用全部身體的力量壓過來，這個從加州來的年輕人不像CIA特工受過任何專門徒手對打訓練，他也沒有三級黑帶證書，或者五種徒手制服對手的辦法。奧威爾知道的最野蠻的辦法就是從他的遊戲機上學來的。

但是別忘了奧威爾有二百四十磅，他此時非常憤怒，完全孤注一擲，對這種狀態下的人即使一個特工也無能為力。特工被奧威爾壓在桌子上，桌子碎成兩半。特工使勁扭動身體，想搆到腰間的槍，但奧威爾更快，壓在特工身上，奧威爾用手電筒打他的臉，特工的胳膊斷了，他不動了。

奧威爾突然感到害怕，奧威爾舉起手對著他的臉。這一切來得太突然了。不到兩個小時前，他還坐在私人飛機裡，掌控著自己的前途，而現在，他在攻擊一個ＣＩＡ特工，也許已經殺了這小子。

奧威爾迅速把手放在特工脖子上，檢查了一下他的脈搏，他知道特工沒死。感謝上天這小小的仁慈！

好了，現在要好好想想。你得離開這裡，找一個安全的地方。尤其重要的是，保持冷靜，別讓他們抓住你。

奧威爾知道自己的塊頭大，還有一個馬尾巴髮型，穿著夏威夷的花襯衣，這身打扮讓他跑不了太遠就會被人發現。他走到窗戶邊上，想出一個計畫。他看到幾個消防人員在門口那裡休息喝水，幾件黃色的消防制服放在一邊。這就是我要的！奧威爾鎮靜地走出門，來到最近的一條警戒線，這裡有幾件消防外套和頭盔，很重。幾個消防人員正聊天，背對著衣服。奧威爾祈禱著，希望那幾個人不要發現他，然後他迅速拿起一件外套和頭盔，倒著往回走，他溜回辦公室。

「嗨，哥們！」

奧威爾焦急地轉過頭。

「你在叫我？」

「當然啦！」一個消防員說，「你拿著我的衣服要去哪兒？」

回答他！編個故事！有說服力的故事。

「我們要去看看伺服器，特工說我們需要特別小心。」

「你媽從沒告訴過你借東西要徵求人家同意嗎？」

「實在對不起，請問你可以借給我嗎？」

救火員笑了。

「當然了，讓我看看這衣服是否合身。」他說著把衣服打開，奧威爾把胳膊伸進袖子裡。救火員幫他扣好扣子，給他戴上頭盔。奧威爾被煙和汗水的味道熏得難受，不由得皺皺鼻子。

「正合適，對吧，各位看？」

「要是他不是穿著那雙涼鞋，他就像個真正的消防員了。」另外一個消防員說，指著奧威爾的腳，他們都笑起來。

「謝謝，非常感謝！對我剛才的不禮貌表示歉意，讓我招待你們一些喝的，如何？」

幾個人把拇指豎起來向奧威爾點頭。奧威爾走了。在他們後面大約五百英尺外的警戒線那裡，奧威爾看到十幾個旁觀者，還有幾個電視臺的攝影機，想要拍到一些現場的鏡頭。從那個距離看火災現場，似乎只不過發生了一場瓦斯爆炸而已。奧威爾想他們不久就會離開的。他想這次事故在晚間新聞裡可能會來個不超過一分鐘的報導，第二天的華盛頓郵報也會有個不超過半版的報導。現在，他可是有一個更緊急的問題要解決，就是離開這裡。

只要不再碰上另外一個特工，就沒事。所以要保持微笑，微笑。

「你好啊，比爾。」奧威爾對著一個門口負責監視的員警點頭，好像他早就認識似的，「我去給我的夥伴買些喝的。」

「我是麥克。」

「哦對，對不起啊，我把你和另一個人搞混了。」

「你是和五十四號在一起的，對嗎？」

「不是，是和八號，我是斯圖爾德。」奧威爾說著，指著身上消防制服胸口的銘牌，心裡一直禱告員警不要看到他的鞋子。

「去吧，」那人說，移開「禁止穿越」的路障讓奧威爾穿過去，「給我帶點吃的回來，行嗎，老兄？」

「沒問題！」奧威爾回答。他離開了煙霧彌漫的現場，消失在人群中。

§

比蒙號艦，約旦亞喀巴灣

二〇〇六年七月十二日，星期三，上午十點二十一分

「我可不會這麼做。」安德莉亞說，「你瘋了嗎？」

安東尼搖搖頭，看著海瑞爾，希望得到她的支持。這是他第三次試圖勸說安德莉亞聽他的了。

「聽我說，親愛的。」海瑞爾說，蹲在安德莉亞身邊，安德莉亞這時候靠著牆坐在地上，左手抱著兩隻腿儘量蜷起來靠著身體，右手拿著煙，緊張地抽了一口。

海瑞爾接著說：「就像福勒神父昨晚告訴你的一樣，你的事故證明有人潛入這次探險。為什麼有人特地繞過我去襲擊你……」

「也許是故意的，這事對我很重要。」安德莉亞嘟噥著。

「但現在最關鍵的是要讓我們和羅素知道一樣多的內幕。他不會告訴我們，那是肯定的。所以我們需要你去窺看那些資料。」

「我就乾脆把他的資料偷出來好了。」

「不行，原因有二。第一，羅素和凱因睡在一個艙內，那裡受到完全的監管。第二，即使你想辦法進去了，他們的房間很大，羅素可能把檔案放在很多地方，他帶了很多檔案來，以便繼續掌控凱因集團的運作。」

「好吧，但是那個怪物……我看到他看我的那副德性。我可不想接近他。」

「德克先生能熟記叔本華的著作，也許這可以讓你和他有些可談的話題。」安東尼說，這可是他不常有的幽默。

「神父，你一點兒也幫不上忙。」海瑞爾責備他。

「他說什麼？」安德莉亞問。

「德克工作時都要用上叔本華的語錄。誰都知道他以此著名。」

「我還以為他是以把那些鋒利的鐵絲網當早餐吃著名呢。要是他發現我在他的艙裡窺視，他會對我做出什麼來？我可不願意，我退出！」

「安德莉亞，」海瑞爾抓住她的肩膀，「從一開始，我和福勒神父都對你參加這次探險很不安，你一上船，我們就都希望說服你編個理由撤出這次探險行動。可惜現在他們已經告訴我們這次探險的目的，現在也沒人可以離開了。」

該死！我的生命完全被控制了！我的生命，我希望，不要太短暫！

「你已經在這裡了，不管你喜歡不喜歡，奧蒂羅小姐，」安東尼說，「我和海瑞爾醫生都無法接近德克的房間。他們很嚴密地監視著我們。只有你可以。那是一個小房間，沒有多少東西在裡面。我們肯定那裡放著的唯一的東西就是和這次使命有關的文件。應該是個黑夾子，封面有一個金色的公司徽章。德克在一家叫做DX5的保全公司工作過。」

安德莉亞想了一會兒。雖然她很害怕德克，但事實上這裡有一個兇手。如果她只顧袖手旁觀、一心寫她的文章指望以後的成功，這個兇手不會消失。她必須現實些，並且和安東尼、海瑞爾合作也不是一個壞主意。

只要可以完成我最終的目的，而且他們不干涉我的拍攝和這次尋找約櫃的事件……

「好吧，但是我可不希望德克把我給剁成肉醬。否則我就變成鬼纏著你們倆！」

安德莉亞朝七號過道走去。計畫很簡單：海瑞爾堵住德克走進過道的路，讓他和他的手下都進行防疫針注射。同時安東尼監視通向一層和二層的樓梯。

德克的房間在二層，簡直讓人難以置信，門開著。

他真是太過自信了，這個怪物！安德莉亞想。

這個小房間幾乎和安德莉亞自己那間一模一樣。一個狹窄的床安放在那裡，像軍隊裡的樣式。就像我父親那樣。這個該死的軍隊怪物。

一個金屬櫃子，一個小盥洗室，還有一張桌子。桌子上有一堆黑色的資料夾。

就是這個！很容易嘛！

安德莉亞的手伸向這些檔案，與此同時，她聽到一聲絲綢發出的聲音，這聲音幾乎讓她的心臟跳出胸膛！

「嗯，讓我瞧瞧，什麼風把這位貴客吹來了？」

§

比蒙號艦，約旦亞喀巴灣

二〇〇六年七月十二日，星期三，上午十一點三十二分

安德莉亞使勁不讓自己叫出聲來。她轉過身，臉上擠出一個微笑。

「你好，德克先生。哦，應該叫您德克上尉？我在找您呢！」

德克的手很大，他站在那裡，離安德莉亞很近，她不得不把頭向後靠，好使得自己不朝著他的脖子說話。

「我很好，你想要找什麼……安德莉亞？」

快點想一個說法，一個好藉口。安德莉亞想，把臉上的微笑擠得更燦爛些。

「我是來向你道歉的，昨天下午你陪伴凱因先生下飛機時我太魯莽。」

德克的嘴角撇了一下，這個冷血的人關上了艙門，現在他和安德莉亞很近，他臉上的傷疤，他的棕色頭髮，藍眼睛，兩天沒刮的鬍子，都在安德莉亞眼前。他身上散發出來的古龍水香味簡直讓安德莉亞窒息。

簡直不敢相信，這傢伙居然用亞曼尼牌子！

「怎麼不說話呢？」

「讓你說啊，安德莉亞，或者你不是來道歉的？」

安德莉亞突然想起一期《國家地理》雜誌的封面，那封面是一條眼鏡蛇正注視著一隻小蠢豬。

「請原諒我。」

「沒問題。幸虧你的朋友福勒神父給你解了圍。但是你得小心。我們的悲傷皆源自於我們與他人的關係。」

德克向前走了一步，安德莉亞不得不退後。

「很深奧的話，叔本華說的？」

「啊，你知道這些經典？還是你從船上聽來的？」

「我一直都是自學的。」

「好啊，一位偉大的教師說過：『一個人的臉會比他的嘴巴說出更多有趣的事情。』而現在，你的臉看上去很有罪惡感。」

安德莉亞用餘光看著旁邊的文件。儘管她感到這麼快就去看文件不妥當。她必須讓德克不會懷疑到她頭上，就算為時已晚。

「偉大的教師也說過：『每個人都會在自己的領域裡遇到極限，因為他對世界的觀察是有限的。』」安德莉亞引用叔本華的話說。

德克滿意地笑了，露出牙齒。「非常對。我想你該離開去準備了：再有一個小時我們就靠岸了。」

「是的，當然，請借過。」安德莉亞說著，試圖繞過德克。

一開始德克沒有動，最後他終於移開牆一樣的身體，讓安德莉亞從桌子和他之間窄小的空間擠出去。

接下來發生的事，安德莉亞以後會經常想起來的，這體現了她「狡猾」的一面，就在這個南非保鏢的鼻子底下，她竊取了她想要的情報，真是天才啊！誰叫現實生活總是太無聊。

她向前一步，差點兒絆倒。

安德莉亞的左腿絆倒德克的左腳上，德克並沒有動一下。安德莉亞失去平衡向前摔去，她的雙手伸向前方按在桌子上，以免臉磕到上面，桌子上的文件撒了一地。

安德莉亞看著地上的東西假裝很害怕，她又抬頭看看德克，德克正看著她，氣得鼻子冒煙。

「哎呀！」

§

醫務室裡

「結果我說了句對不起就跑出來。你們應該看看當時他看著我的樣子。我永遠不會忘！」

「對不起我沒有及時阻止他，」安東尼搖著頭說，「他一定從另外一個入口下樓梯的。」

三個人在醫務室裡，安德莉亞坐在一張病床上，安東尼和海瑞爾看著她，臉上滿是焦慮。

「我根本就沒聽見他進來，像他這麼大的塊頭可以走動不發出一點兒聲音簡直不可思議。你們倆什麼忙也幫不上。不管怎麼說吧，謝謝你說的叔本華，神父。當我說了叔本華的語錄後，那傢伙幾乎無語了幾分鐘呢！」

「沒問題。他其實是一個很無聊的哲學家。能從他的書中找出一兩句漂亮的警句很不容易呢！」

「安德莉亞，你還記得檔案掉落的時候看見上面寫的是什麼嗎？」海瑞爾問。

安德莉亞閉上眼睛，似乎在集中精力思考。

「有些在沙漠裡的照片，看上去像是房屋的分配圖……我也不清楚。亂七八糟的，每張照片上都寫著字，只有一個資料夾是黃色的，上面有一個圖示。」

「那圖示是什麼樣子？」

「這有什麼意義嗎？」

「很多戰爭都是因為小細節獲勝的，你要是知道這些就會明白。」

安德莉亞又集中精神思索。她的記憶力很好，但是她畢竟只是在那些散落的檔案上停留了幾秒鐘而已。她用手指按住自己的鼻子，眯起眼睛，發出很奇怪的聲音，突然她想起了什麼：一幅圖畫出現在她頭腦中。

「是一隻紅鳥。一隻鷹，因為它的眼睛是鷹的眼睛。翅膀張開。」

安東尼微笑了一下。

「這可是非同尋常，也許可以告訴我們什麼。」他說。

神父打開他的公事包，拿出一隻手機。他拉出手機上粗粗的天線，然後慢慢轉動調整方向。

兩個女人吃驚地看著他的舉動。

「我以為所有的對外聯繫工具都是不允許的。」安德莉亞說。

「是不允許。」海瑞爾說，「要是有人知道他這麼做可就麻煩了。」

安東尼凝視著手機上的螢幕，等著信號。那是一部全球系統衛星手機：不是用一般訊號，而是直接和衛星通信網路連接，它的收訊大約可以覆蓋地球表面九十九%的範圍。

「我們今天必須發現點兒什麼。奧蒂羅小姐。」安東尼說著，開始撥號，「現在我們正在接近一個大城市，所以從船上發出的信號不會引起太大的注意，因為亞喀巴會有很多類似的信號發出。一旦我們到了探險地點，再用任何一種電話都會帶來極大的危險了。」

「但是……」

安東尼舉起手指打斷安德莉亞的話，電話接通了。

「阿爾伯特，我需要幫助。」

§

維吉尼亞 菲爾福克斯郡某處

二〇〇六年七月十二日，星期三，上午五點十六分

年輕的神父還在半夢半醒之間，就從床上跳起來。他知道打電話的是誰。因為那個電話只在緊急情況下會使用。它的鈴聲與眾不同，而且只有一個人有這個電話號碼。為了這個人，阿爾伯

特神父可以毫不猶豫獻出生命。

當然，阿爾伯特神父不是一開始就叫神父的。十二年前，當他十四歲的時候，他被叫作毒藥佛羅多，在美洲是一個臭名昭著的天才網路慣犯。

年少的阿爾伯特是一個孤單的孩子，很瘦，留著棕色的頭髮。他的父母工作都很忙，沒有精力照顧他。阿爾伯特小時候看上去很單薄，一陣風就能把他吹跑似的。於是父母把他鎖在家裡，窗戶緊閉，但是根本不用風，阿爾伯特就可以被吹到虛擬的網路世界裡。

「他的天賦實在無法解釋，」FBI在阿爾伯特被捕後說，「沒人教他，這孩子只要一看到電腦，他不是看到一個機器，不是看到那些銅線、矽片或者塑膠的東西，他看到的是一扇扇『門』。」

一開始，阿爾伯特打開一些這樣的「門」自娛自樂。這些「門」中包括一些加密的單位，比如曼哈頓銀行、東京三菱財團，還有BNP（即巴黎國家銀行）等。他的這些違法舉動進行了大約三個星期後，他竊取了八億九千三百萬美金，他駭了這些銀行的帳號，把錢轉入一個並不存在的仲介銀行裡，那銀行被他叫作「阿爾伯特銀行」、在中美洲的開曼群島上。這是一個只有他一個客戶的銀行。當然，給銀行起自己的名字並不是聰明的辦法，但是當時阿爾伯特只是一個十幾歲的少年。當兩支特種員警隊伍闖進他的家時，阿爾伯特正在和父母一起吃晚飯，他才意識到自己的錯誤，都是自己的名字留下了狐狸尾巴，招來了這群人。

阿爾伯特從來不知道監獄是什麼樣子，據說你偷得越多，他們對你的待遇就越好。當他戴著手銬被FBI帶進審訊室的時候，他從電視上看過的那些美國監獄系統的熟悉畫面，一直在他腦子裡轉動。阿爾伯特模糊地覺得監獄會讓一個人腐爛，或者讓你被「雞姦」，儘管他不知道「雞姦」到底是什麼意思，但是他想這個恐怕不那麼好玩。

ＦＢＩ看著這個弱不禁風的少年，他滿頭是汗，站在那裡很不自在。可是這個孩子讓很多人都不自在。現在要審訊他這樣一個柔弱的孩子，他們幾乎不忍，可是要不是他幼稚的錯誤，他也不會詐取這些巨頭銀行的現金了。這些銀行當然不會希望公眾知道真相，因為像這樣的案件大多數隻會讓那些投資者不安，所以銀行都不會公開。

「你說你對這樣一個十四歲的炸彈會怎麼做？」一個員警說。

「叫他不要爆炸。」另一個說。

因此他們把這個案子交給了ＣＩＡ，而ＣＩＡ經常是能很好地利用這些璞玉。為了和這個孩子很好地交談，他們叫來了一個特殊人員，這個人在一九九四年在軍隊獲得殊榮，是一個成熟的空軍神父，在心理學上有豐富的經驗。

那天早上，睡眼矇矓的福勒神父走進審訊室，告訴阿爾伯特他有兩個選擇，一是進監獄服刑，二是給政府每天做六小時的義工，做一個星期。阿爾伯特聽了，喜極而泣，大哭起來。

本來照顧這個天才少年的任務是一項苦差事，但是對福勒神父來說，他卻認為是一件恩賜。在這期間，兩人互相敬仰對方，彼此建立了不可摧毀的友誼，最後，阿爾伯特入了天主教並成為神學院的學生。他畢業後成為一名神父，繼續配合ＣＩＡ工作，但是和福勒神父一樣，他是代表神聖同盟，也就是為梵蒂岡服務的。從那時起，阿爾伯特已經習慣時常在半夜收到福勒的電話，阿爾伯特把這當作是他們一九九四年第一次見面後的一種補償。

「你好，安東尼。」

「阿爾伯特，我需要幫助。」

「你有在正常時間打過電話嗎？」

「時間？你知道，這對你沒什麼意義……」

「算了吧，安東尼。」年輕的神父說，走到冰箱前，「我睏死了，所以你快點說吧，你已經到約旦了嗎？」

「你知不知道有一個徽標是一隻紅色的鷹，有一對展開的翅膀的？」

阿爾伯特給自己倒了一杯冷牛奶，又回到臥室。「你開什麼玩笑？那是網捕公司的徽標。那些人可是一群天才。他們曾給CIA專門調查恐怖組織的部門提供情報，賺了CIA很多鈔票。他們也曾給一些美國私人公司提供資訊服務。」

「你為什麼用『曾』提到他們？阿爾伯特？」

「幾個小時前這個公司有一份內部公告。昨天一群恐怖份子襲擊了這個公司，把他們在華盛頓特區的辦公室炸毀並殺死了所有員工。媒體什麼也不知道。整個事件被解釋為瓦斯洩露爆炸事故。網捕是反恐方面著名的資訊專家，但是這樣的工作也讓他們很容易成為襲擊對象。」

「有沒有倖存者？」

「只有一個：一個叫奧威爾・華生的，是老闆也是CEO。網捕遭襲擊後，奧威爾告訴CIA他不需要保護，然後他逃走了。蘭利的頭兒們很惱火讓這個傢伙在他們眼皮底下溜走。現在找到奧威爾並給予他保護成了CIA的首要任務。」

安東尼沉默了一分鐘。對這個反應阿爾伯特已經習慣了。

「聽著，阿爾伯特。」福勒神父接著說，「我這裡一團糟，而奧威爾可能知道一些事情。你必須在CIA找到他之前找到他。他現在很危險，更糟糕的是，我們現在也處在危險中。」

第十一章　爪子峽谷

約旦沙漠，歐姆達瓦
二〇〇六年，七月十二日，星期三，下午四點十五分

八輛探險隊的護航車隊沿著公路行駛，這條公路就像一條盤桓在地面上的帶子，對於它通往何處，你可以盡情想像。從任何一個懸崖眺望，都可以看到整個地區的全部風光，這裡舉目所及荒無人煙。這八輛車在路上很不協調，就像畸形的怪物。從亞喀巴到探險目的地大約一百英里，但是由於這裡不規則地形，到處是沙塵，能見度很低，探險隊的車子已經開了五個多小時，每輛車子現在都裹著厚厚的塵土，司機互相幾乎看不見對方，所以跟車很困難。

領頭的車輛是兩輛多功能悍馬H3s，每輛車上有四個人。車身是白色的，門上面有凱因集團標誌，這些車輛是限量製造系列，是專門為最惡劣路況設計的。

「坐在這卡車裡簡直像地獄，」湯米・愛伯格說，他坐在第二輛悍馬裡，旁邊坐著安德莉亞。「我根本不該叫它卡車，該叫它坦克。這車可以壓過一堵十四英尺厚的牆，或者爬上六十度角的斜坡呢！」

「我想這車的造價一定比我住的地方還貴得多呢。」安德莉亞說，由於沙塵太多，她無法對

這裡的自然風光照相，只好偷拍了幾張對面坐著的大衛・帕帕斯和斯都・艾靈，讓她自己不至於太失望。

「造價差不多是三萬歐元。只要有油，這傢伙就能對付任何環境。」

「所以我們帶了一輛加油車，對吧？」大衛說。他是一個有著橄欖色皮膚的年輕人，鼻子有點扁，前額稍窄。每當他因為驚訝張開眼睛的時候——其實他經常這樣做——他的眉毛幾乎碰到他的髮際線。安德莉亞喜歡他，與斯都比起來他挺討人喜歡。斯都梳著一個馬尾辮，個頭很高也更有魅力，可是舉止更像一個從勵志書籍裡走出的樣板人物。

「當然了，大衛，」斯都回答說，「你不該對你已經知道答案的事情再提問，你該記住這點，這是我們工作的關鍵。」

「教授不在的時候你倒是很自信，」大衛說，聽起來他似乎被斯都的話刺到了，「今天早上他糾正你的發言時，你看起來也不怎麼樣。」

斯都揚起下巴，給安德莉亞做了個「你相信嗎」的表情，安德莉亞沒理他，自顧自地給照相機換儲存卡。每張卡是4G，可以照出六百張高清晰的照片，用完一張安德莉亞就把照片另存到外接硬碟上，那張硬碟可以儲存一萬兩千張照片，還有一張七英寸的LCD預覽螢幕。安德莉亞本來想把筆電帶來的，但是只有德克的手下可以帶電腦，其他人都不允許。

「我們還有多少汽油，湯米？」安德莉亞問，轉向司機。

湯米翹起鬍子想了想，安德莉亞對他反應如此遲鈍感到很好笑。他說話時一字一頓：「呃，呃，呃……我們後面的兩輛車裝著我們的供給。俄國卡瑪斯，軍用車，像釘子一樣堅固。當時俄國人把它用在對付阿富汗。呃……在它後面的那輛是罐車，一輛是水，裝著一萬零五百加侖的水。另外一輛小些的是油罐車，大約有九千加侖的汽油。」

「那可真不少。」

「是啊，想想我們可是要待在那裡幾個星期，我們還需要電。」

「我們可以隨時回到船上，你知道……讓他們再給我們運來我們需要的東西。」

「嗯，不可能。一旦我們到了營地，我們就和外界斷絕所有聯繫。這是命令。」

「那要是有緊急情況怎麼辦？」安德莉亞有些緊張地問。

「我們基本上是自給自足。我們攜帶的物資可以夠我們生存幾個月。我們當初的計畫是經過縝密考慮的。你瞧，我，作為一個專業的司機和機械師，負責管理一切交通設備的維修。海瑞爾醫生則有實際開業過。當然，如果發生了比扭傷腳腕更厲害的事故，我們離最近的城市歐姆達瓦也就四十五英里遠。」

「這樣我就放心了。有多少人住在那裡？十二個？」

「你學新聞的時候老師沒教過你地理知識嗎？什麼叫緯度？」

「學過啊，我們管那課叫諷刺小劇場。」

「我想那一定是你學得最好的課了。」

放屁！我巴不得你挖掘的時候心臟病發！那樣你就知道在約旦中部的沙漠裡生病是什麼滋味了！安德莉亞想，她在學校從來沒得過高分，湯米的話讓她受了刺激，這讓她沉默了一小會兒。

「歡迎到約旦南部來，朋友們！」湯米愉快地說，「西蒙風①的家鄉，人口：零。」

「什麼是西蒙風，湯米？」安德莉亞問。

「一種強烈的沙塵暴。你只有體驗了才會明白。看，我們快到了。」

悍馬開始減速，幾輛車在路旁排成一條線。

「我想這裡有岔路，」湯米說，指著GPS的面板，「我們還有不到兩英里的路程，但是需要我們花些時間。這些沙丘對我們的卡車來說有些困難。」

沙塵漫飛的狀況漸漸好轉，安德莉亞看到一個非常大的沙丘，像玫瑰那樣紅。沙丘後面是「爪子峽谷」，根據斯克教授的介紹，那裡是約櫃藏了兩千年的地方。小的旋風互相追逐，在沙丘兩旁旋轉，似乎在叫安德莉亞去跟它們一起去玩耍。

「你覺得我可以自己走過去嗎？這樣你們過去的時候，我想照幾張照片。我會在卡車到之前先到。」

湯米關切地看了看她：「嗯，我覺得這樣做不好，爬上那個沙丘不是件容易的事。在卡車裡坐著比較涼快。外面有華氏一百零四度。」

「我會小心的。反正我可以看到你，我們可以保持聯繫。不會發生什麼事。」

「我也覺得你這樣做太冒險，奧蒂羅小姐。」大衛說。

「算了湯米，讓她去，她是個聰明的姑娘。」斯都說，他好像故意要和湯米意見相反才覺得更有趣。

「我得問問羅素先生。」

「隨便。」

湯米拿起對講機，雖然他認為自己的意見是對的。

二十分鐘後，安德莉亞對自己的決定開始後悔。在開始爬沙丘之前，她先要下坡大約八十英尺，然後慢慢向上爬，沙丘大約二千五百英尺高，最後五十英尺的坡度有二十五度左右，沙丘的頂端近在咫尺，但是沙子是那麼地滑，怎麼也上不去似的。

安德莉亞帶著一個背包，裡面裝著一大瓶水。但是在她到達沙丘頂之前，她已經喝完了最後一滴。她開始頭疼，儘管她戴著帽子，她的鼻子和喉嚨都疼。她只穿著一件短袖上衣，短褲和靴子，渾身抹了很厚的防曬乳，但是她的胳膊開始感到蟲咬般的疼痛。

不用半個小時我就要被烤焦了。希望卡車一切OK，不要臨時說要打道回府。安德莉亞心想。

打道回府的可能性不大。湯米親自駕駛每一輛車抵達沙丘頂部，因為這需要很高的技術避免卡車翻車。他先駕駛兩輛供給車到坡頂停穩，然後又把兩輛水車開過去，停在直直的山坡旁，其他人都躲在悍馬車下的陰涼處觀望著。

這時，安德莉亞透過自己的望遠鏡看著發生的一切。每次湯米從車裡出來，他就朝安德莉亞揮揮手，安德莉亞也揮手向他致意。現在湯米把兩輛悍馬開上來停在沙丘頂端，他要用這兩輛車拖動其他的車翻過沙丘，沙丘很陡，其他車輛沒有悍馬那麼大的動力爬上來。

當頭幾輛車爬坡的時候，安德莉亞給它們照了些照片。德克的一個手下現在駕駛著一輛多功能卡車，卡車一頭和俄國卡瑪斯用繩索連著，安德莉亞看著卡車被費力地一點點拖到沙丘頂部，但當卡車開過去後，安德莉亞已經對此過程沒了興趣，她開始觀察「爪子峽谷」。

這個峽谷裡巨大的岩石看起來和其他沙漠地區沒什麼特別。安德莉亞看到有兩面山牆大約間隔一百五十英尺，好像被拉開的樣子。剛才湯米已經給她看過一些衛星拍攝的照片：那就是他們的目的地。整個峽谷看起來像是一隻巨鷹的三個爪子。

兩面山牆都有一百到一百三十英尺高。安德莉亞把鏡頭聚焦在山峰頂部，尋找更高的拍攝地點。

這時候她在鏡頭裡看到了一個人。

只有一秒鐘。一個穿著卡其布的人，正看著安德莉亞。

安德莉亞吃驚地看著鏡頭裡的人，但是那個人太遠了，看不清楚。她又把鏡頭調整到最大距離。

什麼也沒有。

換個位置，安德莉亞又從鏡頭裡觀察，但是沒有用。剛才她看到的那個人不見了，一定是立刻躲開了，這可不是什麼好事！安德莉亞快速地想著該怎麼辦。

最明智的辦法是等安東尼他們到了以後告訴他和海瑞爾……

安德莉亞向卡車走過去，躲在陰影下面。一輛輛車陸續到達。一個小時後，整個探險隊伍已經都到了沙丘頂，準備進入「爪子峽谷」。

§

摩西探險隊遇難後發現的MP3檔案與文件

安德莉亞：斯克教授，傳說中的約櫃已經激起了人類無盡無邊的想像，對此你如何看待？

斯克教授：聽好，你若要讓我給你做介紹，用不著兜個圈子告訴我那些我已經知道的事。你只要說你希望我說什麼。

安德莉亞：你經常接受採訪嗎？

斯克教授：數十次。所以你用不著問我一些原始資料什麼的。我以前聽過、回答過的任何問題你也不必問。如果我們在這裡可以上網的話，我會告訴你到哪裡去找這些資料。

安德莉亞：有什麼問題嗎？為什麼你不願意重複這些問題呢？

斯克教授：我擔心會浪費時間。我已經七十歲了。我花了我生命中的四十三年尋找約櫃。如果這次毫無所獲，以後也不會有任何進展了。

安德莉亞：嗯，我想你以前從沒有這麼回答過提問吧。

斯克教授：你什麼意思？這是一個初始測試？

安德莉亞：教授，請不要發火。你是一個睿智且富有熱情的人。為什麼不和公眾合作並把你的熱情傳給大家呢？

斯克教授：（簡短停頓）你想要的是一個達人秀的主持人嗎？我會盡力而為。

安德莉亞：不，謝了。倒是關於約櫃……

斯克教授：那是歷史上最有力量的東西。這絕不是簡單的巧合，尤其是說到西方文明的起源。

安德莉亞：歷史學家不是說文明起源於古希臘嗎？

斯克教授：那是胡扯。人類有千年的時間是在黑漆漆、滿是塵埃的洞穴裡敬拜。那些洞穴裡的痕跡就是人類早期的神祇。隨著歲月的流逝，那些痕跡改變了大小、形狀和顏色，但仍然只是一些痕跡。我們不知道何時唯一的神開始出現，直到四千年前神啟示了亞伯拉罕。女士，你對亞伯拉罕了解多少？

安德莉亞：他是以色列人信仰之父。

斯克教授：正確。

安德莉亞：這和約櫃有什麼關係？

斯克教授：在神啟示了亞伯拉罕後五百年，全能的神對於人類總是背棄他的事實感到厭煩。當摩西引領猶太人走出埃及的時候，上帝又一次給他的選民啟示。就在離此地一百四十五英里的地方。在那裡他們和神簽訂了一個契約，換句話說，也就是人類同意遵守那十條簡單的條約。

安德莉亞：你是說摩西十誡。

斯克教授：是。而就另一方面來說，上帝答應給人類永生。那是歷史上最重要的時刻：生命在那時有了意義。三千五百年後，每個人都在良心的某個角落保留著這個契約。有些人管這個叫律法，有些人否認它的存在或者意義，反對這個契約的人們則不是死亡就是被殺。但是當摩西從上帝手裡接過寫著誡命的石板時，那才是人類文明的開始。

安德莉亞：然後摩西把石板放進了約櫃。

斯克教授：還有其他東西。約櫃是與神簽約的保險箱。

安德莉亞：有些人說約櫃有超自然能力。

斯克教授：胡扯。明天我們開始工作的時候，我會向每一個人解釋。

安德莉亞：那麼你是不相信約櫃的超能力了？

斯克教授：我百分之百不贊同。我母親幾乎在我出生以前就開始給我讀聖經了。我一生都奉獻給信仰，但這並不意味著我會對那些迷信不加以駁斥。

安德莉亞：說到迷信，你的研究工作幾乎一直受到來自學術界的爭議和批評，說你濫用古代文獻去發現珍寶。雙方互相攻訐謾罵。

斯克教授：學術界……他們靠著自己的努力也找不出個屁來。如果沒有荷馬史詩《伊利亞德》，施利曼②自己根本也找不到特洛伊城在哪兒。要是沒有那些殘片模糊的古卷，卡特③怎麼發現圖坦卡蒙王的墳墓？兩人在生前因為用了同樣的方法備受爭議，現在我也使用同樣的方法和技術，如今沒人記得批評他們的言論，而施利曼和卡特成了永遠被人紀念的人。我也會如此。（一陣強烈的咳嗽。）

安德莉亞：你的病……

斯克教授：長期在潮濕的洞穴裡，呼吸那些沙塵，你不可能不付出代價。我有慢性肺塵症，總得時常攜帶個氧氣瓶。請繼續。

安德莉亞：我們說到哪兒了？哦對，你是不是一直相信約櫃在歷史上是真實存在的？還是是在你開始翻譯那些銅卷之後才相信？

斯克教授：我在基督教家庭長大，但是年少的時候改信猶太教。一九六〇年代時，我對古希伯來文的理解，已經和讀英文一樣好。在我開始研究庫姆蘭會社的銅卷時，並沒有對其中透露出的約櫃的真實性感到太多驚異，因為我早就知道，畢竟聖經上有兩百多次提及約櫃。在我研究第二個銅卷的時候，我發現的是，我將成為最終找到約櫃的那個人。

安德莉亞：我明白了。那麼你是怎麼翻譯出第二個銅卷的呢？

斯克教授：相當複雜，有些輔音很迷惑，容易混亂。比如he,waw,heh,yod, kaph, mem, 還有zayin……

安德莉亞：請不要用術語，用些我能聽懂的話，教授。

斯克教授：有些輔音太清楚，讓翻譯過程變得更為困難。最奇怪的莫過於把希臘字母嵌入了整個銅卷。一旦我們掌握了讀懂它的鑰匙，我們發現這些希臘字母其實是每個部分的標題，它們改變了每個部分上下文的順序。這是我身為一位教授最激動的時刻。

安德莉亞：四十三年都在研究如何破解這些銅卷，一定挫折重重，然而一旦發現了第二個銅卷，三個月內就破解了這些古代密碼，指明了方向，這件事一定是令人振奮無比的。

斯克教授：並不是這麼說。死海古卷，還有銅卷，一開始的時候，都是被一個牧羊人在偶然的機會裡發現的，當時在西岸，這個牧羊人偶然朝一個洞穴裡扔進一塊石頭，聽到了一個聲音，結果他發現了這些最早的殘卷。這不是考古，這是運氣。但是如果沒有這幾十年深入的研究，我們也不會給凱因先生帶來這些……

安德莉亞：凱因先生？你在說什麼啊？你不是在說這個銅卷價值億萬吧？

斯克教授：這個我不能說了，我已經說的太多了。

約旦，歐姆達瓦沙漠

二〇〇六年，七月十二日，星期三，下午七點三十三分

接下來的幾個小時，簡直像發瘋了一樣。斯克教授決定在峽谷入口搭宿營地。因為那裡有兩道岩牆有效阻擋了強風。這兩道岩牆一開始緊靠著，但在八百英尺外又相行漸遠，斯克教授稱之

為「食指」。而位在東方與東南方的兩個類似的峽谷，則構成這個「手掌」的中指與無名指。

給探險隊配置的帳篷是特殊設計的，這是由以色列的一家公司專門製作，有特殊隔離沙漠熱氣的功能，這些帳篷讓大家花了整整一個下午才把它們都搭好。然後是卸下卡車上的物資，這項工作派給了管理行政的羅伯特・弗里克和司機湯米・愛伯格。湯米用液壓絞車柄拉動卡瑪茲卡車上的貨物，好一一卸下許多裝著開採設備的金屬箱子。

「四千五百磅的食物，二百五十磅的醫藥用品，四千磅考古設備和電動齒輪，二百磅鋼軌，一個電動鑽機，還有一個小型挖掘機。你們瞧瞧這些東西！」

湯米給安德莉亞一個清單讓她幫忙檢查這些東西，安德莉亞看得津津有味，她在腦子裡記下這些東西，想著以後她寫文章的時候可能會用到。因為她對固定安裝帳篷一無所知，就主動請纓去幫助卸貨。湯米讓安德莉亞負責哪個箱子該歸到哪處，她照著做了。並不是她多麼想幫忙，只是她想早點兒做完，她就能早點兒去找安東尼和海瑞爾。此時海瑞爾正忙著讓人幫她把醫務室搭起來。

「現在是第三十四箱，湯米。」羅伯特在第二輛卡車後面對湯米喊道。鉸鏈上的兩個金屬鉤子正掛在一個箱子的兩邊，箱子隨著鉸鏈向下移動，發出嘎啦嘎拉的聲音。

「小心點，這箱子很重。」

安德莉亞著急地看著清單，生怕自己漏掉什麼。

「這個單子錯了吧，湯米。這上面只有三十三箱。」

「不必擔心。這個箱子是特殊的……哦，管這箱子的人來了。」湯米一邊說，一邊扶著箱子解下鏈條。

安德莉亞的眼睛從清單上抬起來，看到德克的兩名手下特維瓦卡和馬拉傑克森。兩人都在箱子旁邊跪下，然後打開箱子。箱蓋發出輕微的嗞嗞聲，就像真空的袋子解封時進了空氣一樣。安德莉亞小心地朝裡面偷瞄，兩個士兵似乎並不介意。

好像他們想讓我看似的。

箱子裡面的東西再普通不過：幾袋米，咖啡，還有大豆，整齊地排在那裡，大約有二十包。安德莉亞感到困惑，忽然馬拉一手抓起一袋子向安德莉亞胸口扔過來，馬拉的手臂很粗壯，肌肉就像波浪一樣，皮膚黝黑。

「接著！白雪公主！」

安德莉亞不得不扔掉手裡的清單好接住這兩個袋子。特維瓦卡笑起來，馬拉根本就不理安德莉亞驚訝的樣子，她繼續把手伸進箱子把裡面的東西往左邊使勁推。袋子被她擠到左邊，這回裡面的東西才顯露出來。

手槍、機槍，還有小型步槍，一層層疊在下面。馬拉和特維瓦卡一層層卸貨，六把槍一層，然後他們小心翼翼地把這些武器放在其他箱子頂部。德克和其他士兵這時候都走過來，他們開始戴上裝備。

「好極了，先生們，」德克說，「一個聰明人曾經說過：『偉大的人是鷹……他們把巢建在孤獨的高處。』第一班警戒是馬拉和歌特里布兄弟。在那兒，還有那兒，那兒，找到你們的藏身之處。」他指著峽谷三個制高點說。第二個地方從安德莉亞的角度來看並不是很高，那裡就是幾小時前安德莉亞看到那個神秘人影的地方。「每十分鐘用無線電聯絡一次，只限於此。派克，你要小心，如果你再和路易斯像上次在寮國那裡幹過的勾當，用無線電交換食譜之類，我絕不放過你。出發！」

歌特里布兄弟和馬拉朝那三個德克指的方向分開行動，同時尋找最容易爬上去的落腳點。在開採期間，德克的士兵會對整個營區一直保持警戒。三個人一選好位置，立刻拿出安全繩和鋁製踏板，他們在岩石上每隔十英尺就放進一個踏板，這樣豎著爬起來就容易得多。

安德莉亞看著從箱子裡拿出的東西，讚不絕口。但當從最後一輛卡車裡取出兩個特製的淋浴噴頭，還有兩個流動盥洗間時，她還是忍不住驚奇，對這些巧妙的現代科技讚嘆不已。盥洗間是用塑膠和玻璃纖維特製的。在她想像力最無邊的夢裡也沒想到，沙漠中她可以這麼就近方便地淋浴，而不是要等到下個星期。

「看傻了吧？這回你高興了？你不會變成沙漠裡的廢棄物。」羅伯特說。

羅伯特長得瘦骨嶙峋，渾身好像都是胳膊肘和膝蓋，他行動起來神經兮兮的。安德莉亞聽了他粗俗的言辭不禁大笑起來，她幫羅伯特搬運起廁所設備。

「你說的對，羅伯特，就我看到的，咱們甚至還有女廁男廁呢！對吧？」

「這有些不公平，你看，這兒你們只有四名女生，我們男生可有二十個呢！反正，你們得自個兒去挖個茅坑，這個好玩。」羅伯特說。

安德莉亞聽了，臉上一陣蒼白。本來就已經很累，一想到自己還要揮動鐵鍬幫助挖掘，而且很可能手裡還會起水泡，就讓她不舒服。

「我可不覺得有什麼好玩。」

「你的臉會變得比我姑姑邦尼的屁股還白。所以會很好玩。」

「別理他，親愛的，」湯米插話道，「我們會用那個小型挖土機挖坑。十分鐘就挖好。」

「你總是破壞我的笑話，湯米，你該讓她嚇出更多的汗。」羅伯特搖搖頭走了，去調侃其他人。

---

①西蒙風：非洲與亞洲沙漠地帶的乾熱風。

②海因里希・施利曼（Heinrich Schliemann，一八二二年一月六日—一八九〇年十二月二十六日）：德國著名考古學家。他的發現使荷馬史詩中長期被認為是文藝虛構的國度，如特洛伊、米諾斯、邁錫尼和梯林斯重現天日。

③霍華德・卡特（Howard Carter，一八七四年五月九日—一九三九年三月二日）：英國考古學家和埃及學先驅。發現埃及帝王圖坦卡門王陵墓和戴著黃金面具的圖坦卡蒙王木乃伊。

第十二章　你知道神的旨意

胡全剛開始接受訓練的時候只有十四歲。當然，首先他要學會忘記很多事情。一開始，他要忘記他在學校學的一切，還有朋友，還有家。沒有什麼是真實的，所有的人都是敵人，他們有一個計畫。他的導師輕輕在他耳邊告訴他：「他們做的一切都是為了削弱我們的力量，他們知道我們很強大，比他們更有能力。他們知道在面對神的立約上我們更認真。然後他們給我們洗腦，他們讓我們的許多族人混亂。他們用情慾和腐敗如烏雲般迷惑我們的判斷，他們撒謊、撒謊、撒謊。他們甚至對日期撒謊。他們說現在是五月二十二日，但你知道今天是幾號。」

「十月十六日，先生。」

「他們宣傳融合政策，要和我們和睦相處，但是你知道神要的是什麼。」

「不，我不知道，老師，但是我覺得，我們的神不是一直教導我們要和平友愛的嗎？」小男孩戰戰兢兢地說，他怎麼能知道萬能的神的想法？

「神要懲罰他們！你看看報紙就知道，我們的兄弟如今住在到處有反對聲音的環境中，被侮辱，被殺戮。」

「我恨猶太人，先生。」

「不，你只是這麼想。仔細聽我說的話。你現在感覺到的你的仇恨，幾年後就會很小，就像一個小火花，對整個森林的火災來講，微不足道。只有真正的信仰才會讓你有完全的轉變，而你會是其中一員。你與眾不同。我只要看著你的眼睛就知道你有改變世界的能力。團結我們的各個組織，把我們的教義帶到安曼、開羅、貝魯特，還有柏林、馬德里、華盛頓。」

「我們怎麼做才可以成功呢，老師？怎麼能把我們的教義帶到整個世界？」

「你還沒有準備好。」

「我準備好了，老師。」

「你想學嗎？用你全部的心思，靈魂和意志？」

「想，什麼也阻擋不了我傳揚神的旨意。」

「再等等吧，快了……」

從那天起，胡全從一個天真善良的少年信徒，徹底發生了轉變。

第十三章　邁步，停

挖掘地，歐姆達瓦沙漠，約旦
二〇〇六年七月十二日，星期三，下午八點二十七分

帳篷終於都搭好了，廁所和淋浴設備也都安裝完成，水管和水罐車相連，探險隊其他人都在一個小帳篷裡休息，這個小帳篷周圍被其他帳篷環繞，是公共的休息室。安德莉亞坐在地上，手裡拿著一瓶飲料，她已經放棄尋找安東尼了。他和海瑞爾反正就在附近，所以安德莉亞現在只想好好研究一下這些帆布和鋁合金的結構——這些帳篷和她以前見過的不一樣，每個帳篷都像被拉長的方塊，上面有著門還有一個塑膠窗戶。有一個一英尺半的木質平臺伸出地面，建在十二塊水泥磚上，這是用來互相隔離避免沙漠的熱度。帳篷頂使用帆布搭成，一直延伸到固定在地上的四個角，角度特別，可以改善陽光直射的狀況。另外每個帳篷都有單獨的電線通到汽油車的發動機上。

在六個帳篷中，有三個與其他的稍有不同。一個是醫務室，設計很粗糙但密封很好。另外一個是廚房並堆放一些雜物。那裡有空調，探險隊員每天在日頭底下工作累了，可以在那裡休息。最後一個帳篷是凱因的，和其他帳篷隔開一些距離。沒有明顯的窗戶和繩子，好像是在默默地警

告大家這個億萬富翁不喜歡被打擾。凱因一直待在他的H3s裡面，那是德克駕駛的一輛車，直到帳篷都建好了以後，大家也沒看見他在哪裡。

我懷疑他究竟是否會出現。我懷疑他的帳篷是不是有一個內建的廁所？安德莉亞想著，下意識地喝著飲料，這時有個人走過來，他可能知道凱因的事情。

「你好，羅素先生。」

「你好嗎？」羅素禮貌地微笑著。

「我很好，謝謝你。聽著，關於採訪凱因先生的安排……」

「我想現在恐怕還不可能。」羅素打斷了她。

「我想你不會只把我帶到這個地方來看風景。我想知道……」

「歡迎，各位先生、各位女士，」不受歡迎的斯克教授的聲音打斷了安德莉亞的話，「和我們預期的不同，你們都準時搭建完了自己的帳篷。祝賀大家，給自己鼓鼓掌吧！」

他的聲音一點兒也不真誠，隨著他的話，稀稀落落地響了一點兒掌聲。教授總是讓他的聽眾感到不太舒服，即使不能算是侮辱也不算表揚。探險隊成員們勉強聽著他，圍著他，好像圍繞著快要落到懸崖後面的太陽。

「在我們吃完飯和分配帳篷之前，我要說完我的故事。」考古學家接著說，「記著我跟你們說過的話嗎？我說只有被挑選出來的少數人才可以把那些財寶帶出耶路撒冷城。後來，這勇敢的一群人……」

「有一個問題一直都在我腦子裡轉，」安德莉亞打斷他的話，故意不看教授那令人憎惡的表情。「你說也莫拉是第二個銅卷的作者，他在羅馬人把所羅門殿夷為平地前寫的，我是不是聽錯了?」

「不,你沒有聽錯。」

「他還有留下什麼其他的紀錄嗎?」

「沒有。」

「那他有沒有自己把約櫃從耶路撒冷帶出去?」

「沒有。」

「那你怎麼知道後來發生了什麼?那些人帶著那麼重的東西,還用金子包著,天啊,就這樣走了二百英里?我只帶著我的相機和一瓶水爬了一下那個沙丘,我就快不行了……」

教授的臉隨著安德莉亞的每一個字變得越來越紅。和他的禿頂和鬍子比起來,就像櫻桃長在棉花地裡。

「埃及人是怎麼建金字塔的?復活島的土著是怎麼豎起一萬噸的雕像的?納巴泰人①又是如何把他們的城市刻在石頭上的?」

他把每一個字都吐向安德莉亞,並向她靠近,直到他的臉在安德莉亞眼前。安德莉亞把臉扭向一邊,不想聞到他的口臭。

「用信仰。你需要用信仰走過一百八十五英里,在如此驕陽和惡劣環境下。你需要用信仰相信你能做到。」

「那麼,除了那第二個銅軸,你沒有任何其他證據。」安德莉亞說,她無法阻止自己的想法。

「沒有。但是我有一套推演。你們還是希望我的推論是正確的吧,奧蒂羅小姐,否則的話我們就得兩手空空地打道回府。」

安德莉亞剛要回答，忽然感到有個人戳了戳她的腰。她轉身看到安東尼正用警告的眼神望著她。

「你上哪兒去了，神父？」安德莉亞小聲說，「我到處找你，我有話跟你說。」

安東尼舉起一根手指示意她別說話。

「那八個人帶著約櫃離開耶路撒冷，第二天早上到了耶利哥。」斯克教授走回去，和屋子裡其他十四個人說，他們表現出很感興趣的樣子。「現在我們踏入了這個推論的核心，這可是一個人花了幾十年工夫思索出來的答案。在耶利哥，他們可能是補充了水和食物。然後他們穿過約旦河，靠近伯大尼，抵達靠近尼波山的「君王大道」。歷史上這段君王大道是最古老的交通樞紐，是當初亞伯拉罕從迦勒底去往迦南的路徑。這八個猶太人沿著這條路向南走一直抵達佩特拉，然後他們離開這段君王大道轉向新的方向，這個方向對於耶路撒冷人來講是世界盡頭、一個神秘的地方——就是此處。」

「教授，您是否清楚我們該在峽谷的哪個部分尋找呢？因為這裡實在是太大了啊。」海瑞爾問。

「這裡每一塊地方都要挖掘。明天開始，大衛，戈登，你們來告訴大家這些設備怎麼用。」兩個助手走出來，他們都穿著奇怪的裝置。每個人胸前都有一個護具十字，那是一個金屬裝置，連到他們身後揹著的包上。護具上有四條帶子，上面繫著一個方形的東西用來牢牢地固定身體。這個裝置前面一角有兩個像燈一樣的東西，就像汽車前頭燈，直射到地上。

「這些東西就是你們今後幾天的夏季裝備。這個設備叫作質子進動磁力儀。」

人群裡傳來口哨聲和讚嘆聲。

「很響亮的名字，對吧？」大衛說。

「安靜點，大衛。我們的推論是，如果也莫拉挑選他的人把約櫃藏在這個峽谷裡，這個磁力儀就會幫我們找到約櫃的具體位置。」

「它是如何運作的？」安德莉亞問。

「當它探測到地下有磁場的地方時，這個設備會發出一個信號，它能把在磁場裡的任何物件都挑出來，比如金屬。你用不著知道它具體是如何工作的，因為這個設備有無線傳輸信號直接連到我的電腦。如果你發現了什麼，我會比你更早看到。」

「操作這個設備困難嗎？」安德莉亞問。

「你只要會走路就會用它。你們每個人都會分配到這個峽谷每段的四分之一扇形地段，大約五十英尺長的一段。你要做的就是按住這個開始的按鈕，每五秒鐘走一步，就像這樣。」戈登向前走了一步然後停下。五秒鐘後設備發出一聲低低的哨音，戈登又往前邁了一步，哨音停了，五秒鐘後哨音又響起來。

「你們每天就這樣工作十個小時。一個半小時換一次班。休息十五分鐘。」斯克教授說道。

每個人聽了都開始抱怨。

「那些有其他工作的人呢？」

「你們不在峽谷工作的時候，可以去幫幫他們。羅伯特。」

「你想讓我們每天在太陽底下走十個小時？」

「我建議你多喝點水——每個小時喝至少一升。這裡溫度是華氏一百多度，人體很容易脫水。」

「要是我們一天完成不了十個小時的工作呢？」另外一個人說。
「那你就在晚上完成，布萊恩。」
「真夠民主的！」安德莉亞咕噥道。
但是她聲音還是被斯克教授聽到了。
「我們的計畫對你不公平嗎？奧蒂羅小姐。」考古學家的聲音細而尖銳。
「是你說的喔！對，是不公平。」安德莉亞故意挑戰地說。她靠向一邊，害怕安東尼再戳她，但神父沒有。
「約旦政府給了我們一張許可證，讓我們可以在這裡開採磷礦一個月時間。想想如果我們進行得太慢，我們就只能在第三個星期才獲得所需資料，也就沒有時間在第四個星期挖出約櫃了。這樣有比較好嗎？」
安德莉亞低下頭有些不好意思。她非常討厭教授，毫無疑問。
「有人還有和奧蒂羅小姐一樣的問題嗎？」斯克教授說，查看著屋子裡其他人的反應。「沒有了？好。從現在開始，你們不是醫生或者神父，或者鑽井隊員還是廚師。你們是我的牲口，好好享受吧！」

歐姆達瓦沙漠，約旦
二〇〇六年七月十三日，星期四，中午十二點二十七分

邁步，停，哨音，邁步。

安德莉亞從來沒想過如果列出自己生活中最糟糕的三件事情，那將會是什麼。那是因為第一，她討厭列表。第二，儘管她很聰明，但她沒有反省的空間。第三，每當有什麼問題迎面襲來，她就會選擇逃跑然後做點其他事情。現在，如果她肯花五分鐘想一下這個問題的話，那麼她清單上的頭條毫無疑問就是那次「豆子事件」。

那天是在學校的最後一天，十幾歲的安德莉亞正處在自以為是的年齡。在最後一堂課結束走出教室時她只有一個念頭：去那個新開的游泳池游泳，那個游泳池就在她家旁邊。因此她快速地吃完飯，拿起她的泳衣就準備向外跑。嘴巴裡還嚼著食物，然而她才一站起來她的媽媽就發聲了。

「今天是輪到誰洗碗？」

安德莉亞一點兒沒在意，因為該是輪到她大哥安格斯洗碗。但是她的其他三個哥哥可都不願意在這個游泳池開張的特殊日子落後，所以他們三個一致回答：「輪到安德莉亞！」

「胡說！你們都瘋了？昨天是我洗的！」

「甜心，注意你的用詞，可別讓我用肥皂給你洗嘴巴。」

「洗她嘴巴，媽媽，她活該！」安德莉亞的一個哥哥說。

「但是，媽，今天真的不是我！」安德莉亞抱怨說，用腳敲著地板。

「嗯，反正你還是要洗，就算給上帝的贖罪吧。你現在是在青春期，很麻煩的年齡。」她媽媽說。

安格斯得意地咧嘴，幾個哥哥互相撞著胳膊肘慶祝勝利。

安德莉亞從來不會忍，如果一個小時後，她可能有五個對付這個問題的方法，可是現在，她只有一個辦法對待這個不公平。

「媽！」

「別叫媽！把碗洗乾淨。讓你的哥哥們先去游泳池。」

突然之間，安德莉亞明白了一切：她媽媽知道今天不該她洗碗，媽媽是故意的。

接下來安德莉亞做的事，不是所有人能理解的。除非你也是五個孩子中最小的一個，而且是唯一的女孩，成長在一個傳統的天主教家庭，你在犯罪之前就有罪惡感，父親是軍人，並且明確認為兒子更重要。安德莉亞在這樣的家庭裡一直被忽視，被歧視，被欺侮，只因為她是一個女孩子。儘管她有很多男孩子的特點，當然她其實也很敏感。

那一天她對自己說：**我忍夠了**。

安德莉亞來到餐桌前，桌上有一鍋豆子和番茄做的湯，他們剛吃完。鍋子裡還有一半，溫熱。想都沒想，安德莉亞抓起鍋子，把剩下的熱湯一股腦地倒在了安格斯的頭上，把鍋蓋扣在安格斯頭上，就像給他扣了個帽子。

「你該洗碗！你這個混蛋！」

結果是可怕的。安德莉亞不但要洗碗，她的父親給了她一個更有趣的懲罰。他沒有阻止她去游泳，因為那樣太便宜她了，他命令安德莉亞坐在廚房桌子上，從那裡她可以很清楚地看到游泳池裡的一切，然後在她前面倒了七磅的乾豆子。

「把這些豆子數清楚。數完了你告訴我，你就可以去游泳。」

安德莉亞把豆子攤在桌子上，一個一個地開始數，數完的放進一個罐子。當她數到一千二百八十三顆的時候，她起來去上了趟廁所。

從廁所回來，她的罐子空了。有人把豆子又倒了出來。

老爸，你的頭髮一定在聽到我哭之前就變成灰的！安德莉亞想。

當然，她還是哭了。接下來的五天裡，不管她由於什麼原因離開桌子，每次回來她都要重新數豆子，這個悲劇一共發生了四十三次。

在今晚以前，安德莉亞一直以為那次數豆子的經歷是她生活中最慘的一次。比一年前在羅馬挨打還慘②。可是現在，用這個磁力儀挖土成了她有生以來悲慘經歷的首位。

每天早上五點，太陽還沒出來，號角就會響起來。安德莉亞和海瑞爾睡在醫務室的帳篷裡，同寢室的還有凱拉‧拉森——教授的女助理，這是斯克教授的規定：男女分開。德克不吃他這套，他的男女隊員都在另外一個帳篷。服務人員睡一個帳篷，斯克教授另外四名男助理和安東尼神父一個帳篷。教授自己住在一個小帳篷裡，那個帳篷造價八十美元，每次探險他都用這個。但是其實他根本不怎麼睡。早上五點他就站在帳篷外，吹他的號角，直到有人開始咒罵。

安德莉亞爬起來，在黑暗中詛咒著，找她的毛巾和盥洗用具。她記得自己頭天晚上把這些東西放在防火睡袋邊了。她向門口走去，海瑞爾叫住她。儘管這麼早，她發現海瑞爾已經穿戴整齊。

「你不是想去洗澡吧？」海瑞爾問。

「當然就是啊！」

「你會發現這個將不是那麼容易。我該提醒你，我們洗澡是每個人用自己的密碼取水的。而我們每個人每天只允許用三十秒鐘的水。如果你現在浪費了，你今晚就該求我們向你身上吐口水啦！」

安德莉亞倒在床墊上，垂頭喪氣。

「謝謝你毀了我的一天。」

「沒錯，可是我拯救了你的晚上。」

「我看上去糟透了。」安德莉亞說，把頭髮揪起來梳成馬尾辮，她從大學開始就沒再梳辮子了。

「是糟糕透頂。」

「去你的，醫生。你該說『還不如我糟』或者『不，你看上去很不錯』。你知道，就是女人之間的相互支持。」

「嗯，我可不是一個傳統的女人。」海瑞爾說，眼睛直勾勾地盯著安德莉亞看。

你到底在說什麼，醫生？安德莉亞一邊穿短褲繫鞋帶一邊想。**你是我想的那樣的人嗎？更重要的是……我是不是該先主動一步？**

邁步，停，哨音，邁步。

斯都．艾靈陪著安德莉亞，幫她穿上她的工作服。然後安德莉亞按照教授的教導，在一片五十英尺的地上開始工作。每隔八英寸就放上一條線連起每個角落。

太受罪了。

首先是設備太重。三十五磅剛開始還不算什麼，但是穿上工作服就不一樣了。第二個小時的時候，安德莉亞覺得肩膀疼痛難耐。

然後是高溫。中午的時候，地上已經不是沙子，而是烤肉機。而且安德莉亞在半個小時前就把自己的水喝光了。每次輪班之間有十五分鐘的休息時間，但光是從這兒離開去到休息室拿杯水喝，就用去八分鐘，再塗個防曬乳就過了兩分鐘。剩下差不多三分鐘的時間，則持續充斥著斯克教授看著錶、扯著他那破鑼嗓子的叫聲。

最糟糕的是，工作是無聊的重複，邁步，停，哨音，邁步。

見鬼！這裡簡直像關塔那摩③。那裡儘管太陽很毒，但至少他們不用穿這個工作服。

「早安，挺熱的，是吧？」一個聲音說。

「最好是，神父。」

「喝點水。」安東尼說著，遞給安德莉亞一瓶水。

他穿著素面褲子，短袖黑色上衣和神職人員的衣領子。他向後退到安德莉亞分配的工作地方外面，坐在地上，饒有興趣地看著她。

「你告訴我該賄賂誰可以讓我不掛著這東西在身上？」安德莉亞問，一仰頭喝掉了一瓶水。

「斯克教授對我的信仰很尊重的。他是有信仰的人，雖然是用他的方式。」

「一個自我主義瘋子。」

「你說得也對。那麼你呢？」

「我？反正發明奴隸制並不是我的錯。」

「我是說信仰。」

「你想用半瓶水就拯救我的靈魂嗎？」

「那還不夠嗎？」

「至少要一整瓶。」

安東尼笑了，又遞給她一瓶水。

「你要是小口喝，能潤潤你的嗓子不至於感到太渴。」

「謝謝！」

「你不想回答我的問題嗎？」

「信仰這個問題對我來說太深奧。我想騎車會簡單一些。」

神父大笑起來，喝了一口自己瓶子裡的水，他似乎很累。

「算了，奧蒂羅小姐，別看我現在沒當驢子幹活你就生氣啦！你不會認為這些土地是魔術變出來的吧？」

這些扇形的土地離他們安營的帳篷有二百英尺，探險隊其他人分散在峽谷周圍，每個人都在重複著邁步，停，哨音，邁步。安德莉亞基本完成了今天分配給她的部分，她向右轉，來了個一百八十度轉身，背對著神父，又繼續工作。

「昨天我一直想找到你們倆……昨晚你和醫生一直在一起……都做什麼去了？」

「還有別人也在，你用不著擔心。」

「你這麼說是什麼意思，神父？」

安東尼什麼也沒說。現在只有機器發出有節奏的聲音，邁步，停，哨音，邁步。

「你怎麼知道的？」安德莉亞焦急地問。

「我懷疑，現在我知道了。」

「見鬼！」

「對不起侵犯了你的隱私，奧蒂羅小姐。」

「你這個壞傢伙！」安德莉亞說著咬著自己的拳頭，「我要抽煙，不然我就要殺人了。」

「那就抽吧！」

「可是斯克教授說那樣會影響儀器。」

「你知道嗎，奧蒂羅小姐，有些人總是好像自己什麼都知道，你真是太天真啦。煙草的煙不會影響地球上任何磁場。反正我學的知識是這麼告訴我的。」

「那個老混蛋。」

安德莉亞使勁在口袋裡翻弄，掏出香煙點著。

「你會告訴醫生嗎，神父？」

「海瑞爾是個聰明人。比我聰明得多。再說她是猶太人。她不需要一個老神父給她什麼建議。」

「那我就需要？」

「呃，你是天主教徒，對嗎？」

「十四年前我看見你的一身打扮就失去信仰啦，神父。」

「哪一個？是軍服還是神職制服？」

「都一樣，事實上，是我的父母把我的生活攪得一團亂。」

「父母都會這麼做，難道這不是真正生活的開始？」

安德莉亞轉著腦袋試圖不看神父。

「這麼說我們有些共同點？」

「你都不知道我們有多少相似處。你昨晚找我們做什麼呢?安德莉亞?」

安德莉亞先朝四周看了看。離她最近的人是大衛・帕帕斯穿著他的工作服，在一百英尺以外。一股熱風從峽谷入口刮過來，捲起沙土在安德莉亞腳前形成一個美麗的漩渦。

「昨天，當我們在峽谷入口的時候，我爬上那個大沙丘。在沙丘頂我開始用我的相機照相，我看到一個人。」

「在哪兒？」安東尼脫口而出。

「就在你身後的懸崖上。我只看見他不過一秒鐘。他穿著淺棕色的衣服。我沒告訴任何人，因為我不知道他跟那個在船上想殺我的人是否有關。」

安東尼眯起眼睛用手摸著他的頭，深深吸了口氣。他的臉色凝重。

「奧蒂羅小姐，這次探險極度危險，成功與否取決於保密程度。如果有人知道我們到底來做什麼的話……」

「他們會把我們扔出去？」

「他們會殺了我們。」

「哦！」

安德莉亞瞪起眼睛，她意識到德克的保護其實是多麼不牢靠，而這裡又是多麼與世隔絕，如果有人想給他們設個陷阱，他們就插翅難飛了。

「我得立即和阿爾伯特聯繫。」安東尼說。

「我想你說過在這裡你沒法用你的衛星電話。德克有頻率掃描器。」

神父看了安德莉亞一眼。

「哦，不，別再來吧！」安德莉亞明白了神父的意思。

「我們今晚行動。」

挖掘地以西兩千七百英尺，約旦，歐姆達瓦沙漠
二〇〇六年七月十四日，星期五，凌晨一點十八分

「O」是個高個子，身材魁偉。但是，身強力壯並不代表他強大，實際上，他很弱小。因為他感覺被神拋棄了。

他都幹了些什麼！他的手沾滿了血腥。

這是一個以神的名義招徠殺手的組織，他被騙了，他後悔加入了這個組織，但他不能脫身。「我受夠了！」就要從他的喉嚨裡迸出來，他每次都忍住了，要是說了，他就完蛋了。胡全眼裡揉不進沙子。

O開始哭起來。

他想擺脫旁邊其他人。他不想讓別人知道他的心情，也不想和人說。如果告訴別人他為什麼哭，那將招惹危險。

起因就是為那個女孩。她讓他想起自己的女兒。他不願意殺她，而殺塔爾比較簡單，事實上那是一種解脫。他不得不承認殺塔爾的時候他沒有心軟，他足夠堅決，這樣不會引起組織的懷疑。

而女孩子是另一個問題，她只有十六歲。

但是，他已經跟「D」和「W」達成協議，這個媽媽和女兒知道得太多了，不能手下留情。

「毫無意義，該死的戰爭。」他說。

「你在自言自語？」

那是W，他是爬進來的。他不喜歡冒險，總是小聲說話，即使在洞穴裡也是如此。

「我在禱告。」

「我們得回洞裡了，他們可能會看到我們。」

「只有西牆的一個哨兵，他看不到這邊。別擔心。」

「我是說如果他換了位置呢？他們有夜視鏡。」

「我說了不用擔心。那個大塊頭黑鬼當班。他一直抽煙，從他香煙上發出的亮光讓他什麼也看不到。」O說，他討厭在他想安靜的時候被人打擾。

「讓我們回到洞裡去吧，我們去玩象棋。」

這個W……O已經瞞著他一會兒了。W知道O正在變得越來越沮喪。阿富汗、巴基斯坦、葉門，他們一起經歷了很多。他是一個很好的同志，雖然他很笨，但是他還是試圖哄O高興起來。

O從沙子裡把身子探出來。他們在山腳下一塊空地上。那個洞，只有一百平方英尺大，貼著地面。O在三個月前發現這個洞的，那時他正在計畫這次行動。這個洞對他們來說實在很小，但即使這個洞再大一倍，O也寧願住在洞外。他覺得自己被困在那個嘈雜的洞裡，被其他兩個人的呼嚕聲和放屁聲困擾。

「我想我要在外邊再待一會兒，我喜歡冷風。」

「你在等胡全的信號嗎？」

「那還不會這麼快呢。那些傢伙還沒發現什麼。」

「我希望他們能快點。我在洞裡待膩了。只能吃罐頭然後尿在空罐頭裡。」

O沒說話。他閉上眼睛體會微風拂過皮膚的感覺。他不怕等待。

「為什麼我們坐在這裡什麼也不做？我們全副武裝。我說我們乾脆過去把他們都殺了。」W說。

「我們要聽胡全的命令。」

「胡全給他們太多機會了。」

「我知道。但是他是聰明的。他跟我說過一個故事。在喀拉哈里沙漠④，你知道住在叢林裡的人如果離家太遠，他們怎麼發現水嗎？他會先找到一隻猴子，然後跟著它，觀察它一整天，但不能讓猴子發現他，否則遊戲就結束了。如果這個人有足夠的耐心，猴子最終會帶他到有水的地方。比如岩石的縫隙，或者一個小池塘……這些地方人是永遠找不到的。」

「然後他會怎麼做呢？」

「他喝了那地方的水，吃了那隻猴子。」

挖掘地，約旦，歐姆達瓦沙漠

二〇〇六年七月十四日，星期五，凌晨一點十八分

斯都・艾靈緊張地捏著他的圓珠筆用最惡毒的語言詛咒著教授。因為教授出了錯，有一段開採地區的資料沒有輸入計算。可是他已經夠忙了，幫助那些人穿脫他們重重的工作服，聽他們的抱怨，給儀器換電池，並確保不會有人在同一個開採區重複挖掘的工作。

當然，現在沒人幫他穿上自己的那套工作服。在午夜工作並不是一件容易的事。只有營地的煤氣燈放出亮光，斯克教授除了自己有燈，他不給任何人。在他發現資料異常的時候，就是在晚飯後，教授讓斯都重新分析來自22K開採區的資料。

斯都問教授——即使沒抱什麼希望——他能不能第二天再做。然而如果從其他開採區來的資料沒有聯繫在一起的話，分析程式就無法正常運行。

該死的大衛！他不是世界上最權威的考古地形學專家嗎？一個稱職的軟體設計師。是不是？他真是吹牛！他該留在希臘。見鬼！我自作多情去告訴教授，現在我得修改磁力儀的資料然後還得交給大衛！兩年了，整整兩年，我只是教授的研究參謀，修正他那些孩子犯的錯誤，給他買藥品，給他倒垃圾，那些垃圾都是具感染性的血液組織。兩年了，而他卻如此待我！

值得慶幸的是，斯都完成了磁力儀一系列複雜的修改程式，現在他揹著磁力儀一步一步開始工作。他拿起燈把它放在斜坡半腰的地方，開採區22K在峽谷食指關節的地方，是一個斜坡，有很多沙子。

這裡的土質和別處不一樣。峽谷山腳是像海綿一樣粉色的表層，或者像烤過的岩石。這塊地不是這樣。沙子顏色很深，坡度很陡。斯都走在上面，沙子就陷下去，好像有個動物在他靴子下面似的。斯都不得不緊緊拉著磁力儀上的繩子，這樣才能讓機器保持平衡。

當他低下頭來把燈放在地上的時候，他的右手擦到了一塊鐵片，好像從什麼東西上突出來的鐵質東西。他的手立刻流出血來。

「噢！見鬼！」

斯都把手指放在嘴裡吸吮，然後開始揹著儀器在地段上緩慢地工作，機器發出枯燥的聲音。

他根本不是美國人，也不是猶太人，真可惡！他是一個希臘移民。他在給教授工作以前是一個希臘東正教的教徒。可他和我們一起三個月後轉成猶太教。真是迅速的改宗換派啊！我太累

了，為什麼我要做這個？我希望我們找到約櫃，那麼歷史系就會來爭著要我，我就可以有一個終身教職。這個老傢伙不會活太久了，不過他賺足了榮譽。三、四年後大家就會說起他的團隊，說起我。我希望他那個爛肺不久就會炸掉，那麼凱因會讓誰當這次探險隊的頭兒呢？可能是大衛•帕帕斯，如果他每次都出錯，那教授根本就不會再理他，想想看要是他看見凱因先生會如何？不，他們需要一個更強的，一個更有個人魅力的人。凱因會喜歡什麼類型的呢？聽說他病得很厲害。不過要真是那樣，他幹嘛還親自來到這兒？

斯都在快到峽谷牆一半的坡邊停下來，面對著峽谷。他似乎聽見腳步聲，但這是不可能的。他回頭看看露營地，一切都靜悄悄的。

當然，除了我大家都在睡覺。哦，還有那幾個士兵。但他們都擠在一起說不定打呼了。他們能保護我們什麼啊？最好是……

斯都又停下來。他又聽見了聲音，這次他知道不是自己的想像。他伸長脖子想聽得更真切些，當那種討厭的哨音又消失了。斯都調整機器的開關又迅速按下，那樣他就可以關掉哨音而不關掉機器。雖然這樣會在斯克教授的電腦上顯示出一個警告，但他不想管。要是這個關掉哨音的功能昨天就有人知道，想必大多數人都會立刻這麼做的。

也許是士兵在換班。算了，我這麼大的人還怕黑不成？

他關掉機器，開始向山下走去。現在他想的唯一一件事就是：要是能立刻回床上去睡覺該多好！斯克教授不滿意那就是他的問題。他會明天一早就開工，可以不吃早飯。

就這樣了，明天早上我會比教授早起，那時天也會亮些。

斯都笑了笑，雖然對早上被鬧鐘叫起有些怨氣，總比晚上幹活要好。現在他要去睡覺了，這才是他需要的。如果快點兒，他還能睡三個小時。

突然有什麼東西拉住他的工作服。斯都向後倒去，他把手伸到半空想保持平衡。但是就在他覺得自己要跌倒的時候，他感到有人抓住了他。

斯都沒有感到刀口的鋒利，刀鋒已經捅到他的脊背底部。抓住他的那隻手用了力，斯都突然想起他的童年時代，那是他和父親一起坐小漁船去釣暗斑刺蓋太陽魚，他的父親會在手裡抓住一條魚，然後迅速一甩就刺出魚的內臟。那動作和聲音濕濕的，尖尖的，是斯都的最後一個記憶了。

那隻手放了斯都，斯都倒在地上，像一卷毯子。

斯都最後發出一聲乾裂的聲音，簡短的呻吟，然後一切歸於平靜。

---

① 納巴泰人：約旦和迦南南部以及阿拉伯北部的古代商人。

② 是指作者另外一本書《上帝的間諜》中安德莉亞的遭遇。本書其他地方還會提到神父安東尼・福勒和安德莉亞在另外一本書裡的故事。

③ 關塔那摩：是古巴東南部的一個城市。在離城市十五公里處的關塔那摩灣，坐落著面積為一百一十七平方公里的美國海軍基地。

④ 喀拉哈里沙漠：南部非洲沙漠高原。

第十四章　神的第一個祭品

挖掘地，歐姆達瓦沙漠，約旦
二〇〇六年七月十四日，星期五，淩晨兩點三十三分

計畫的第一步就是要按時起床。到目前為止還算不錯。但是從現在開始，一切就要亂了。安德莉亞把手錶放在鬧鐘和頭之間，鬧鐘設定在淩晨兩點半。她要和安東尼在十四B區會合，就是她白天工作的那個區，當時她告訴神父她曾經在懸崖看到一個人。安德莉亞唯一被告知的是，神父需要她的幫助好干擾德克隊長的掃描頻率。然而安東尼並沒有告訴她到底該怎麼做。

為了讓安德莉亞準時起來，安東尼給了她這支手錶，因為安德莉亞自己的那支沒有鬧鐘。這是一支黑色的軍用手錶，有特殊功能。魔鬼氈的錶鏈很舊，跟安德莉亞自己那支的錶帶一樣。表的背面刻著一句話：「吾捨身救人」。

「吾捨身救人」。什麼變態的人會戴這隻錶啊？當然不該是一個神父。神父也就戴個二十歐元的錶就可以了，最多也不過是戴支蓮花牌的人造革錶帶的手錶而已。根本不會有這麼一支富有個性的手錶，安德莉亞睡覺前想。當她的鬧鐘響起來的時候，她立刻關掉聲音拿起手錶。安東尼說過，如果她丟了這支錶可饒不了她。錶盤上還有一個小型夜光顯示燈，這能讓安德莉亞看清路

走到山腳下而不會被路上放著的那些線或者石頭什麼的絆倒。

在她穿衣服的時候，安德莉亞側耳聽著鬧鐘是否也把其他人吵醒。凱拉在打呼嚕，這讓安德莉亞放心，但是她還是決定走出帳篷再穿靴子。在爬向門口的時候，她一貫的笨拙還是讓她把手錶弄掉了。

安德莉亞儘量集中自己的思緒，仔細回憶醫務室的佈局。最盡頭有兩副擔架，一張桌子，還有裝醫藥設備的櫃子。三個室友睡在靠門的床墊上，安德莉亞在中間，凱拉在左邊，海瑞爾在右邊。

安德莉亞用凱拉的呼嚕聲導航，她開始找到地板。她摸到了自己床墊的邊緣。再往前一點兒她摸到了凱拉扔的一隻襪子。安德莉亞做了個鬼臉，把手放到褲子上蹭。她繼續在自己的床墊子上爬，再過去一點兒，那一定是海瑞爾了。

海瑞爾的床是空的。

奇怪。安德莉亞從口袋裡拿出一個打火機按了一下，搖曳的火苗讓她看清自己和凱拉，也看到那支錶。海瑞爾卻不在醫務室裡。安東尼告訴過安德莉亞，說不要讓海瑞爾知道他們倆今晚要做的事。

現在沒時間想了。安德莉亞撿起手錶，然後走出帳篷。整個營地像墳墓一樣安靜，醫務室靠近峽谷西北山牆，這讓安德莉亞很高興，因為可以避開其他人的帳篷和去廁所的路。

我想海瑞爾一定去廁所了。為什麼我們不告訴她呢？她不是已經知道安東尼有衛星電話了嗎？這兩人都神秘兮兮的。

過了一會兒，教授的號角響起了。安德莉亞定在那一動不動，好像一隻被陷阱困住的動物。

開始她以為是斯克發現了她，而後發現號角聲是從遠處傳來的。聲音有些好像被堵住了一樣，悶悶的，在峽谷迴盪。

又響了兩聲，然後停住了。

然後又響起來，又停住。

然後又響了，這回可沒停下的意思。

這聲音太難聽了，還不如殺了我。

安德莉亞不知道該去叫誰。海瑞爾不在眼前，而安東尼遠在十四B區等著她，最好去叫湯米。行政人員的帳篷離她最近，靠著手錶上的亮光，安德莉亞找到帳篷上的拉鍊，「嘩啦」一聲她就把帳篷打開並鑽了進去。

「湯米，湯米！你在嗎？」

聽到安德莉亞的聲音，足足有六個腦袋從他們的睡袋中探出頭來。

「老天！現在是淩晨兩點。」布萊恩頭髮亂蓬蓬的，揉著眼睛說。

「起來，湯米，我想教授有麻煩了。」

湯米已經從睡袋裡爬出來。

「怎麼了？」

「教授在吹號角，不停地吹。」

「我什麼也沒聽見啊。」

「跟我來，我想他在峽谷。」

「好，等一下。」

「等什麼呢，快啊！」

「我等你轉過身去，我光著呢！」

安德莉亞走出帳篷，咕噥了一聲對不起。帳篷外，號角聲還在響，但是聲音越來越弱。

湯米走出來，還有幾個其他人，他們跟著安德莉亞往峽谷走。

「羅伯特，去看看教授的帳篷。」湯米說，指著瘦小的電鑽操作員。「布萊恩，去報告士兵們。」

其實他用不著說這句話，德克、路易斯、派克和馬拉已經向這邊跑來，衣服都沒穿好，但是手裡都拿著武器。

「到底怎麼回事？」德克問。他的大手裡拿著一個對講機。「我的人說有人在峽谷那邊。」

「奧蒂羅小姐認為教授有麻煩了。」湯米說，「你的站崗地點都在哪裡啊？」

「這個地形會有視線死角。特維瓦卡在尋找一個更好的位置。」

「晚安，出了什麼事？凱因正準備入睡呢！」雅各一邊說一邊向他們走過來。他穿著肉桂色的絲質睡衣，頭髮有些亂，「我以為……」

德克做了個手勢打斷他。對講機發出嘎拉嘎拉的聲音，特維瓦卡的聲音平淡無趣，從對講機裡傳出來。

「上校，我看見教授了，有具屍體躺在地上，Over。」

「教授在幹嘛？鳥巢一號？」

「他正蹲下去查看那具屍體。Over。」

「明白。鳥巢一號，待在你的位置，掩護我們。鳥巢二號、三號，最高警戒。就是一隻老鼠放個屁也要報告！」

德克關上對講機，對手下人發出其他命令。不一會兒特維瓦卡的聲音又傳來，整個營地都醒過來了。湯米打開強力鹵素探照燈，巨大的亮光立刻照亮了峽谷。

與此同時，安德莉亞悄悄離開人群，她看到安東尼正從醫務室後面走出來，穿戴非常整齊。他朝四周望望，然後站在安德莉亞身後。

「什麼也別說，我們一會兒再談。」

「海瑞爾去哪了？」

安東尼看了安德莉亞一眼，挑起眉毛。

他也不知道。

突然一個問號鑽進了安德莉亞的腦袋，她轉向德克，但是安東尼抓住她的胳膊把她拉住。德克和雅各交換了意見，然後這個高大的南非軍官下了命令。他留下路易斯看管營地，然後他和馬拉和派克朝22K區走去。

「讓我去，神父，他剛才說有屍體。」安德莉亞一邊說，一邊試圖擺脫安東尼的手。

「等一下。」

「可能是她！」

「稍等。」

這時羅素舉起了手示意大家。

「請安靜，請安靜。我們有些亂。但是現在亂跑可幫不上什麼忙。看看你左右的人，看看誰不在這兒，湯米，布萊恩？」

「他在修理發電機，那玩意兒快沒油了。」

「大衛？」

「都在，除了斯都・艾靈。先生。」大衛有些緊張地說。「他去了22K區，因為資料出錯了。」

「海瑞爾醫生？」

「海瑞爾醫生不在這兒。」凱拉說。

「她不在？有誰知道醫生去哪兒了嗎？」羅素有些吃驚地問。

「她會去哪兒？」一個聲音從安德莉亞後面響起。安德莉亞轉過身，看到海瑞爾正站在她身後，安德莉亞鬆了口氣。她看到醫生眼睛有些紅，只穿著一件紅色長襯衣和一雙靴子。「請大家原諒，我吃了一片安眠藥，現在還昏昏沉沉的。發生了什麼事？」

安德莉亞感覺很複雜。看到海瑞爾沒事，她放了心，可是，醫生為什麼說謊？她到底剛才去了哪裡？

看來我不是唯一發現海瑞爾秘密的人，安德莉亞看著她的室友，心想。凱拉的眼睛一直盯著海瑞爾不放。她一定懷疑醫生。她一定看到醫生不在自己的床上，要是她的眼光是雷射光束的話，醫生的後背現在一定被燒出一個洞了！

凱因的帳篷

老人從椅子上站起來，解開掛在帳篷上的一個連環鎖，又把它扣上，然後又打開，反覆了多次。

「先生，你又在重複這動作了。」

「有人死了，羅素，有人死了。」

「先生，那個扣鎖沒有問題。請安靜下來。你得吃了這個。」羅素拿著一個紙杯子，裡面裝著幾粒藥片。

「我不吃，我需要警醒，不然我可能成為下一個……你喜歡這個連環鎖嗎？」

「喜歡，凱因先生。」

「這個叫作『雙八』連環鎖。非常好的一種。我爸爸教過我怎麼玩。」

「是很棒。先生，請您安靜一下，坐下來。」

「我只是想確定……」

「先生，您現在又出現強迫症症狀了。」

「別用那些術語說我。」

老人猛地回身結果失去了平衡。羅素趕忙上前想扶住他，可還是太慢了，老人摔倒在地。

「您還好嗎？我去叫海瑞爾醫生！」

老人倒在地上哭起來，但其實只有極少的眼淚是因為摔倒而流的。

「有人死了，羅素，有人死了。」

挖掘地，歐姆達瓦沙漠，約旦
二〇〇六年七月十四日，星期五，凌晨三點十三分

「謀殺。」

「你確定，醫生？」

煤氣燈照在地面上，畫出一個圓圈，斯都・艾靈的屍體被這個光圈環繞。燈光蒼白，影子投在周圍的岩石上，漸漸暗下去，顯得充滿危險。安德莉亞看到沙地上的屍體，不由得戰慄，向後退了幾步。

幾分鐘前，德克和他的士兵趕到現場，他看到斯克教授抓住屍體的手臂，下意識地不停吹著號角，其實現在這聲音已經毫無用處。德克把教授拉到一旁詢問事情經過，同時叫來海瑞爾。海瑞爾叫安德莉亞陪著她一起過去。

「我不想去。」安德莉亞說，等她在對講機裡聽到德克說發現斯都死了的時候，她感到一陣暈眩。她想起自己曾經盼望讓這裡的沙漠把斯都吞了，現在一想起就讓她發抖。

「來吧，安德莉亞，我需要一個幫手，我很擔心。」

醫生似乎情緒真的有些不穩，所以安德莉亞沒再說什麼就跟著她走過來。安德莉亞想問問海瑞爾她剛才到底去了什麼地方，但是她沒辦法問，因為那樣就會把海瑞爾剛才說的謊話揭穿，也許剛才她去了不該去的地方。當他們到了22K區的時候，他們發現德克正設法照亮屍體，好叫海瑞爾可以檢查死因。

「你告訴我，上校。如果不是謀殺，那就是非常堅定的自殺。他的脊柱底部有刀傷，那是致

命的。」

「而且那地方自己是很難捅到的。」德克說。

「你是什麼意思？」羅素插了句，他站在德克身邊。

不遠處，凱拉蹲在教授身邊，試著安慰他。她扯過一條毯子蓋在教授肩膀上。

「他的意思是說，刺入的部位太精準了。刀非常鋒利。斯都幾乎都沒有流什麼血。」海瑞爾一邊說，一邊脫下橡膠手套。

「誰發現他的？」

「是一個職業殺手，羅素先生。」德克補充道。

「斯克教授的電腦上有一個警報系統。如果一個磁力儀停止傳輸資料，電腦就會發出一個警報符。」

德克指著教授說：「所以他就到這裡來想責罵斯都。當他看見斯都倒在地上的時候，他以為斯都睡著了，所以他就在他耳邊吹響了號角，然後……他意識到發生了什麼，他不斷地吹，讓我們知道。」

「我簡直不敢想凱因先生知道斯都被謀殺會是什麼反應。你的人當時都在哪裡？德克！怎麼會讓這樣的事發生！」

「他們當時一定在峽谷周圍巡邏。我命令他們的。這樣的月光下，我們只有三個人要巡視整個峽谷。他們已經盡力了。」

「顯然還不夠。」羅素指著屍體說。

「羅素，我告訴你。跑到這種地方來，而我們只有六個人，這簡直是發瘋。我只有三個人輪流執勤，四個小時一班。但是在這片充滿敵意的地方，我們需要至少二十人。所以，別把責任都扔到我頭上！」

「根本不是這回事。你知道如果約旦政府發現我們的真正目的，他們會做出什麼來！」

「你們兩個別吵了，夠了！」教授站起來，毯子從他身上滑落。他的聲音因為生氣而顫抖，「我的一個助手死了，是我讓他到這裡來的。你們能不能不要互相埋怨了！」

羅素不再說話。讓安德莉亞吃驚的是，德克也沉默了。為了不至於太丟面子，他把頭轉向醫生。

「你還能告訴我們什麼嗎？」

「我猜測他是在這裡被殺的，然後從山坡上滑下來。石頭也跟著他滾下來。」

「你猜？」羅素說，他的眉毛向上挑著。

「對不起，我不是法醫。我只是一個普通的外科醫生，專業是戰地醫護。對於犯罪現場的勘察我當然不稱職。但是不管怎樣，我覺得你肯定找不到什麼腳印或者其他線索，因為這裡都是沙子和岩石。」

「你知道斯都有沒有敵人，教授？」德克問。

「他和大衛關係不是很好。」

「你看見他們倆曾吵架了嗎？」

「很多次，但是從沒有出手打架。」教授停了一下，用手指著德克說，「等一下。你該不會在懷疑這是我另一個助手幹的吧？是嗎？」

這時候，安德莉亞看著斯都的屍體，心情非常複雜，既震驚又不敢相信。她很想走到燈光下面，抓起斯都的馬尾辮頭髮證明他沒有死，這只是他的一個惡作劇。但是她只是看到教授對著德克的臉晃著手指。剎那間她在兩天前看到的一幕浮現出來，像堤壩決口一樣，她不想再對那個秘密緘口。

「德克先生。」

德克轉過身來看著她，眼神一點兒也不友好。

「奧蒂羅小姐，叔本華說過，第一次見面給我們留下的印象最深。現在我可是看夠了你的臉，懂嗎？」

「我不明白你為什麼在這裡，沒人讓你過來。」羅素接著說，「這個事情不許對外報導。回到你的營地去。」

安德莉亞退後一步，盯著這個南非雇傭兵和年輕的助理。她把安東尼的話拋在腦後，她決定告訴他們。

「我不會走的。也許這人的死和我有關。」

德克走進安德莉亞，離她這麼近，安德莉亞能聞到他乾燥皮膚的味道。

「說吧。」

「我們到達峽谷那天，我想我看到有人在懸崖頂。」

「什麼?你當時竟然沒告訴我？」

「當時我以為沒什麼嚴重的，對不起。」

「好極了，你現在說對不起。那麼就可以讓一切都沒事了，是嗎?該死！」

羅素搖著頭，非常驚訝。德克摸著有刀疤的臉，試圖分析剛才安德莉亞的話。海瑞爾和教授都看著安德莉亞，一臉的懷疑。只有一個人有反應，那就是凱拉，她把教授推到一旁，衝向安德莉亞，給了她一耳光。

「賤人！」

安德莉亞挨了計突如其來的耳光，呆住了，她手足無措。然後她看清了凱拉憤怒的臉，她明白了，安德莉亞放下手臂。

對不起，原諒我。

「賤人！」女考古學家重複了一句，撲向安德莉亞，想抓住她的臉和胸口，「你本可以告訴我們任何人，那麼就可以有所警備。你不知道我們要找的是什麼嗎?你不知道那將會影響我們什麼嗎？」

海瑞爾和德克拉住凱拉的胳膊。

「他是我的朋友。」凱拉說，慢慢地走開。

這時大衛走過來。他渾身是汗，顯然他跑過來的時候摔倒了幾次，因為他的臉上和眼鏡上都是沙子。

「教授，教授！」

「什麼事，大衛？」

「資料，斯都的資料。」大衛說，彎下腰大口大口地喘氣。

教授做了一個鄙視的手勢。

「現在不是時候，大衛。你的同事死了。」

「但是教授，你得聽我說。那些分類資料，我修復了它們。」

「很好，大衛，我們明天再說。」

接下來大衛做了一件事，要不是情勢所迫，他絕對不會這麼做的：他抓起教授的領子，然後扳著教授的臉對著自己。

「您不明白，我們有一個高峰值，Ａ７９１１！」

一開始教授沒反應，然後他緩慢地、從容不迫地用他低低的聲音對大衛說了一句話，大衛幾乎沒聽清。

「有多高？」

「非常高，先生。」

教授膝蓋一軟，坐到地上。他說不出話來，前後搖動著身子，無言。

「什麼是７９１１，大衛？」安德莉亞問。

「原子重量七十九，位置十一，在元素週期表上。」大衛說，他的聲音顫抖，就像他說了這話，渾身的氣力都要被抽空一樣。他的眼睛看著屍體。

「那意思是？」

「金子。奧蒂羅小姐，斯都發現了約櫃！」

§

一些關於約櫃的資料，抄寫自斯克教授的研究筆記

《聖經》說：「要用皂莢木做一櫃，長二肘半，寬一肘半，高一肘半。要裡外包上精金，四圍鑲上金牙邊。也要鑄四個金環，安在櫃的四腳上，這邊兩環，那邊兩環。要用皂莢木做兩根槓，用金包裹。要把木槓穿在櫃旁的環內，以便抬櫃。」

我現在用測量系統中通用的「腕尺」（肘）的標準來定義。我知道有人會批評我，因為有些學者就是這樣，他們是用埃及的「肘」的定義，自以為神聖，雖然那個似乎更有吸引力，但是我知道我是對的。

下面就是我所知道的關於約櫃的一切具體細節：

- 製造時間：西元前一四五三年，在西奈山腳下
- 長：四十四英寸
- 寬：二十五英寸
- 高：二十五英寸
- 容量：八十四加侖
- 重量：六百磅

有人說約櫃應該更重些，大約一千磅。另外，還有一個白癡堅持說約櫃重達一噸。這簡直是胡扯。他們自詡是專家，他們喜歡給約櫃加重。可憐的傻瓜們！他們不知道金子雖然很重，但是很軟，金子做的環經不起這麼重，而且那些抬起約櫃的木槓非常長，要穿過金環，才能讓四個人抬起。

金子是非常軟的金屬。去年我見過一個房間，全部用一層薄薄的金子包裹，那些金子都是用很好的金幣做的。那是青銅時代的製法。猶太人是技術很高的匠人，在沙漠中沒有那麼多金子，他們絕對不會放入那麼多金子讓自己陷入敵人的圍剿。不，他們一定只用一小部分金子，製成很薄的一層包裹在木頭外面。皂莢木，金合歡屬植物，木質很硬，可以幾個世紀不變質，特別是用一層不會生銹的金屬包裹後，更是不會受到時間侵蝕。那是一種不朽的材料。若不是這樣，上帝也不會教導他們用此材料製造約櫃了。

第十五章　找到奧威爾

挖掘地，歐姆達瓦沙漠，約旦
二〇〇六年七月十四日，星期五，下午兩點二十一分

「所以這些資料已經被動過手腳了。」
「一定有其他人知道這事。神父。」
「所以他們殺了他。」
「我可以知道時間、地點和他們幹了什麼。如果你可以給我提供關於他們是誰、他們如何知道等情報，那麼我就是這世界上最幸福的女人了。」
「我正在努力。」
「你覺得是外面的人做的嗎？也許是我在峽谷上面看到的那個人？」
「你不會這麼笨吧，小姐？」
「我還是感到很內疚。」
「算了，你不要這麼想。是我叫你不要告訴其他人的。但是相信我，在這個探險隊裡，有一個殺手。所以，我們必須儘快聯繫阿爾伯特。」

「好吧，但是我覺得你知道的比告訴我的多得多。昨晚營地裡可是有很多不尋常的事，醫生也沒在睡覺。」

「我告訴你了，我正在努力調查。」

「見鬼，神父。你是我知道的唯一一個能說這麼多語言的人，可是卻不愛說話。」

神父安東尼和安德莉亞坐在峽谷西牆下的影子裡。前一個晚上，因為斯都被殺的事情，大家幾乎都沒睡，今天的進度就變得很緩慢。但是漸漸地，斯都的磁力儀發現金子的事情還是悄悄傳開了，蓋過了死亡的陰影。人們的情緒漸漸好起來。在22K區，猶如一股小旋風刮過來，斯克教授就是旋風的中心，他在分析岩石的成分，進一步用磁力儀測試，並且，更重要的是，測量土地的堅硬度以便挖掘。

測量方法是用一條電線連到地上，先要看看目前能如何挖掘。地上打了一個洞，儘量減少電力干擾。

測試的結論出來了：地面現在非常不穩定。這讓斯克教授很惱怒，安德莉亞看著他，他暴躁地指手劃腳，把手裡的紙亂扔，大罵他的助手們。

「為什麼教授這麼生氣呢？」安東尼問。

神父坐在一塊平石頭上，在安德莉亞上方大約一英尺半的地方。他手裡正玩弄著一個螺絲刀和一節電纜，那是他從布萊恩的工具箱裡翻出來的。對周圍發生的事他有些漠不關心。

「他們在測試呢。現在我們不能就這麼直接挖下去。」安德莉亞回答。幾分鐘前，她和大衛聊了幾句，「他們認為那是一個人造的洞，如果用微型挖掘機，那個洞很可能會坍塌。」

「那麼，如果他們要在周圍挖，就要花上幾個星期。」

安德莉亞用她的數位相機又拍了一串照片，然後在顯示幕裡看著。有幾張照片中，斯克教授憤怒的樣子照得非常清晰，連嘴裡的唾沫都看到了。還有一張是凱拉聽說斯都死後震驚的樣子，她的頭朝後，臉上的表情帶著恐懼和吃驚。

「斯克又朝他們吼了，真不知道他的助手都怎麼忍受的？」

「也許這是他們今天早上最需要的。你不覺得嗎？」

安德莉亞剛要告訴神父別胡說八道，這時她忽然意識到她自己就經常用這種強烈的方法逃避一切傷痛的時刻。

L・B就是證明。要是我早知道，就早該把它扔到窗戶外面去了。可惡的貓！我希望它沒去吃鄰居的洗髮精瓶子。如果它這麼做，希望到時候別讓我付錢。

斯克的咆哮讓他周圍的人匆匆忙忙地跑來跑去，像一群蟑螂似的忙碌著，他們打開大燈。

「也許他是對的，神父。可是我覺得他們這麼繼續工作，對他們死去的同事不夠尊重。」

安東尼抬頭看了一眼。

「我不責備他，他必須抓緊時間，明天星期六了。」

「哦，對了，是安息日①。今天太陽下山後，猶太人連燈都不能開，這簡直是愚蠢。」

「至少他們有信仰。你相信什麼？」

「我一直是一個實際的人。」

「我想你是說你是無神論者。」

「我是說我很現實。如果每個星期浪費兩個小時待在只有蠟燭的地方，那樣就是從我生命中抽掉整整三百多天。不是要冒犯啊，但是我覺得這樣不值得。即使是為了永生。」

神父笑起來。

「你有沒有相信過什麼？」他問。

「我曾相信一種關係。」

「後來呢？」

「我搞砸了。我是說，她比我更相信我們之間的關係，也許。」

安東尼沉默著。安德莉亞的聲音裡有一點兒勉強。她知道神父是想讓自己卸下心裡的重擔。

「除此之外，神父，我覺得這次的探險不只是因為信仰來支撐。那個約櫃可是值很多錢。」

「世界上一共大約有十二萬兩千噸金子。你覺得凱因先生會需要約櫃裡那十三或十四分之一的金子嗎？」

「我是說斯克教授和他的手下。」安德莉亞說。她喜歡辯論，但不喜歡她的觀點那麼快就被駁倒。

「好吧，你想知道一個更實際的原因？他們在否認自己的感受，他們做的事情就是不斷地否認。」

「你到底在說什麼？」

「庫伯勒・羅絲的哀傷模型②。」

「啊，當然，你是說否認、憤怒，還有什麼抑鬱那幾個階段嗎？」

「沒錯！他們現在都在第一階段。」

「教授叫喊的樣子，我看已經到了第二階段。」

「他們今晚都會感覺好受些。斯克教授會準備悼詞，就是猶太人的讚美詞。第一次聽他讚美除他自己以外的一個人，這一定很新鮮。」

「那屍體怎麼辦，神父？」

「會放進一個密封的袋子裡，葬禮後埋葬。」

安德莉亞看著神父，不敢相信他剛說的。

「你開玩笑！」

「這是猶太人的律法。每一個死人必須在二十四小時內埋葬。」

「你知道我的意思，他們不會把屍體交給他的親人嗎？」

「沒有任何人任何東西可以離開營地。奧蒂羅小姐，你忘記了？」

安德莉亞把相機放進背包，點起一根煙。

「這些人簡直瘋了。希望這條獨家新聞不要把我們都扯進去。」

「就想著你自己的獨家新聞。奧蒂羅小姐，我不明白那對你就那麼重要？」

「名氣和金錢啊。那麼你呢？什麼是重要的？」

安東尼站起來伸個懶腰，他向前伸展筋骨的時候，他的骨頭發出喀啦的聲音。

「我只是一個聽命令的人罷了。如果約櫃是真的，就會通知梵蒂岡，好讓他們即時鑑定這件裝載上帝誡命的東西。」

回答得太簡單了。一點兒都不真實。完全不是事實。神父。你是一個很糟的說謊者，不過，我就假裝相信你好了。

「也許，」安德莉亞停了會兒說，「但就這件事來說，你的上司為什麼不讓一個歷史學家來？」

安東尼給她看他剛才玩弄的東西。

「因為一個歷史學家不會用這個。」

「這是什麼？」安德莉亞好奇地問，那東西看著像一個簡單的電門開關，上面拴著一條電線。

「我們得忘了昨晚的計畫。斯都死了，他們會加強警戒。所以，我們要用這個和阿爾伯特聯繫……」

挖掘地，歐姆達瓦沙漠，約旦

二〇〇六年七月十四日，星期五，下午三點四十二分

神父，再告訴我一遍，我為什麼要做這件事？

因為你想知道事情真相。關於這裡究竟發生了什麼事的真相。為什麼他們特地跑到西班牙和你聯繫，凱因大可以從紐約找到一千個比你更有經驗更有名氣的記者。

安德莉亞的耳朵裡響著兩個聲音，腦子裡一個細小的聲音一直在問一個相同的問題。那聲音被一個強大的聲音吞沒，猶如交響樂團的演奏，還有男高音和女高音合唱。但是安東尼的話卻佔據了最重要的位置。

安德莉亞搖搖頭，努力讓自己集中精神在現在的事情上面。他們的計畫是趁著士兵換班休息，打盹或玩牌的時候，開始行動。

「你從這裡進去。」安東尼告訴她：「我一給你信號，你就溜進帳篷。」

「溜到木地板和沙子之間？你瘋了嗎？」

「那裡有足夠的空間。你必須先爬過大約一個半英尺，就可以搆到電線板。連接帳篷和發電機的線是橘黃色的。你要立刻拔下它，連到我給你的電線接頭上。這個會連到我那頭的電線板上面。然後你按動這個按鈕，每隔十五秒按一次，一共三分鐘。然後，你就以你最快的速度離開那兒。」

「這個到底是幹什麼用的？」

「不是很複雜的電路技術。只是會讓這裡的電流暫時斷掉幾秒鐘，不是完全斷電。頻率掃描器只會稍微停兩次：你只要一連上這根線，然後馬上斷掉，沒人會發現。」

「然後呢？」

「那樣我這裡就會是發動模式，就像電腦啟動作業系統。只要他們不朝帳篷底下看，就不會有問題。」

除了一件事：熱度。要在帳篷底下趴著，等著安東尼給信號，簡直瘋了。安德莉亞蹲在那裡，假裝繫鞋帶，她看看周圍，然後滾到木板下面。這裡就像是在一大桶熱油裡游泳。空氣帶著白天的熱度，旁邊是一個發電機，發出更多的熱氣和噪音。

她現在在電線板旁邊，她的臉和胳膊都熱得發燙。她拿出安東尼給她的斷路器，拿在右手做好準備，同時她用左手使勁拔出那條橘黃色的電線。她把電線和安東尼給的設備連起來，另一頭連在電線板子上面。然後她等著。

這個破手錶，一點兒用處沒有！只過了十五秒鐘，可是好像已經兩分鐘了！上帝啊，簡直受不了，這裡太熱了！

十三，十四，十五。

她按動斷路器上的按鈕。

在她上面，幾個士兵在說話。

他們好像意識到了什麼，希望不要引起他們注意。

她更仔細地聽他們說話，希望這樣可以讓她忘了這裡的熱度，她已經快熱暈過去。今天早上她沒喝很多水，現在可遭到報應了。她的喉嚨和嘴唇都乾透，她的頭很暈。但是三十秒後，她聽到的聲音讓她幾乎嚇壞。三分鐘過去了，安德莉亞還在帳篷底下，還在每隔十五秒按著按鈕，繼續努力使自己不被熱暈過去。

美國維吉尼亞，法爾法克斯鎮某處

二〇〇六年，七月十四日，星期五，上午八點四十二分

「找到什麼沒有？」

「有一些。不是那麼容易找到，這傢伙很會銷毀痕跡。」

「我需要比臆測更精準的資訊，阿爾伯特。已經有人死了。」

「人總是要死的，不是嗎？」

「這次不同，嚇到我了。」

「你？我不相信。你在韓國時都不害怕，那時候……」

「阿爾伯特……」

「抱歉。我的確找到一些東西：ＣＩＡ專家已經把網捕公司的電腦資料修復了一些。奧威爾

‧華生有一條資訊是關於恐怖份子胡全的。」

「外號『注射器』。」

「是吧，看起來那人是跟著凱因的。」

「還有什麼？國籍？宗教組織？」

「什麼也沒有，全是很含糊的資料，有兩條被攔截的電子郵件。所有檔案都沒在大火中留下，硬碟都很易碎。」

「你必須趕快找到奧威爾。他是關鍵。非常緊迫！」

「我正在努力。」

---

①安息日（the Sabbath）：是猶太教每週的休息日，象徵創世記時經過六日創造後的第七日。它在星期五日落時開始，到星期六晚上結束。當安息日開始時猶太教徒會點起蠟燭，具體時間按當日日落時間而定。

②庫伯勒‧羅絲模型（Kübler-Ross Model）：伊莉莎白‧庫伯勒‧羅絲在她一九六九年出版的《論死亡與臨終》（On Death and Dying）一書中提出。描述了人對待哀傷與災難過程中的五個獨立階段。絕症患者被認為會經歷這些階段。被稱作「哀傷的五個階段」（Five Stages of Grief）。包括否認、憤怒、討價還價、抑鬱、接受。

第十六章　強暴現場

士兵們的帳篷內，五分鐘前

人們說一則報紙的報導讓馬拉・傑克森進了監獄。當然，馬拉不這麼認為，她覺得她被捕的理由是因為她是一位好母親。

馬拉的真實生活就像一條線的兩個極端。小時候很窮，但是還算正常，就像生活在阿拉巴馬州南部的一般人一樣，只是她的身世讓她在一個雜亂地區長大。馬拉生長在一個低收入的黑人家庭，她的玩具是一個娃娃和一根跳繩，上中學時，她懷孕了，那時她十五歲半。

馬拉其實曾嘗試不讓自己懷孕。但是她無論如何也沒有想到柯帝士在避孕套上扎了個小洞，她無計可施。她曾聽說有些十幾歲的男孩子的瘋狂實驗，就是在他們上高中前設法讓女生懷孕，用來證明他們是男子漢。但馬拉覺得那些只會發生在其他女孩身上，因為柯帝士是愛馬拉的。

得知馬拉懷孕後，柯帝士不見了。

馬拉退了學，加入了一個青少年媽媽社團。小梅成了她生活中的中心，有好也有壞。她曾經夢想存錢去學氣象攝影，現在泡湯了。馬拉在附近工廠找了份工作，這樣除了當媽媽外，她還可以看看報紙，結果導致她做了一個後悔的決定。

一天下午她的老闆宣佈要讓她多加幾個小時的班。馬拉見過有些母親在工廠精疲力竭，低著頭穿著工作服在超市買菜，她們的孩子們沒人照顧，結果不是進了感化院就是在幫派械鬥中被槍擊。

為了避免同樣的情形，馬拉簽署了軍隊後備役的同意書。這樣工廠就不能給她加工作量，因為有可能會和她軍隊服務相衝突。這樣也可以給她更多時間和小梅在一起。

馬拉決定參加軍事員警的服役，他們的下一個目標是伊拉克。那個消息出現在地區報紙的第六版，在二〇〇三年九月，馬拉和小梅道別，爬進一輛基地大卡車的車廂。六歲的小梅抱著外婆，哭得聲嘶力竭。四個星期後，小梅和外婆一命嗚呼，只因為傑克森太太——馬拉的母親——在床上抽煙，她不是馬拉的好母親，也不是小梅的好外婆。

馬拉聽到消息，可是她無法回去，只好請求姐姐料理一切後事。之後她申請延長她在伊拉克的服役，全身心地加入到另外一個任務中：成為伊拉克管理犯人的憲兵。

一年後，一些照片出現在世界各地主要報紙和媒體，報導了馬拉的一些劣行，馬拉，曾經是小梅來自阿拉巴馬的好母親，現在被起訴在伊拉克虐待戰俘。

當然，馬拉不是唯一的一個，在她的腦中，失去母親和女兒也是薩達姆造成的。馬拉被判虐囚罪，監獄服刑四年。她只服了六個月刑，出獄後，她立刻就去了保安公司DX5尋找工作。她想回到伊拉克去。

他們給了她工作，並沒有讓她立刻再回伊拉克。而是到了德克手中。

跟著德克現在已經有十八個月了，馬拉學了很多。她射擊水準提高，還學了些哲學，還有了和一打白人做愛的經驗。面對任何一個有天使一般臉龐和強壯雙腿的女人，德克上校都會立刻轉過來。但是馬拉覺得他讓她感到安慰，讓她想起火藥的味道，那味道也讓馬拉舒服，她曾經在那種味道下開槍殺人，她喜歡。

還有很多。

她也喜歡她的同事們……有時候。德克的隊伍都是他精挑細選的：那是一群喜歡殺戮，沒有良心的人，他們和政府簽了合約。在戰場上，他們是血肉兄弟，但是現在，在這樣一個又熱又黏糊糊的下午，他們無視德克的命令，偷偷睡上一覺，他們就像雞尾酒會上最討厭最危險的混混一樣，最壞的人是派克・托里斯。

「你惹得我心煩意亂，馬拉，而且你還沒親我一下。」派克是個來自哥倫比亞的小個子，他玩著手裡的小刮鬍刀，這讓馬拉特別不舒服。這個小東西看著沒什麼危險，但是可以瞬間割斷一個人的喉嚨，就像割斷一條固態奶油。派克用刮鬍刀正一片片削掉塑膠桌子的邊，馬拉和他此時都坐在桌子旁，派克的嘴角微笑著。

「滾邊去，派克。馬拉手中的牌有葫蘆，你準備靠邊站吧！」高個子歌特里布說，他正努力改善他的英語。他和派克曾一起看過一次世界盃比賽，是他們兩國之間的競賽，從此非常討厭派克，他們吵起來，拳頭相對。歌特里布有六英尺高，他晚上總睡不好。他能活到現在，也許是派克不太確定是否可以同時對付他們雙胞胎倆。

「我只是說她手上的牌太好了。」派克說，臉上的笑容更多了。

「那你到底出不出？」馬拉說，她出了老千，但是假裝很鎮靜。她已經從派克那裡贏了快兩百塊錢。

不能這樣下去。我要放水一下，否則不知道哪天晚上我就被他手裡那玩意兒幹掉了。馬拉想。

派克開始慢慢出牌，故意擠眉弄眼讓別人分散注意力。

其實這傢伙很聰明，長得也不賴。要是他不是這麼變態，也許我和他還能好好玩玩。

這時候離他們六英尺遠桌子上的頻率掃描器發出了一聲聲響。

「那是什麼聲音？」馬拉說。

「那是德克的掃描器，馬拉。」

「派克，去看看。」

「我才不去。我加五塊。」

馬拉站起來走去看看掃描器的螢幕，那機器就像一個過時的小型攝影機，只是這傢伙上面有一個LCD液晶顯示幕，價值可比攝影機高多了。

「看起來沒事，又重新啟動了。」馬拉說，回到桌子前，「我也加五塊。」

「我退出。」派克說，向後靠在椅子上。

「膽小鬼，這麼沒種，都不敢加嗎？」馬拉說。

「你覺得你是老大，德克太太？」派克說。

馬拉對他的話根本不理不睬。突然她忘了應該讓派克贏這局。

「想都別想，派克，我可是在有色人種區長大的，哥們！」

「什麼顏色？棕色？」

「除了黃色，什麼顏色都有。可笑……膽小鬼的顏色，好像和你旗子上面的顏色一樣。」

馬拉說完就後悔了。派克也許是來自哥倫比亞曼德琳的臭蟲，但對一個哥倫比亞人來說，他的國旗就像基督耶穌一樣神聖。她的話讓派克緊緊咬住自己的嘴唇，他的臉變成了紫色。馬拉感到又恐懼又興奮。她喜歡擊敗派克時看到他盛怒的樣子。

現在我得把我贏他的二百塊錢都還給他，還得再輸他二百塊。這個豬現在被激怒了，說不定他會打我，即使他知道他那樣做德克會殺了他。

高個子歌特里布看著他們，似乎比他們更擔心。馬拉知道怎麼照顧自己，但在這一時刻，她覺得自己越過了安全界線。

「來呀，派克，加錢啊，馬拉在虛張聲勢。」

「讓他去，我看他今天不會再繼續了，對不對，笨蛋？」

「你說什麼呢，馬拉？」

「昨晚難道不是你殺了那個白人？」

派克的臉嚴肅起來。

「不是我。」

「可那是你的殺人方法：一個小而鋒利的兇器，在後背下側。」

「我告訴你，不是我！」

「而且在船上的時候，我看到你和斯都爭吵。」

「胡扯，我和很多人吵過架，沒人理解我。」

「那是誰幹的？歌特里布？還是那個神父？」

「也許是那個老頭。」

「你別胡說，派克。」馬拉說，「那個神父是個好人。」

「他沒告訴你嗎？歌特里布兄弟可是一點兒也不害怕那個神父。」

「我什麼也不怕。我只是告訴你，他是一個危險人物。」派克說，做了個鬼臉。

「我想你忘了這個故事：神父可是從ＣＩＡ來的，你還說他是個老頭。」

「只比你那個老男朋友大三、四歲。而且就我所知，咱們老闆可以徒手扭斷一頭驢的脖子。」

「沒錯。」馬拉說，她喜歡聽人誇她的男人。

「那個神父可比你想的危險得多，馬拉。你要是注意看報告就知道，那傢伙是傘兵特種兵。幾個月前老闆挑選了你，那時我們在巴格達的提克里特，我們隊伍裡有一隊傘兵特種兵，他們可不是一般人。」

「空降兵可不一般，他們像錘子。」歌特里布說。

「你們兩個都見鬼去！沒有頭腦的天主教娃娃！」馬拉說，「你們說他那個黑皮箱裡裝的什麼？Ｃ-４？還是一把槍？你們倆去峽谷巡邏的時候不是帶著Ｍ４嗎？那傢伙可以一分鐘內射出四百發子彈。他能幹什麼？用聖經把你們的頭敲掉？也許他可以向醫生借把手術刀來削你們的傻腦袋！」

「那個醫生我倒不擔心。」派克說，揮著手，「她只是一個以色列情報局的同性戀。我對付得了，可是安東尼・福勒就不好說……」

「忘了那個老頭子吧！嗨，如果這些是為了證明那個斯都不是你殺的……」

「馬拉，我告訴你，不是我。但是相信我：這裡所有人都不是他們自己說的那些身份。」

「那麼就感謝上帝我們這次是一支小型的實驗隊伍。」馬拉說，露出她美麗的白牙。

「只要你的男朋友說一聲『沙士汽水』，就是採取行動的時候了，到時候我第一個就要對付神父。」

「別提暗號。笨蛋，趕緊出牌。」

「沒人出牌了。」歌特里布說，指著派克。派克收回他的籌碼，「頻率掃描器不工作了，老是重新啟動。」

「見鬼，電路出了問題。別管它。」

「不行，我們不能關上它，不然德克可讓我們吃不了兜著走。我去檢查電路板。你們倆繼續玩吧！」

派克看起來好像要繼續玩，但是他冷冷地看了馬拉一眼，站起來。

「等等，我想伸伸我的腿。」

馬拉意識到剛才她說得太過惹惱了派克，現在派克要對付她了。她只是有些內疚，派克恨每個人，所以幹嘛不給他一個理由？

「我也去。」馬拉說。

三個人都走出來，到了熱辣辣的外面，爬進地下的平臺。

「這裡看起來沒有問題，我去看看發動機。」

馬拉一邊搔頭，一邊回到帳篷裡，想躺下歇一會兒。但進去之前，她看到派克跪在帳篷一角使勁挖沙子。他撿起一個東西，嘴角泛出詭秘的笑容。

那是一個紅色打火機，上面有花紋裝飾，馬拉看不懂那到底有什麼意義。

挖掘地，歐姆達瓦沙漠，約旦

二〇〇六年七月十四日，星期五，晚上八點三十一分

這個下午對安德莉亞來說可真夠驚險。

聽到士兵說要到帳篷下面的平臺檢查時，安德莉亞幾乎沒衝出來，差點兒被他們發現，而且如果再多幾秒鐘，發電機發出的熱氣就會把她熱暈過去。她從帳篷另一側靠近門的地方爬出去，站起身，慢慢走向醫務室，儘量不讓自己跌倒。現在她真希望可以洗個澡，但這根本不可能，因為她現在不想去水車那邊——安東尼在那邊。她抓起兩瓶水和她的照相機，又走出醫務室的帳篷，去山岩上尋找一些安靜的景色拍攝。

在峽谷食指形地段的一側，她找到一個隱秘的地點，是一個小山坡，在這裡她可以坐下觀察考古教授們的工作。她不知道現在他們的悲傷程度是到了第幾個階段，她看到海瑞爾和安東尼走過去，可能在尋找她。安德莉亞把頭埋下去，藏在岩石後面。

從偷聽到的士兵談話中，她得出的第一個結論就是：不能相信安東尼——她其實已經知道一些——現在她也不能相信醫生——這讓她感到更加不自在。她真希望海瑞爾只是在外表上對她有吸引力就好了。

我要做的就是，看著她然後轉身離開。

但是聽到士兵說海瑞爾是一個間諜的話，讓安德莉亞無法釋懷。

她的第二個結論是，如果她想活著離開這個鬼地方，她又必須相信醫生和神父，別無選擇。他們說的關於「小協議」的事情，讓她知道誰才真正領導這次活動。

一邊是安東尼和他的人，他們都是溫順的人，根本拿不起刀子殺人，不過也不一定。然後是那幾個維護設備的人，他們和工作綁在一起：沒人注意他們。然後是凱因和羅素，這混亂局勢後方真正的首腦。還有一群雇傭兵，一個暗號，殺人暗號。但是要殺誰呢？還有誰他們要殺？現在唯一清楚的是，打從探險一開始，我們的小命兒就被拴在這裡了，而且狀況肯定會越來越糟。

安德莉亞一定睡著了，因為當她醒來時，太陽已經下山，峽谷間一條灰色的光代替了剛才那股強烈的陽光。沒看到日落，安德莉亞感到一絲遺憾。最後一道光讓太陽看起來好像一個巨大的橘子炸開了，在天空又停留了幾分鐘，然後完全消失。

回到峽谷食指地段，剩餘的陽光照到的景色就是那些裸露的岩石。安德莉亞嘆口氣，從口袋裡掏出香煙，可是到處找不到她的打火機。她很納悶，每個口袋都翻了一遍，還是沒有。這時她聽到一個聲音用西班牙語說話，這聲音讓她的心臟差點兒跳了出來。

「你在找這個嗎，小賤人？」

安德莉亞瞄了一眼，一個高大的人，是派克。他躺在山坡上，胳膊伸著，手裡正是她的打火機。看來派克已經待在那裡一會兒了，潛伏在那裡等她，安德莉亞打了個冷戰，儘量不讓派克看出自己害怕的樣子，她站起來去拿打火機。

「你媽沒教過你怎麼和女士說話嗎，派克？」安德莉亞說，控制著自己的緊張，對著打火機點著煙，然後對著雇傭兵吐出煙圈。

「當然教過啊，可是我沒看見這裡有女士。」

派克盯著安德莉亞臀部光滑的曲線。她穿的那條褲子在膝蓋以上的拉鍊都開著，一直到短褲的地方。因為太熱，安德莉亞把褲腿卷得很高，腿上沒被曬到的皮膚白皙，似乎挑逗著派克。安德莉亞發現派克的目光盯著自己的大腿，她更害怕了。她向峽谷另外一頭走去。如果她大喊，一定能讓大家都聽見。兩個小時前考古隊在挖掘一個坑做測試，那正是她鑽進帳篷下面的時候。

但是她轉過身，發現那邊一個人也沒有。小型挖掘機在那裡安靜地放著，沒有人。

「人們都去參加葬禮了，寶貝兒。這裡就我們倆。」

「你不該去站崗嗎？派克？」安德莉亞說著指著一處山崖，假裝漠不關心。

「我不是唯一一個不在崗位上的，對不對？我們該糾正這個問題。」

派克跳下來，站在安德莉亞眼前。他們現在在一塊平整的大岩石上，比一張乒乓球桌子大不了多少，離峽谷底大約十五英尺，這裡是安德莉亞剛才藏身之處，但是現在卻阻礙她逃走。

「我不知道你在說什麼，派克。」安德莉亞說，儘量拖延時間。

派克向前走了一步，他現在離安德莉亞很近，安德莉亞都能看清他鬍子上的汗水。

「你當然知道。現在你得為我做點事。如果你知道的話對你有好處。你長得挺美，怎麼會是個同性戀，真可惜！但我猜想這也許是因為你從來沒碰上一個好的男人。」

安德莉亞向後退了一步，但是派克擋住了她的路。

「你最好別指望，派克，其他站崗的可以看見你。」

「只有特維可以看見我，但是他不會管的。他也許還嫉妒呢，因為他力不從心呢，他吃了太多類固醇食物。但你不用擔心，我的技巧很棒，你馬上就知道了。」

安德莉亞意識到自己無路可逃，絕望中她下了決心。她扔掉煙頭，兩隻腳使勁在岩石上站穩，向前略微傾斜身體，她要讓他費點兒力氣。

「來吧，你這個雜種，你想要就過來啊！」

一道光突然從派克眼裡射出來，帶著挑戰和興奮還有憤怒的光芒。他向前抓住安德莉亞的手臂，粗魯地把安德莉亞拉過來，他的勁很大。

「我喜歡你說你要我。賤人！」

安德莉亞扭動身體，使勁用胳膊肘打派克的嘴巴。血流到岩石上，派克被激怒了。他粗野地扯掉安德莉亞的T恤，露出黑色胸罩。這讓派克更激動了，他抓住安德莉亞兩隻胳膊，想去咬她的乳房，但是快要碰到時，安德莉亞向後一退，派克的嘴巴撲了個空。

「別掙扎了，你會喜歡的，你知道你想這麼做。」

安德莉亞想去踢派克的腿或者肚子，但是她一動，派克轉身把腿夾起來。

千萬別讓他把你壓在地上。安德莉亞對自己說。她記得她曾對一個被輪暴的受害者跟蹤採訪了兩年。她和一些年輕女子去參加一個反強暴講座，演講者是一個在十幾歲時幾乎被強暴得逞的女子。那女人失去了一隻眼睛，但沒有失去貞操。強暴犯則失去了一切。**如果他把你按到地上，他就勝利了**。

安德莉亞瘋狂地抓住被派克扯下的肩帶，派克轉而壓住安德莉亞的手腕。安德莉亞的手指幾乎動不了。派克使勁扭動安德莉亞的右臂，這讓安德莉亞的左臂鬆了一些。現在安德莉亞背對著派克，但是也動不了，因為派克壓著她的胳膊。他迫使安德莉亞向前彎下身子，派克踢著安德莉亞的腳腕，想讓她把腿打開。

強暴犯有兩個弱點。那個老師的話鑽到安德莉亞的耳朵裡。那聲音很強，那個女人對自己那麼有信心，給了安德莉亞力量。**那就是當他脫掉你的衣服和脫自己的衣服時。如果你走運，他會先脫自己的衣服，那麼你就要抓住機會**。

派克用一隻手解他的皮帶，迷彩褲滑到腳腕。安德莉亞看到他那個傢伙可怕地挺直著。

等他靠過來時……

派克靠過來了，試圖解開安德莉亞的褲子。他粗糙的鬍子蹭著安德莉亞的後脖子，這就是信號。安德莉亞突然抬起左臂，把所有的重量放在右邊。派克吃了一驚，鬆開安德莉亞的右手，她向右方倒下去。派克因為自己的褲子被他絆住，向前摔倒，重重地摔在一塊石頭上。派克想站起來，但是安德莉亞先站起來了。她迅速給他肚子三腳，同時不讓派克抓住自己的腳腕。這三腳起了作用，當派克試圖蜷成個球來保護自己的時候，他更多敏感的地方暴露在安德莉亞腳前。

感謝上帝，我可是絕不會手軟。這個有四個哥哥，家裡唯一的女孩子默默想了一下以後，把腳收回然後狠狠朝派克的睪丸踢過去。他的慘叫聲立刻迴盪在峽谷。

「這件事就你我知道，」安德莉亞說，「現在我們扯平了。」

「我總會抓住你，賤人，下次我要狠狠給你點厲害！」派克咧著嘴，幾乎要哭。

「哦，讓我再想想，我改主意了。」安德莉亞說，她在靠近土坡的邊上，正要下去，但是她迅速轉身，跑了幾步，把腳又對準了派克的兩腿之間。派克根本來不及用手掩住。這回力量更大，派克只有大口喘氣，他的臉通紅，兩大顆淚水從臉上流下來。

「現在我們真正扯平了。」

第十七章　暗殺小協議

挖掘地，歐姆達瓦沙漠，約旦

二〇〇六年七月十四日，星期五，晚上九點四十三分

安德莉亞以最快速度回到營地，她沒有跑，也沒有回頭，對被撕破的衣服她也不管，一直走到紮營的地方。對於剛才的一切，她感到有些羞辱，包括她干擾頻率掃描器的事情，如果被人發現也會讓她感到羞辱。她儘量裝出正常的樣子，可是她的T恤現在破爛地掛在胸前，她走向自己的帳篷，幸運的是她沒有撞上任何人，當她剛要走進醫務室時，她碰上了凱拉正拿著自己的東西走出來。

「出了什麼事情嗎，凱拉？」

凱拉冷冷地看著安德莉亞。

「你沒有去斯都的葬禮，連起碼的尊重都沒有。當然，我想你不在乎，你不認識他。對你來說他什麼也不是。所以你根本不在乎！都是因為你他才死的！」

安德莉亞想說是其他事情讓她沒來得及趕上葬禮，但是她懷疑凱拉根本不會相信自己，所以她什麼也沒說。

「我真不知道你來這裡幹嘛，」凱拉繼續說，她已經被激怒，「你完全知道醫生當時不在床上，她也許騙了所有人，但騙不倒我。我要和其他隊員一起住，現在有了一個空位子，還要謝謝你呢！」

聽說她要搬走，安德莉亞挺高興，因為她可沒有和任何人吵架的心情。在她心裡，她是同意凱拉說的話，她兒時的天主教教育讓她有罪惡感，這種持續的感覺讓她傷痛。

她走進帳篷，海瑞爾看到她，轉過身去。很明顯她剛才和凱拉吵過。

「看你沒事我很高興，剛才我們都很擔心你。」

「轉過來，醫生，我知道你哭了。」

海瑞爾把臉轉過來，撫著發紅的眼睛。

「這真是很傻，就是眼睛裡一個簡單的淚腺，但是我們都會感到尷尬。」

「謊言更讓你尷尬。」

這時醫生看到安德莉亞撕破的衣服，剛才凱拉因為憤怒沒有太注意。

「你怎麼了？」

「我從樓梯上掉下來。別轉移話題，我知道你是誰。」

海瑞爾小心地說：「你知道什麼？」

「我知道戰地急救對以色列情報局來說很重要，或者至少看起來如此。還有，你遭遇的事根本不像你告訴我的，只是個意外而已。」

醫生皺起眉頭，然後走向安德莉亞，安德莉亞正尋找著一件衣服，以換掉身上這件。

「安德莉亞，對不起。讓你這麼辛苦知道了這些事情。事實上，我只是一個低階的分析師，不是戰地情報員。我的政府想掌握這次考古探險的一舉一動。要是真的找到約櫃，我們政府要即時知曉。這是我七年裡執行的第三次任務。」

「你到底是不是醫生？還是，這也是個謊言？」安德莉亞一邊問一邊換上一件新T恤。

「我是個醫生。」

「那麼你怎麼會和安東尼這麼熟？因為我也發現他是CIA，也許你不知道吧。」

「她已經知道了，而你欠我一個解釋。」安東尼說。

他站在門口，皺著眉頭，但是現在看到安德莉亞他終於放鬆了。

「見鬼。」安德莉亞用手指著神父，安東尼向後退了一步，眼中顯出驚訝。「在那個帳篷底下我幾乎熱死了，更糟糕的是，德克的狗差點兒強姦了我，我現在沒心情和你們兩個人說話！」

安東尼摸了一下安德莉亞的胳膊，看到她手腕的淤血。

「你沒事吧？」

「好得不行。」安德莉亞推開安東尼，她最不喜歡的就是男人的觸摸。

「奧蒂羅小姐，你在帳篷底下的時候聽到士兵的談話了？」

「你在這裡到底是幹什麼的？」海瑞爾此時真正被嚇到了。

「是我讓她去的。她幫我切斷頻率掃描器，這樣我就可以和華盛頓聯繫。」

「我希望你有事先告訴我。」海瑞爾說。

安東尼壓低聲音，幾乎是在私語。

「我們需要情報，我們可不想被困在這裡等死。你以為我不知道你每天晚上都溜出去給特拉維夫（以色列港）發報嗎？」

「說得好！」海瑞爾說，臉上變了色。

這就是你半夜起來的原因嗎，醫生？安德莉亞想，咬著下嘴唇想她該怎麼做。也許我錯了，我該相信你。我希望這樣，因為沒有其他選擇。

「夠了，神父，我告訴你我聽到的一切……」

小帳篷內，歐姆達瓦沙漠，約旦

「我們得把她從這裡救出去。」神父小聲說。

峽谷的影子包圍著他們倆，只有大帳篷裡發出聲音，探險隊的其他人都在那裡開始吃晚餐。

「可是怎麼辦呢，神父？我想偷輛悍馬，但是我們得越過那個沙丘。而且我覺得我們走不了多遠，要不然我們告訴所有人事情的真相？」

「即使這麼做成功而且他們也相信我們……又有什麼好處呢？」

黑暗中海瑞爾發出一聲無可奈何的聲音。

「我們唯一能做的就是你昨天告訴我的：等著那個奸細出現。」

「有一個辦法，」安東尼說，「但是會很危險，而且需要你的幫助。」

「你可以相信我，神父。但是先告訴我什麼是『小協議』？」

「那是一個步驟流程，關於暗殺細節的安全流程。這個意思是，如果暗號透過無線電發出，他們要殺掉所有他們保護的成員，除了聘用他們的人和被要求可留下的人，除此以外，一律格殺勿論。」

「真不明白這種協議居然會存在。」

「官方意義上說是不存在。但是有些士兵是受過特殊武器訓練的，比如他們有人去過亞洲國家，從那裡接受了這個概念。」

海瑞爾一動不動。

「有什麼辦法可以知道什麼人是在這個名單裡的呢？」

「沒有辦法。」神父無奈地說，「更糟的情況是，負責聯絡軍隊的那個人每次都有可能不是同一個人。」

「那麼凱因……」海瑞爾說著，張大了雙眼。

「沒錯，醫生。凱因不是想讓我們死的人。是另外一個人。」

歐姆達瓦沙漠，約旦

二〇〇六年七月十五日，星期六，凌晨兩點三十四分

入夜，醫務室帳篷裡鴉雀無聲。凱拉走了以後，睡眠時間只有兩個女人的均勻呼吸聲。

過了一會兒，亮光一閃。那是霍維牌拉鍊，世界上「最密封安全」的拉鍊發出來的。不但塵土可以穿透，如果拉開二十英寸大小，它就擋不住任何入侵者。

接下來是一系列細小的聲音：有穿襪子的腳走在地板上，一個小塑膠盒子被打開，然後是更小的聲音，但充滿危險：有二十四條腿的東西在盒子裡爬著。

聲音很小，人幾乎聽不見：半開的睡袋被人拉起來一點兒，那些小東西就爬進睡著的人的衣服裡面。

七秒鐘後，帳篷裡恢復了原來的呼吸聲。穿著襪子的那雙腿離開了帳篷，這裡更安靜了。小偷走的時候沒有拉上帳篷的拉鍊。安德莉亞在睡袋裡翻了個身，幾乎沒有聲音。但是卻刺激了她衣服裡面的不速之客。

安德莉亞被咬的第一下，她就尖叫起來，叫聲打破了寂靜的夜晚。

第十八章　恐怖份子也有弱點

華盛頓郊區
二〇〇六年七月十四日，星期五，下午八點三十四分

納茲姆只喝了一口可樂，就把它放在一旁：太多糖分，就像那些在速食店裡面買的所有飲料一樣，可以免費續杯好幾次。他去買吃的地方——美亞店，就是這麼一個地方。

「你知道嗎，有一次我看到一篇文章說，有一個人天天在麥當勞吃漢堡，足足吃了一個月。」

「那可太噁心了。」

克羅夫半閉著眼睛。他想睡會兒，可是睡不著。十分鐘前他放棄了睡覺的打算，又把椅子背調直。這輛福特車實在太不舒服。

「文章裡說那人的肝臟變得像一個光頭一樣。」

「這種事也就在美國會有。那個國家擁有世界上最胖的胖子。他們用了全世界八十七%的能源。」

納茲姆沒說話。他是美國出生的，卻是不同的美國人。他還沒有學會恨自己的國家，儘管他

嘴上可能這麼說。對他來講，對美國的仇恨有些太過。他會想像讓美國總統在橢圓形的辦公室裡跪在地上，臉朝著自己，那哈巴狗求饒似的表情，但他不會願意看到白宮被大火摧毀。有一次他對克羅夫說過類似的話，克羅夫給了他一盤CD，裡面是一個小女孩的一些照片，一個犯罪現場的照片。

「在納布盧斯①，以色列士兵強暴姦殺了她。世界上沒有比這個更值得憤怒的事情了。」

想起那些畫面，納茲姆的血液就開始沸騰，但是他儘量讓這些想法不往腦子裡去。和克羅夫比起來，仇恨不是他的能量來源。他的動機是自私的也是扭曲的，他們會給他一些東西，作為對他的獎賞。

幾天前，他們走進「網捕」公司的時候，納茲姆還幾乎什麼也沒意識到。當然，有時候他覺得很內疚，因為兩分鐘內他就殺光了所有的「壞人」。他試著想起剛發生的事，但是就好像那是別人的記憶似的，就像一個瘋狂的夢境，他姐姐就喜歡這樣的夢，夢裡面她是局外人。

「克羅夫。」

「說吧。」

「記得上週二的事情嗎？」

「你是說那次行動？」

「對。」

納茲姆抬眼看看他，聳聳肩，笑得有些慘。

「當然，記得每個細節。」

納茲姆把臉轉向別處，因為他覺得他要說的話讓他有些不好意思。

「我……我已經不太記得了，你懂嗎？」

「那你可真幸運，我第一次殺人後，整整一個星期都沒睡覺。」

「你啊？」

納茲姆把眼睛睜得大大的。

克羅夫玩著納茲姆的頭髮。

「沒錯，納茲姆。你現在是一名戰士了，我們都一樣。你不用驚訝，我也有過很難過的時候。有時候揮舞劍的確很難。但是你是蒙神保佑的，可以忘了很多醜惡的細節。那麼唯一值得你記住的就是榮耀。」

納茲姆現在感覺好多了。他沉默了一會兒，接著開始禱告感謝。他感到汗正從他後背流下來，只要轉身他就可以打開車的空調，但是他不敢那樣做。等待似乎是漫無止盡的。

「你確定他在這裡嗎？我有些懷疑。」納茲姆說，指著外面的牆壁，「你不覺得我們該去四周查看一下？」

想了想，然後搖搖頭。

「我根本不知道從哪裡開始找。我們跟了他多久了？一個月？他只來過這裡一次，整理他的行李。出去的時候他手裡什麼都沒有拿。那個房間是空的。就我所知，也許是他朋友的，暫時借給他用。但是我們只有這麼一個線索，還要感謝你發現了這個地方。」

這倒是真的。有一天納茲姆自己跟著奧威爾，這傢伙舉止奇怪，高速上老是換車道，然後又往回開，完全改變了路線。納茲姆把收音機的音量開得很大，想像自己是遊戲《江洋大盜》裡的角色，那是一個很有名的電動遊戲，裡面的主要人物是一個罪犯，他幹了很多壞事：綁架，殺人，走私毒品，勾引妓女。遊戲中有一部分是你必須跟著一輛試圖逃跑的車。那是他最喜歡的部分，遊戲中學的，現在正好用來對付奧威爾。

「你覺得他發現我們了嗎？」

「我覺得他對胡全一無所知。但是我想我們的頭兒有充足的理由要幹掉他。給我一個瓶子，我想尿尿。」

納茲姆給了他一個兩升的空瓶子。克羅夫解開拉鍊尿起來。他們準備了一些空瓶子，為了就是可以在車裡方便，然後再找機會扔掉這些瓶子。雖然麻煩一點兒，但總比他們尿急的時候必須停車去附近什麼酒吧解決好些，那樣會引起別人的注意。

「你知道嗎?用這個尿尿真不舒服，我想扔了它們。然後我們就去加州到他媽媽家去找他。這樣等下去真煩人。」

「等一下。」

納茲姆指著大門口。一個郵差騎在摩托車上正在按門鈴。一秒鐘後一個人出現了。

「他在那裡，你看！納茲姆，我告訴你，恭喜！」

克羅夫非常興奮。他拍了納茲姆的背一下。納茲姆也高興起來，同時也開始緊張，就像一陣那冷風和熱風一起吹過來。

「太棒啦，小子！我們終於可以完成我們的任務了。」

---

①納布盧斯：巴勒斯坦地區的城市，在約旦河西岸。

第十九章　毒蠍子

歐姆達瓦沙漠，約旦
二〇〇六年七月十五日，星期六，凌晨兩點三十四分

海瑞爾被安德莉亞的尖叫聲驚醒。安德莉亞坐在她睡袋的上面，一邊大叫一邊抓著自己的腿。

「天啊，疼死我啦！」

一開始海瑞爾以為安德莉亞可能是睡著後抽筋。她跳起來，打開燈，抓住安德莉亞的腿給她按摩。

但這時候她看到了那些蠍子。

至少有三隻。三隻爬出睡袋，正在瘋狂地到處亂爬，尾巴翹著，隨時準備咬人。它們是那種令人作嘔的黃色，很可怕。海瑞爾跳上一張桌子。她光著腳，很容易被叮。

「醫生，幫幫我。哦，上帝，我的腿要著火了……醫生啊！哦，上帝啊！」

安德莉亞的叫聲讓醫生暫時忘了害怕而開始想辦法。她不能讓安德莉亞處在痛苦中。

讓我想想。對這些東西我還記得什麼？它們是黃色的蠍子。還有二十分鐘，她的情況就會變

糟。如果其中一個叮了她，她就完了。如果兩個都叮了她……

海瑞爾嚇壞了。如果安德莉亞對蠍子的毒過敏，她就必死無疑。

「安德莉亞，仔細聽我說。」

安德莉亞睜開眼睛看看她。她躺在床上，蜷著腿，兩眼無神地看著前方。看得出她此時非常痛苦。海瑞爾盡最大努力戰勝自己的恐懼。對於一個以色列人來說，每個人都對蠍子有恐懼，她出生在沙漠邊緣的比爾謝巴，從她還是孩子的時候就知道蠍子的可怕。她想光腳下地，但是她辦不到。

「安德莉亞，安德莉亞，你給我的過敏單子中，有沒有眼鏡蛇毒素？」

安德莉亞痛苦地哀嚎著。

「我怎麼知道？我拿著那個單子是因為我一次記不住十個名稱。啊，醫生，你快過來啊，上帝，阿拉，還是誰，疼死我啦！！」

海瑞爾又嘗試驅趕掉她的恐懼，一隻腳放到地上，跳了兩步，她搆到自己的床墊。希望它們不要在這裡。上帝啊，千萬不要讓它們在我的睡袋裡！

她把睡袋踢到地上，一手抓起一隻靴子，回到安德莉亞身邊。

「我得穿上我的靴子到醫藥櫃那裡去。你馬上就沒事了！」她說著，穿上靴子。「中毒是很危險的，但是要半個小時才會有生命危險，堅持一下啊！」

安德莉亞沒有說話，海瑞爾看看她。安德莉亞的手放在脖子的地方，她的臉已經開始變成藍色。

哦，上帝，她對毒素過敏！她將會休克。

忘記要穿上另外一隻靴子，海瑞爾跪在安德莉亞身邊，她裸露的那條腿壓在地板上。她從來沒有像現在這樣這麼注意過安德莉亞每一寸肌膚。她尋找著蠍子叮到安德莉亞的地方，在她左腿肚子找到兩處傷口，現在已經像網球那麼大了，周圍紅腫。

天啊！該死的東西真的叮了她！

帳篷打開，安東尼走進來。他也光著腳。

「怎麼回事？」

海瑞爾向前貼近安德莉亞，想進行口對口人工呼吸搶救。

「神父，請快點。她休克了，我需要腎上腺素。」

「在哪兒？」

「最後一個櫃子裡的第二層上面。那裡有些綠色的小瓶子，給我一瓶，還有注射器。」

醫生身子向前，給安德莉亞嘴裡更多空氣，但是她喉嚨裡腫起來，擋住空氣進入她的肺部。

如果海瑞爾不及時處理她的休克，安德莉亞肯定會死。

都是你的錯！你這麼膽小跳到桌子上，耽誤了時間！

「到底發生了什麼事？」神父說，跑向櫃子。「她怎麼會休克？」

「出去！」海瑞爾衝著帳篷口至少十二張睡眼惺忪的臉叫。她不希望蠍子跑到外面傷更多的人。「一隻蠍子叮了她，神父。現在這裡有三隻，你小心！」

聽到這個，神父的眼睛瞇了起來，小心翼翼地走向醫生，交給她藥品和注射器。海瑞爾立刻給安德莉亞的屁股注射進五毫升的腎上腺素。

安東尼手裡拿著一個五加侖的水瓶。

「你照顧安德莉亞，」他對醫生說，「我來對付蠍子。」

海瑞爾現在全心都在安德莉亞身上，儘管現在她能做的就是觀察安德莉亞的反應，看看腎上腺素的神奇效果究竟如何。當這種東西進入安德莉亞血液迴圈後，神經末梢會被激動，她身體裡的脂肪細胞就會打破脂質釋放出能量，她的心跳會加速，她的血液會運輸更多的葡萄糖，她的大腦會製造更多的多巴胺，而更重要的是，她的支氣管會舒張，她嗓子裡的腫脹會消失。

安德莉亞突然大聲地喘了口氣，自己吸進了第一口空氣。對海瑞爾來講，這聲音太好聽了，海瑞爾看到藥物起了作用，同時，神父發出三聲乾巴巴的擊打聲音，那是水瓶發出來的。安東尼此時坐在她身邊，海瑞爾毫不懷疑，現在那三隻蠍子都已經做了神父的刀下魂。

「解毒劑呢？幫助排毒的東西有嗎？」神父問。

「有。但是現在我不想給她注射。解毒劑的製作是把馬放在上百個蠍子群裡，從它們的血液裡提取的，那些馬最後全部免疫。但這些防疫針總是攜帶一定量的毒素，我不想再冒險讓她休克。」

安東尼看著安德莉亞的臉，她的臉現在漸漸又紅起來。

「謝謝你，醫生，」安東尼說，「我不會忘記的。」

「沒問題。」海瑞爾說，她現在意識到剛才的危險，開始哆嗦起來。

「有沒有什麼後遺症？」

「不會。她的身體現在可以抵抗毒素了。」她舉起那個綠瓶子，「這是純腎上腺素：就像給她的身體系統加了一個武器。她所有的器官現在會有兩倍的能力來對付休克。兩個小時後她會完全沒事的，不過她會感覺不舒服。」

安東尼的臉上神情也放鬆下來，他指著門說：「你是不是也和我想的一樣？」

「我不是傻瓜，神父。我在自己的國家裡走進沙漠上百次。我每天晚上最後一件事就是關好所有的門。實際上，我會檢查兩遍。這個帳篷的門應該和瑞士銀行一樣安全。」

「三隻蠍子，同時出現。在午夜……」

「是的，神父。這是第二次有人想殺安德莉亞了。」

第二十章　致命的誘惑

奧威爾・華生的安全住處，華盛頓特區郊區
二〇〇六年七月十四日，星期五，晚上十一點三十六分

自從開始搜集恐怖份子的情報，奧威爾就採取了一系列基本的保護措施：他的電話號碼、地址和郵遞區號等都登記在幾個名字下面，然後用一個國外沒什麼名氣的公司的名義買了一所房子。所以除了天才，沒人可以找到他的行蹤。這房子是他緊急情況下的避難所。

當然，這個安全的地方也有一些問題。一開始的時候，如果你想買些必需品什麼的，你必須自己做一切事。奧威爾自己做了。每三個星期，奧威爾就去買一次罐頭啦，肉啦放進冰箱，再買一堆最新電影的DVD。然後他清除屋子裡過期的食品，再鎖上門離開。

奧威爾有個毛病，說是偏執狂也一點兒不誇張。這次奧威爾唯一犯下的錯誤是，他上一次來這裡時，忘了帶一大袋的「賀喜」①巧克力。巧克力對奧威爾來說，是致命的誘惑，並不是因為每塊巧克力包含三百多卡路里，而是因為他是從亞馬遜網上購買的，這種緊急訂貨會讓恐怖份子發現他是在房子裡。因此，現在納茲姆找到了他。

但是對於巧克力，奧威爾無法自拔。他可以不吃飯、不喝水、不上網，甚至不看他那些收集

的色情照片，不看他的書，不聽他的音樂，但是當那個星期三早上他進到屋子裡，把消防員的工作服扔進垃圾箱，然後在櫥櫃裡找巧克力時，結果卻發現已經空了，他的整個心都沉下來。如果三到四個月裡沒有巧克力吃，他簡直會發瘋。這個毛病是從他父母離婚的時候開始的。

我該換一種毛病。奧威爾想，試著安慰自己，**比如海洛因，破解密碼，或者投票給共和黨。**奧威爾從來沒有試過海洛因，不是因為那種瘋癲的狀態不吸引他，而是當他聽到剝開巧克力錫箔紙的聲音時，他無法克制自己的衝動，那聲音抵得過一切。

如果奧威爾看過佛洛伊德所有的理論，他也許會知道這種心理毛病是有原因的。那是他們一家最後一次在一起——一九九三年的耶誕節，他們在賓州哈里斯堡，和他的叔叔一起度過。為了讓奧威爾開心，父母帶他去了賀喜巧克力工廠，那裡離哈里斯堡只有十五英里遠。當奧威爾剛走進大門聞到誘人的巧克力香味時，他的膝蓋都軟了。他甚至得到了上面寫著他名字的特殊巧克力。

但是現在，奧威爾聽到另外一種聲音，如果他耳朵沒聽錯，那是玻璃破碎的聲音。這聲音讓他緊張起來。

他輕輕放下幾張巧克力錫箔紙，走下床。他其實已經努力讓自己在過去的三個小時內沒有碰巧克力了，這可是他個人最高紀錄，但是他最終屈服，他要把它們都吃完。然後，如果他知道佛洛伊德的理論，他會計算出自己已經吃了十七包巧克力，這是為了這個星期一他公司的每一個死去的人員。

但是奧威爾不相信佛洛伊德，他的腦子在想別的：那塊被打碎的玻璃令他擔憂，因此他更相信史密斯・威森②，所以在他床頭，一直有一把點三八手槍。

不可能啊，裝了警報器了啊。

他拿起槍和另外一個在床頭燈旁的東西，那東西像是一個鑰匙鏈，但其實是一個有兩個按鈕的遙控器。一個是打開警報器的（警報器和警察局相連），另一個按鈕是打開所有房間的警報。

「這東西很響，都能把尼克森吵醒起來跳舞了。」安裝警報器的人曾經說。

「尼克森可是埋在加利福尼亞。」

「所以你知道它的威力了吧！」

奧威爾同時按下兩個按鈕，他不想冒險。但是他什麼也沒有聽到，此刻他真想把那個安裝警報器的白癡揍一頓，那個白癡說這玩意一定不會有任何問題。

該死，該死，該死！奧威爾自己跟自己說，把槍上膛，**我現在在幹什麼啊！計畫是跑到這裡來就安全了，我的手機呢……**

手機在床頭櫃上，在那本名著《名利場》的上面。

他的呼吸急促並開始出汗。當他剛聽到玻璃碎的聲音時，那聲音可能是來自廚房，他正在自己床上躺著，在黑暗中玩他筆電上的遊戲，並且貪婪地吸吮著幾張巧克力紙上殘留的巧克力渣。

他甚至沒有注意到空調在幾分鐘前已經斷電了。

他們一定是先把電線切斷，所以警報都不響。那可是花了我一千四百塊美金，真是混蛋！

此刻，因為恐懼，還有華盛頓特區黏糊糊的夏日溫度，讓他出汗。他抓緊槍，每走一步都非常小心。毫無疑問，他需要儘快離開這裡。

他穿過更衣室，看著樓上的走廊。不經過這裡的樓梯他無法下樓。但是奧威爾有了一個主意。在走廊盡頭，樓梯對面，那裡有一扇小窗戶，外面是一棵瘦小並拒絕開花的櫻桃樹。那沒關係，樹枝夠粗，也夠近，像奧威爾這種缺乏運動的人可以爬上去順著樹滑到地面。

他四肢著地，把槍別在自己的短褲上，然後移動自己肥大的身子，穿過地板上大約十英尺長的地毯來到窗邊。樓下玻璃又是一聲響，的確有人闖進來了。

打開窗戶，他咬緊牙，儘量不出聲，他已經聽到樓梯上傳來的腳步聲向他逼近。想也別多想，奧威爾站起來，打開窗戶爬出去。樹枝大概在五英尺之外，奧威爾必須使勁伸出手去搆樹枝。

搆不著。

沒再多想，他伸出一條腿站在窗戶框子上，使勁一跳。這一跳可是不夠優雅，但是他的手指抓住了一根樹枝，然而這一跳讓他的槍掉出去了，從他的腿滑到了下面的花園裡。

該死！還有什麼更糟糕的嗎？

奧威爾渾身的重量都集中在他的後背，結果發出了很大聲響。褲子超過三分之一部分被刮住，跳下來後他才發現自己的後背在流血。但是當時他並沒注意到，只想著趕緊逃出這裡，所以跳下來之後他就朝門口跑去，他的大門是在山下六十五英尺以外。他沒帶著鑰匙，但是他知道如果需要，他可以把門撞開。跑到半路時，他內心的恐懼被一種成就感代替。

一個星期兩次不可能的逃跑居然都成功了。真棒，蝙蝠俠！

簡直令他難以置信，他的大門開著。黑夜中好像向他伸出雙臂，奧威爾直奔大門衝去。

突然，從圍牆的陰影裡閃出一個人擋在他面前。奧威爾感到一個力量打過來，然後是一聲可怕的斷裂聲，是他的鼻子。奧威爾慘叫一聲倒在地上。

一個人影從屋子裡跑過來，他拿了把槍頂住奧威爾的脖子。奧威爾沒動一下，他已經暈過去。站在他身邊的是納茲姆，他手裡拿著一把鐵鍬，神情緊張。他這一鍬正中目標。納茲姆曾經是學校壘球隊的成員，現在他想，我的教練如果看到我這一擊，該感到自豪呢！

「我告訴你了吧！」克羅夫喘著氣說，「打碎玻璃這招次次靈驗。他們像受驚的兔子一樣使勁跑。來吧，放下你的鐵鍬，幫我把這傢伙抬進屋子裡去。」

---

①賀喜公司（Hershey Company）：是美國最大的巧克力製造商，也是最早的巧克力製造商，總公司位於賓西法尼亞州赫爾希鎮（Hershey, PA）。

②史密斯・威森（Smith & Wesson）：美國最大的手槍軍械製造商，由賀拉斯・史密斯（Horace Smith）與丹尼爾・威森（Daniel B. Wesson）於一八五五年建立。總部位於美國麻省的斯普林菲爾德。以製造左輪手槍聞名於世。

第二十一章　神秘邀請

挖掘地，歐姆達瓦沙漠，約旦
二〇〇六年七月十五日，星期六，清晨六點三十四分

安德莉亞醒了，她覺得嘴巴裡好像嚼了瓦楞紙似的難過。此時她躺在一張病床上，旁邊是安東尼和海瑞爾，都穿著睡衣，在椅子上打盹。

她想起床去廁所，這時候帳篷拉鍊又開了，羅素走進來。凱因的助理若有所思，腰間的皮帶上有一個對講機。看到神父和醫生在睡覺，他踮起腳尖走到安德莉亞身邊，小聲說：「我們都很擔心你。斯都先死了，然後是你碰到這個事情……我們的運氣真糟。」

這時候，安德莉亞的兩位守護者都醒了過來。

「運氣糟?胡說。」海瑞爾說，在椅子裡伸了個懶腰，「這裡發生的是蓄意謀殺。」

「你說什麼?」

「我也想知道你說的是什麼意思。」安德莉亞聽了也嚇了一跳。

「羅素先生，」安東尼說，站起來走向助理，「我正式請求讓奧蒂羅小姐轉回到比蒙號上去。」

「福勒神父，我感激你對奧蒂羅小姐的關心，一般情況下我也會贊同你的意見。但是現在這樣做就違反了我們的安全規定，這可是一大挑戰……」

「聽著。」安德莉亞打斷他的話。

「她的身體沒有危險，是嗎，海瑞爾醫生？」

「呃……理論上說是的。」海瑞爾不得不說。

「兩天後她就一點兒事都沒有了。」

「聽我說……」安德莉亞又插話。

「你看，神父。現在移動奧蒂羅小姐沒太大意義。她還可以完成她的任務。」

「即使有人要殺她？」安東尼堅持著。

「沒有證據說有人要殺她啊。也許是場意外，一些蠍子爬到她的睡袋裡，但是……」

「夠了！」安德莉亞大叫。

三個人吃驚地望著她。

「請你們不要再說這些關於我的事情，就好像我不在這裡似的。你們要把我扔回去，總得聽聽我自己的意見吧？」

「當然，你說，安德莉亞。」海瑞爾說。

「首先，我想知道那些蠍子怎麼會爬到我睡袋裡的。」

「一次意外。」羅素說。

「不可能是意外，」安東尼說，「醫務室密封性很好。」

「你不明白，」羅素搖著頭說，「每個人都對斯都的死惴惴不安。謠言四起。有人說是一個士兵幹的，也有人說是大衛幹的，因為斯都發現了約櫃。如果我現在送走奧蒂羅小姐，很多人也一定都想離開。每次他們見到我，包括布萊恩・馬拉，還有其他人，他們都想讓我把他們送回到船上去。我告訴他們為了他們的安全，他們必須留在這裡。因為我們不能保證他們可以安全回到船上。但是如果我把奧蒂羅小姐送走了，我就沒有理由說服他們。」

安德莉亞靜靜地想了一會兒。

「羅素先生，你的意思是不是說我沒有離開的自由，即使我想？」

「啊，其實我是來向你提供一個機會，是我的老闆叫我來的。」

「洗耳恭聽。」

「我想你沒聽懂我的意思。是凱因先生自己提出來的。」羅素拿起皮帶上的對講機，按了一個按鈕。「她在這裡，先生。」他說著，把對講機交給安德莉亞。

「你好，早安，奧蒂羅小姐。」

老人的聲音有些德國口音，但是語氣很歡愉。

就像加州那個州長，那個當過演員的。

「奧蒂羅小姐，你在聽嗎？」

安德莉亞聽到老人的聲音有些驚訝，她費了半天勁才讓自己乾巴巴的嗓子說話。

「我在聽，凱因先生。」

「奧蒂羅小姐，我想今天午飯後邀請你來和我一起喝點什麼。我們可以聊聊，我可以回答你的問題，如果你願意。」

「當然，凱因先生，我很願意！」

「你感覺好些沒?可以來我的帳篷嗎?」

「當然，沒問題，只有四十幾步遠。」

「那好，一會兒見!」

安德莉亞把對講機還給羅素，他禮貌地說了聲再見就走出去。安東尼和海瑞爾一句話也沒說，他們只是看著安德莉亞，眼裡寫滿了不贊同。

「別這麼看著我，」安德莉亞說，又躺下去閉上眼睛。「我不能眼睜睜看著機會溜走。」

「就在我們請求把你送回去的同時，他發出這個邀請，你不覺得這也太巧合了嗎?」海瑞爾揶揄說。

「哦，也許，但是我不能放棄這個機會。」安德莉亞堅持說，「公眾有權利知道更多關於這個人的故事。」

安東尼不屑地揮揮手。

「百萬富翁和記者，他們都是一樣的，自以為知道真理。」

「不正像你的教會一樣嗎，神父?」

第二十二章　燒烤鉗子

奧威爾・華生的藏身之屋，華盛頓特區郊區
二〇〇六年七月十五日，星期六，凌晨〇點四十一分

奧威爾被打醒了。

他們下手太重，不然就是他們人多，奧威爾已經被帶回到自己的屋子裡，他被打得咳嗽，吐出一顆門牙，多半是剛才那記鐵鍬造成的。奧威爾的鼻子也感到劇痛，他像野馬一樣咒罵著。那個打他的人，長著一對杏仁眼，有節奏地打著奧威爾的臉。

「看，他醒了。」年紀大的那個跟他的夥伴說，另外一個人又高又瘦。說話的又打了奧威爾幾巴掌，直到他呻吟出聲。

「你的狀況可不怎麼樂觀呢，蠢豬。」

奧威爾發現自己躺在廚房桌子上，身上什麼也沒穿，除了手腕上戴著手銬。儘管他從來沒有在這裡做過一頓飯——實際上，他在哪裡也沒做過飯——但他廚房的設備一應俱全。奧威爾後悔自己對完美的追求，現在，他的廚房裡的廚具都在水池邊排得整整齊齊，他此刻真希望自己沒有買那套鋒利的切菜刀，還有那個螺絲錐開瓶器，那套燒烤鉗子……

「聽我說——」

「閉嘴！」

年輕的那個用槍指著他。年紀大的那個，三十幾歲，拿起一把燒烤鉗子在奧威爾眼前晃著。燈光下那鋒利的鉗子閃出一道光，直射屋頂。

「你知道這個是什麼吧？」

「那是燒烤鉗子。在沃爾瑪我花了六美元。聽我說……」奧威爾說著，想坐起來。拿槍的那個用手頂住他肥大的胸膛讓他倒下。

「我讓你閉嘴！」

另外一個舉起燒烤鉗，用力把鉗子插進奧威爾的左手。那人的面部表情一點兒沒變，雖然那鉗子的金屬鋒頭已經從奧威爾的手插到了木頭桌子上。

一開始，奧威爾感到暈眩，他幾乎沒感到發生了什麼。然後，那種痛像電擊一樣穿透他的手臂。他慘叫一聲。

「你知道是誰發明了這個燒烤鉗子？」矮個子問。抓住奧威爾的臉讓他面向著自己，「是我們的人。事實上，在西班牙他們管這個叫作摩爾人的鉗子。他們發明這個，是為了懲罰那些在吃飯的時候不好好用刀子沒有規矩的人。」

不行，混蛋，我得說點兒什麼。

奧威爾不是膽小鬼，但是他也不傻。他知道他將要受到的痛苦的折磨，他也知道他們會狠狠打他。他使勁用嘴呼吸，每次呼吸都疼痛難忍，他不敢用鼻子呼吸，否則他會更疼。

「好了，夠了。我告訴你們想知道的一切。我會給你們畫張圖，任何細節都告訴你們，不要再用暴力。」

他最後一句話幾乎是尖叫著說的，因為他看到那個人又拿起另外一個鉗子。

「當然你會說啊。但是我們不是虐待委員會的，我們是執行委員會。現在的情況是，我們想放慢速度來做，納茲姆，用槍抵著他的腦袋。」

納茲姆的臉上沒有任何表情，他坐在一把椅子上，把槍口對準奧威爾的頭蓋骨。奧威爾感覺到頭上冰冷的金屬，他一動不敢動。

「只要你願意說話……告訴我你知道的關於胡全的事情。」

奧威爾閉上眼睛。他感到害怕。這就是他們要他命的原因了。

「什麼也不知道。我只是聽人說起過。」

「胡說，」矮個子說，賞了他三個巴掌，「誰告訴你要跟著他的？誰知道在約旦的事情？」

「我根本不知道什麼約旦的事。」

「你撒謊。」

「真的，我說的都是實話。」

他的話似乎讓那兩個人停了一下。納茲姆把槍口更使勁地壓住奧威爾的腦袋。另外一個把燒烤鉗子對準了他裸露的肚子。

「你讓我感到噁心，蠢豬。看看你是如何使用你的天賦的：把你的信仰扔到地上，背叛你的兄弟，就是為了獲得利益。」

他把鉗子在奧威爾胸前劃動，在左胸停了一下。他輕輕地揪起一塊肥肉，然後又突然鬆手，讓肥肉在肚子上顫。鉗子在皮肉上劃出一道痕跡，幾滴血掉到滿身是汗的肉體上。

「還不是為了鈔票，」那人繼續說，把鉗子又插入奧威爾身體裡多一些，「你有幾處房產，一輛好車，還有雇員……看看你的手錶。」

你可以拿去，只要你放了我。奧威爾想。但是他什麼也沒說，因為他不想讓另一把刀再刺進他的肉裡。該死！我不知道該怎麼脫身。

他努力想，哪怕任何事，他可以告訴這兩個人，好讓他們放了自己。但是鼻子和手上刺入心扉的痛讓他想不出任何辦法。

納茲姆用另外一隻手把奧威爾的手錶摘下來，遞給另外一個人。

「哈……是積家再造三問錶①。世界頂級錶，是不是？政府付了你多少錢讓你當間諜？我想一定很多。可以買得起兩萬美金的手錶。」

那人把手錶扔到廚房地上，然後用腳踩，好像就該如此。但是他只是磨損了手錶的表面，這讓他很惱火。

「我只會跟蹤罪犯。」奧威爾說，「你們不能這樣對我。」

「閉上你的嘴！」矮個子說，向奧威爾啐了一口。

奧威爾的上唇開始抖動，但不是因為害怕。是因為他突然意識到自己快要死了，現在他要儘量保持住自己的尊嚴。「你媽和猴子生了你。」他說，直視著那人的眼睛，讓自己不結巴。那人的臉因憤怒變了色。因為他們覺得奧威爾一定會哭著懇求他們，他們可沒想到他會這麼勇敢。

「你會像娘們一樣哭叫。」年紀大的那個人說。

他的手舉起來又用力按下去，把第二根燒烤鉗子插入奧威爾的右手。無法忍受的疼痛讓奧威爾大叫起來，血噴出來射到他張開的嘴裡，他被嗆得咳嗽起來，他痛苦地扭動著身體，他的雙手都被釘在了桌子上。

奧威爾的咳嗽漸漸弱了，兩大顆淚滴順著他的臉頰流下來，印證了剛才那人的話。現在那人似乎要讓奧威爾從折磨中解脫出來。他舉起了廚房裡一把長長的切菜刀。

「結束了，蠢豬……」

忽然一聲槍響，然後是牆上金屬鍋的回音，舉刀的那人應聲倒地。他的同夥還沒顧得上回頭看看是哪裡來的子彈，就反射性地跳到廚房桌子上，他以腰扣扣住抽屜精美的把手，然後手先著地跳下來。第二聲槍響把門打了一個大洞，門框從納茲姆腦袋上方一尺半的地方就不見了。

奧威爾的臉扭曲著，手掌流著血，那樣子就像在拙劣地模仿耶穌十字架上受死，現在他幾乎無法轉動看看是誰救了他。那是一個瘦瘦的褐色頭髮的人，大約三十歲，穿著牛仔褲，有神父的衣領。

「姿勢不錯，奧威爾。」神父說著，跑過他的身邊尋找另外一個恐怖份子。神父用門做掩護，然後他突然衝出來，一手拿著一把槍。但是在他前面只有一個空空的屋子和開著的窗戶。

神父回到廚房裡。要不是雙手被釘，奧威爾一定會使勁擦著眼睛看清這一幕。

「我不認識你，但是謝謝。請幫我鬆開這東西！」

「咬緊牙。這會很痛。」神父說著，從他右手上拔出鉗子。儘管他已經儘量直著向外拔，奧威爾還是疼得慘叫一聲，「找到你真不容易啊。」

奧威爾舉起手阻止神父說話。傷口清晰可見。他又咬緊牙關，轉到左邊自己使勁拔出左手的鉗子。這回他沒有叫。

「你還能走嗎？」神父問，幫他站起來。

「教皇現在是波蘭人嗎？」

「不再是了。我的車在附近，你知道你的客人可能跑到哪裡去了嗎？」

「我怎麼知道。」奧威爾說，抓起廚房的餐巾紙包上手，包了好幾層，現在他的手就像棉花糖，不一會兒血又慢慢滲出來。

「別弄了，到我車裡我給你包紮。我以為你是尋找恐怖份子的專家呢。」

「我以為你是ＣＩＡ。現在我覺得我真是幸運。」

「也許是也許不是。我名字叫阿爾伯特，我是一個ＩＳＬ②。」

「聯絡人？和誰聯絡？梵蒂岡？」

阿爾伯特沒回答。神聖同盟的特工從來不承認他們自己和梵蒂岡的關係。

「不說算了，」奧威爾說，強忍著疼痛，「看，這裡沒有人可以幫我們。我懷疑根本沒人會聽到槍聲。最近的鄰居在半英里以外。你有手機嗎？」

「不能打電話，如果員警來了，他們會把你帶到醫院去，然後他們會審問你。半小時後ＣＩＡ就會來人，帶著一束鮮花。」

「那麼你知道該怎麼辦？」奧威爾問，指著他的槍。

「不是很確定。我討厭槍。你該感到慶幸，我的子彈沒打到你，而是打到那個人。」

「哦，現在你該喜歡槍了，」奧威爾說，舉起他的棉花糖手指著槍說，「你到底算哪種特工？」

「我只受過最基本的訓練。」阿爾伯特說，他的臉有些蒼白，「我是負責電腦相關的。」

「哦，那好極了。我現在開始頭暈了。」奧威爾說著，已經在昏厥的邊緣，阿爾伯特抓住他，讓他不至於倒下。

「你看你能不能走到我的車那裡，奧威爾？」

奧威爾點點頭，但他也沒把握。

「他們有幾個人？」阿爾伯特問。

「就那個你嚇跑的，但是他一定會在花園裡等著我們。」

阿爾伯特快速看了一眼窗外，黑暗中他什麼也看不見。

「走吧，下山，牆邊……他可能藏在任何地方。」

奧威爾・華生的藏身之所，華盛頓特區 郊區

二〇〇六年七月二十五日，星期六，淩晨一點〇三分

納茲姆很害怕。

他想過很多次他殉道的方式：在噩夢裡他死在很大的火球裡，一個很大的火球，可以透過電視讓全世界都看見，但死亡並沒有讓他感覺到興奮，只有迷惑和害怕。

他跑到花園裡，害怕員警隨時會出現。他被門檻絆了一下，門還半開著。黑夜裡，蟋蟀和蟬的叫聲充滿了生命力，納茲姆不禁猶豫了一下。

不行，我已經把我的生命獻給了榮耀，我也要拯救我愛的人。現在如果我逃走，我要是變得軟弱，我的家人會怎樣？

想到這裡納茲姆沒有再朝門外走。他隱身在陰影處，藏在一簇金魚草後面，那金魚草很久沒人修剪，亂蓬蓬的，但還是有幾朵黃色的小花。為了讓自己鎮定，納茲姆把槍不停地在兩手間交換。

我很好，我跳出廚房。打過來的子彈離我很遠。一個神父一個受傷的，對付他們我一個人綽綽有餘。我只要看著大門的路，要是聽到警笛，我就跳過那堵牆。那牆雖然很高，但是我能跳過去。右邊那塊好像稍微矮點兒。可惜克羅夫不在，他可是開門的天才。他只用了十五秒就打開了大門。真想知道他現在在幹什麼？我會想他的。他也會希望我解決奧威爾。要是剛才不花那麼長時間，奧威爾早已給解決了。但是奧威爾背叛了信仰，十分可恨。要是我今晚死了，沒有完成任務，組織會怎麼樣呢？不，我不能這麼想。我要集中精神。我一定要摧毀敵人，我要用鮮血戰鬥，雖然我希望不是今天……

有聲音朝大門而來。納茲姆更仔細地聆聽。他們來了，我要抓緊時間，我必須……

「好了，放下槍，馬上！」

納茲姆想都沒想，他沒有說一句最後的禱告，就直接轉身，手裡拿著槍。

就在剛才，阿爾伯特繞到房子後面，靠著牆好讓自己安全地走進大門。他發現一閃亮光，那是納茲姆的鞋面的反光，這回和剛才憑直覺一槍打中對手不一樣，當時為了保護奧威爾，完全是靠運氣，這次阿爾伯特卻是就在幾英尺之內抓住了納茲姆，納茲姆完全沒有發現他。阿爾伯特兩腳站穩，瞄準納茲姆後頸，手指半按在扳機上。他大叫想讓納茲姆放下槍，當納茲姆回身時，阿爾伯特扣動了扳機，一槍正中納茲姆的胸膛。

納茲姆模糊地感到中彈了。雖然他應聲倒地，但他沒覺得很痛。他想動動手臂和腿，但是沒用，他已經不能說話。他看到開槍的人彎下腰來看著自己，查看自己脖子的脈搏，然後搖搖頭。

不一會兒奧威爾趕到了，當奧威爾俯下身體時，納茲姆看到奧威爾的一滴血掉下來。他不知道那滴血和他自己胸膛流出來的血是否混在一起。很快，他的視線模糊，但是他還能聽到奧威爾在禱告。

納茲姆感覺好多了，就好像身上的重擔已經卸去。這時候警報聲從遠處傳來，但是納茲姆分不清是蟋蟀叫還是警車響。有一個人在他耳邊唱歌，那是他聽到的最後的聲音。

幾分鐘後，兩名身穿制服的員警走來，查看地上躺倒的一個年輕人，他穿著一雙耐吉的球鞋。他的眼睛睜開著，看著天空。

「總部，這是二十三區。我們在一百五十四號，請派救護車……」

「算了吧，他已經死了。」

「總部，取消救護車請求。我們現在馬上封鎖現場。」

一個員警看了看納茲姆的臉，感到有些遺憾。他這麼年輕，和我兒子差不多年紀。在這一帶，從華盛頓街到總統的橢圓形辦公室之間，對這些青少年的犯罪、死亡，員警司空見慣，他們臉上沒有任何表情。

這名員警想問問自己的同伴：為什麼這孩子的臉上帶著平和的微笑。當然他沒有問。

他不想讓自己看起來像個傻瓜。

維吉尼亞，法爾法克斯某處
二〇〇六年七月十五日，星期六，凌晨兩點〇六分

從奧威爾的藏身之處到阿爾伯特的公寓大約二十五英里。坐在阿爾伯特小豐田車的後座，奧威爾迷迷糊糊地睡著了，現在他的手已經妥善處理過，幸虧神父的車裡有一個急救箱。

一小時後，奧威爾穿著阿爾伯特的浴袍——那是唯一他能穿得下的衣服了——他就著神父為他買的柳橙汁，吞了幾片止痛藥。

「你失血過多，這個能讓你狀況穩定下來。」

其實現在唯一能讓奧威爾穩定的就是醫院的床。但是他不能去，最好的辦法是和阿爾伯特待在一起。

「你有沒有賀喜巧克力？」

「對不起，我沒有。我不能吃巧克力：那東西吃了我就長痘子。但現在我可以去7-11買些吃的東西，再買幾件特大號T恤，要是有巧克力的話也幫你買點回來。」

「算了吧，發生了今晚上的事，我想我會永遠痛恨巧克力了。」

阿爾伯特聳聳肩膀：「隨你吧。」

奧威爾指著阿爾伯特客廳裡一排的電腦嘖嘖稱奇。一張大約十二英尺長的桌子上，有十部監視器，後面接著很多電線，亂七八糟地一直延伸到牆邊。「你的設備不錯啊，國際聯絡員先生。」奧威爾說著，舒緩自己的緊張情緒。看著神父，他明白他們兩人現在是在一條船上。他的手輕輕抖動，心裡有些疑惑。「HarperEdwards系統和TINCom主機板，你就是用這個找到我

的？」

「從你購買那幢房屋的海外帳戶，我又用了四十八小時才找到你的伺服器。用了兩千多個步驟。你真是夠厲害。」

「你也不錯。」奧威爾說，心中也很讚嘆。

兩人彼此看看，點點頭，駭客間的惺惺相惜。這短暫的放鬆讓阿爾伯特想起剛才發生的一切，他突然感到無法抑制的難受，還沒走到廁所他就吐出來，一口吐到他昨晚留在桌子上的一碗爆米花裡。

「我從來沒有殺過人……那個孩子……我根本沒注意到，因為我必須立刻做出反應，我想都沒想就開了槍。但是那孩子……他這麼小，他看著我的眼睛……」

奧威爾什麼也沒說，因為他沒什麼好說的。

他們就這麼站著足足有十分鐘之久。

「我現在明白他了。」阿爾伯特最後終於說。

「誰？」

「我的一個朋友。一個必須殺人的人，而且因此受到煎熬。」

「你是說安東尼・福勒嗎？」

阿爾伯特吃驚地看著奧威爾。「你怎麼知道這個名字？」

「因為這所有的一切，都起源於凱因集團來找我。他們想知道福勒神父的事情。而且我發現你也是個神父。」

這讓阿爾伯特更緊張了。他一把抓住奧威爾的浴袍。

「你跟他們都說了什麼？」他大叫：「我得知道！」

「我告訴他們一切。」奧威爾淡淡地說，「他受過的訓練，他和ＣＩＡ的關係，還有和神聖同盟……」

「哦上帝啊，你知道他真正的使命嗎？」

「我不知道。他們問了我兩個問題。第一個是：他是誰？第二個是：誰和他有關係？」

「你發現了什麼？怎麼發現的？」

「我什麼也沒發現。我幾乎要放棄了，可是這時候我收到一封匿名信。裡面有一張照片和一個記者的名字：她叫安德莉亞・奧蒂羅。信封裡一張紙條上寫著：為了安德莉亞不受傷害，福勒神父會做任何事情。」

阿爾伯特鬆開奧威爾的浴袍，開始在屋子裡來回踱步，他想把這些情況的碎片拼起來。

「現在事情開始有些頭緒了……當凱因去梵蒂岡告訴他們他有約櫃的線索時，他說可能在一個老納粹的手裡，塞林答應用他最好的人去辦這件事。作為交換條件，凱因必須接納梵蒂岡派出的一名觀察員參加這次探險。塞林給了你安德莉亞的名字，這樣他就可以確定凱因一定會讓安東尼去。因為這樣，塞林就可以透過安德莉亞控制安東尼，因為安東尼為了保護安德莉亞一定會去的。狡猾的混蛋。」

奧威爾看著阿爾伯特，他的嘴張得很大。

「我一點兒都聽不懂你在說什麼。」

「你真是太走運了：你要是發現了，我肯定得殺了你。跟你開玩笑的！聽著，我急急忙忙去救你，不是因為我是ＣＩＡ的特工，我不是。我只是這條鏈上一個小環節，幫朋友一個忙。而這個朋友，現在處在危險中，一部分的原因正是因為你給凱因的情報。安東尼正在約旦，執行尋找約櫃的瘋狂探險行動。儘管非常不可思議，但是這次探險很有可能成功。」

「胡全，」奧威爾說，幾乎聽不到他的聲音，「我偶然發現一些胡全和約旦的事情。我也給了凱因。」

「那些襲擊你公司的人從你的硬碟上也獲取了這些情報。但沒有別的了。」

「我設法在一個網路郵件伺服器上找到了一些提到凱因的資料。你對恐怖組織知道多少？」

「就是從《紐約時報》上看到的那些。」

「那麼你可以說是一無所知了。我來給你補補課。媒體對賓拉登的報導，還有電影裡的貧民情況，都是胡說八道。所謂基地組織是最邪惡的組織，其實根本不存在。沒有什麼總部。有不同級別的組織，每個裡面有上千個小單位，他們互相激勵鞭策，但各自獨立為營。」

「那怎麼和他們對抗？簡直不可能。」

「沒錯。這就像治病。沒有奇蹟般的治療方法，只能製造白細胞，一個一個地殺死那些細菌。」

「那就是你的工作？」

「問題是我無法進入這些恐怖份子的每個小細胞。他們不受賄賂。他們對世界扭曲的認知就是他們的動機。我想你可以明白。」

阿爾伯特的表情很侷促不安。

「他們用不同的詞彙，」奧威爾繼續說，「這是一種很複雜的語言。他們可以有一打的間諜，他們用不同的日曆……假如是西方人，光是處理這些資訊就需要各式各樣的查核與編碼。我就是從這裡入手的。我用右手點了一下滑鼠，一躍就到了三千英里之外。」

「你是說網際網路。」

「在電腦螢幕上看著那些情報感覺很好。」奧威爾說，摸摸他扁了的鼻子，因為用了優碘，他的鼻子成了橘黃色。阿爾伯特試圖用紙板和膠帶讓他的鼻子直立好，但是他也知道，如果不儘快把奧威爾送到醫院，一個月後他們就不得不得把他的鼻子弄斷，因為會長歪的。

阿爾伯特想了想。

「所以胡全，他只想去找凱因。」

「除了這傢伙似乎很嚴肅，我記不得很多。實際上我給凱因的是一份原始資料。我還沒有來得及分析細節。」

「那麼……」

「我給他的是一份免費的『試閱資料』，你明白。你給他們一點兒，然後你就等著結果。到時候他們會找你要更多，別這麼看著我。人總得掙錢吃飯。」

「我們得把那份資料拿回來。」阿爾伯特說，他用手指敲著他的椅子。「因為首先，襲擊你的人對你所知道的甚感擔憂。其次，胡全在這個探險隊裡……」

「我所有的檔資料現在要嘛丟了，要嘛已經被毀，要嘛被燒了。」

「不是所有，還有一份備份。」

奧威爾慢慢才明白阿爾伯特話的意思。

「想都別想，那個地方可是刀槍不入。」

「什麼事都有可能。除了一件事：就是再讓我餓個幾分鐘。」阿爾伯特說著，拿起他的車鑰匙。「休息一下。我半個小時後回來。」

神父剛要出門，奧威爾又叫住他。剛才阿爾伯特要打破凱因公司「堡壘」的想法讓他擔心。而只有一個辦法可以讓他放鬆他的神經。

「阿爾伯特……」

「什麼？」

「我改變主意了，你還是幫我買些巧克力吧！」

---

①積家再造三問錶：Jaeger-LeCoultre，瑞士勒桑傑的鐘錶製造商。一八三三年建立，擁有二百多項產品專利，一千多項不同產品。

②ＩＳＬ：International Service Liaison。國際服務聯絡人。是國際間諜活動服務組織。

第二十三章　注射器

老師和組織的頭目都告訴過胡全，神會進入到他的內心和靈魂，老師也曾警告他要遠離那些軟弱的信徒，因為這些信徒把敬虔的門徒視作狂熱份子。

胡全現在對這些話已深有體會，他可以聽到自己內心的呼喚，這種呼喚在別人耳中也許只在嘴邊嘟噥，但是對他來說，已經成為心底的吶喊。

這次成為組織的領袖之一，更讓他感到那種心底的呼喊。他有特殊的才幹。贏得兄弟們的認同並不是一件容易的事。因為他從來沒有去過阿富汗或者黎巴嫩。他沒有跟著正統的受訓途徑，但是那些話在他心底深深紮根，就像小樹上盤踞的葡萄藤。

那是在城外的一個倉庫，一個兄弟抓住另外一個人，後者因為外界的誘惑動搖了和神之間的立約。胡全知道了這件事後，主動要求親手來處決這個他們眼裡的叛徒。

老師曾告訴過他要堅定，現在看來他做的是值得的，因為全世界都在看著他。

去倉庫的路上，胡全買了一個針頭注射器，他輕輕把針頭頂住車門弄彎。他的任務是走進去和那個叛徒談話，面對這些想要擁抱安逸的人，他要把他們從地球上剷除。他的任務就是讓叛徒承認錯誤。

叛徒渾身光著，手和腳都綁著，他等著聽胡全的話。

胡全沒有說話，他走進倉庫，直接走向叛徒，把他手中彎曲的針頭戳進那人的眼睛。根本沒聽見那人的尖叫，胡全按住注射器，繼續刺。絲毫沒有猶豫，接著，他又把針頭刺進叛徒另外一隻眼睛。

沒過五分鐘，叛徒就開始求胡安趕緊殺了自己，他慘叫著，拼命地扭動身軀，直到繩子深深地嵌進肉裡。

胡全笑了，他的意思已經表達得很清楚。他的使命就是製造痛苦，讓那些違背神旨意的人去死。

胡全——注射器。

那一天讓他為自己樹立起名聲。

第二十四章　凱因的身世

挖掘地，歐姆達瓦沙漠，約旦
二〇〇六年七月十五日，星期六，中午十二點三十四分

「一杯『白俄羅斯』，謝謝。」

「你讓我驚豔呢，奧蒂羅小姐。我還以為你會喝一杯『曼哈頓』①，一些更時髦的或者更後現代的。」雷蒙德・凱因微笑著說，「我自己來兌酒，謝謝，雅各。」

「你肯定嗎？」羅素問，似乎讓老人單獨和安德莉亞在一起不是很高興。

「放輕鬆點兒，雅各，我不會跳到奧蒂羅小姐身上去。除非她想。」

安德莉亞發現自己臉紅了，像個學生。當億萬富翁調酒的時候，打量起周圍的一切。三分鐘前，當羅素來到醫務室接她的時候，她很緊張，手微微顫抖著。她花了幾個小時整理修改她要提問的問題，她撕掉五頁草稿，把它們扔進紙簍。這個人可不是一般人，她不能只問一些一般問題。

當她走進凱因的帳篷，她卻開始懷疑自己的判斷了。帳篷被分成兩間。一間好像是休息室，也是羅素工作的地方，那裡有桌子，筆電，還有，正如安德莉亞懷疑的：那裡還有一台短波收音機。

所以你們使用這個和比蒙號聯繫……還以為你們和我們一樣也無法和外界聯絡呢。

右邊有一道薄薄的簾子隔開，是凱因的房間。也證明他和助手共處一室。

真想知道這兩人之間的關係到底如何……羅素那「都市美型男」的形象還有他自以為是的態度，總讓人覺得不能完全相信他。也許我在採訪中可以得到一些線索。

安德莉亞穿過簾子，立刻聞到一股檀香木的香味。這裡有一張簡便的床——當然肯定比醫務室裡的床墊舒服多了——床佔了屋子的一半。一個小型盥洗室，和大家共用的一樣，還有一張小桌，上面沒有一張紙。也沒有電腦。還有一個小酒吧，兩把椅子是這裡唯一的傢俱。所有的一切都是白色的，一疊書堆得很高，快趕上安德莉亞的高度了，如果走得太近，隨時有翻倒的危險。她正想看看都是些什麼書時，凱因走了進來。

近距離看凱因，他似乎比安德莉亞第一次在船上瞄到他時高，五英尺七英寸的樣子，他身上的肌肉有些萎縮，白頭髮，白衣服，光著腳。整體看來，他仍然顯得很年輕，直到你走近看他的眼睛才看出老態。他的眼睛像兩個藍色的洞，被兩個充滿皺褶的袋子裹著，暴露了他的年齡。

他沒有伸出手來，安德莉亞的手停在半空，他笑了一下，似乎在抱歉。羅素已經告訴過安德莉亞，無論什麼情況下都不能試圖碰到凱因先生，但是安德莉亞不試一下她還是不信。不管怎麼說，這樣會給她一些機會。這個億萬富翁在遞給安德莉亞雞尾酒的時候，顯然有些不自然，憑安德莉亞職業記者的訓練素質，她當然不會放棄喝一杯的，不管一天中什麼時間，她都會隨時喝點什麼。

「從一個人喝什麼，你可以看出這個人很多東西。」凱因說，邊將杯子遞給安德莉亞。他的手指放在杯子上端，讓安德莉亞有足夠的地方可以從下面接過去而不會碰到他。

「是嗎?那麼一杯白俄羅斯說明我是什麼樣的人呢?」安德莉亞一邊問,一邊坐下喝了一口。

「讓我想想……一杯甜甜的混合物,很多伏特加,還有咖啡,奶油,這告訴我說你很愛喝酒,而且你可以控制你的酒量,你已經花了很多精力想找出你最愛什麼,你對外界很敏感,並且你很喜歡命令別人。」

「太棒了,」安德莉亞不屑地說,這是她對於自己不是很有自信的時候的最好抵抗方式。「你知道嗎,我肯定你在這之前已經調查過我,所以知道我喜歡喝什麼。在一般的小酒吧找不到一瓶新鮮的奶油,更別說一個億萬富翁慈善家的家裡了,畢竟你向來很少有訪客,尤其是在約旦中部,而我看到你在喝威士忌加水。」

「現在輪到我吃驚了。」凱因說,他喝酒的時候背對著安德莉亞。

「你的話離真相的距離,大概就像我們倆銀行存款的差距,凱因先生。」

億萬富翁轉過身,看著安德莉亞皺了皺眉,但是沒出聲。

「我想說的是,你是在測試我,而我給了你一個你希望的答案。」安德莉亞繼續說,「現在請告訴我,為什麼讓我能採訪你?」

凱因坐在另外一把椅子上,避開安德莉亞的目光。

「這是我們的協定啊。」

「哦,我想我問錯了問題,我是說,為什麼是我呢?」

「哦,這是富人和施予者都逃不掉的詛咒嗎?每個人都想知道他隱藏的動機。每個人都假定他必有陰謀,尤其當他是個猶太人的時候。」

「您還沒有回答我的問題。」

「女士，恐怕你要想想你要什麼答案：是單單回答你呢，還是對所有人的回答？」

安德莉亞咬了咬下唇，她生自己的氣。這個老傢伙比她想的要難對付。

他在挑釁，但絲毫不著急。好吧，老傢伙，我就陪著你。我要張開大嘴吞噬你整個故事，然後在你根本想不到的時候，找出我要的答案。我會深挖到底，即便揪出你的舌頭也要得到。

「您不是在吃藥嗎，怎麼還能喝酒？」安德莉亞說，她的語氣故意帶著攻擊性。

「我想你也推想的到，我吃藥是因為我的廣場恐懼症。」凱因說，「是的，我吃藥是因為我的焦慮，我是不該喝酒。但是我不管。當我曾祖父八十歲的時候，他可不願意當個不給朋友買酒喝的人。奧蒂羅小姐，如果我用了什麼母語你不明白就請打斷我。」

「那樣的話可能我老要打斷您了，我什麼母語都不知道。」

「隨便。我的曾祖父總是喝酒，他常說：『你得放鬆點。』也常說：『滾開，我已經八十歲了，我想喝就喝。誰也管不著。』他死的時候九十歲，是一頭驢踢到了他的內臟。」

安德莉亞大笑起來。凱因在提到自己祖先的時候，聲音變了，就像講故事似的，故意用不同的聲調。

「你知道你家族很多事情，你和你兄弟們很親近嗎？」

「不，我兩歲的時候我父母就去世了。儘管他們告訴我一些，但是我記不得什麼，因為那時我還小。我知道的我家的事情都是後來從外界獲得的資料。那是我自己有能力去收集的時候，我去了歐洲尋根，尋遍整個歐洲。」

「跟我講講你的家鄉。我想錄音，你介意嗎？」安德莉亞問，從口袋裡掏出她的錄音筆。這個錄音筆可以錄好幾個小時，品質非常好。

「隨你。這個故事從一個寒冷的冬天開始，那是在維也納。一對猶太夫婦走著去一家納粹佔領的醫院……」

愛麗絲島②，紐約
一九四三年十二月

尤岱在黑暗中靜靜地哭泣。土耳其號已經到港，在指揮疏散甲板上各處的難民下船。每個人都急切地出來透氣。但是尤岱沒有動，他抓住約拉冰冷的手，不相信她已經死了。

這不是他第一次和死亡打交道。從離開拉斯法官的藏身之處後他就見了許多。逃出那個洞穴，那裡令人窒息但是安全，之後就是無數的可怕打擊。第一次看到陽光他就知道那裡藏著可怕的怪物，第一次走在街上就讓他知道任何一個小角落可能都有危險，每次穿過街道，他都先看一眼，然後迅速跑過去。第一次坐火車，那巨大的轟隆隆的聲音和那些在隧道裡走來走去的怪物把他嚇壞了，他們在到處抓人。幸運的是，如果給他們看那張黃色的卡片，他們就不會再理你。第一次在曠野裡他就討厭雪，那種殘酷的寒冷讓他走在路上腳凍得要命。第一次看見海，他覺得那是最最可怕的一種經歷，好像是一個監獄，他就在裡面向外看。

在去伊斯坦布爾的船上，尤岱躲在一個黑暗的角落，這才讓他感覺好受些。只花了一天半的時間，他們到了土耳其港口，但是他們等了七個月才得以離開那裡。

為了獲得簽證，約拉・梅爾不懈地努力。那時土耳其是一個中立國家，很多難民聚集在港口，人權組織的諮詢處排著長長的隊伍。每天英國都有限制猶太人進入巴勒斯坦的名額。美國也拒絕過多猶太難民的湧入。對於在集中營中發生的屠殺，世人彷彿裝上聾子的耳朵，即使像《倫敦時報》這麼著名的報紙提到納粹，只含混地說是「可怕的故事」。

儘管困難重重，約拉還是盡了自己最大的努力。她在街上討飯，夜晚用自己的外套給小尤岱蓋好。她儘量不用拉斯法官給她的錢。他們睡在任何可以躺下的地方。有時候是一個臭氣熏天的小旅館，有時候是一個擁擠的紅十字會門口，在那裡，到了晚上難民會佔據每一寸地方，以至於早上你起來，如果發現你還是一個人佔著一個地方，那簡直就是奢侈。

約拉可以做的就是懷抱盼望和禱告。她不認識任何人，她只會說意第緒語③和德語，她拒絕說她的母語，因為那給她帶來痛苦的記憶。她的身體越來越差，一天早上她剛開始咳嗽的時候，她看見了血。她決定不再等下去了。她鼓足勇氣，把手裡所有的錢都給了一個牙買加水手，那人在一艘飄著美國國旗的貨船上幹活。那船幾天後就起航。水手同意了。於是他們和幾百名在美國有親戚的猶太人一起上了船，那些人因為有親屬得到了去美國的簽證。

約拉死於肺炎，那是船到美國的三十六個小時前。尤岱寸步沒有離開約拉，雖然他自己也病著。他的耳朵遭到嚴重感染，使他的聽力受阻，好幾天耳朵都是堵著的。他的頭就像一個裝滿果醬的桶，任何一個大一點的聲音對他來說就像馬匹飛馳而過，因此當水手大聲叫他離開這裡時，他沒有聽見。為了嚇唬他，水手踢了他幾腳。

「走啦！蠢瓜。他們在海關等你啦！」

尤岱還想抓緊約拉。可是那個水手——一個矮小的滿臉疙瘩的男人——一把抓起他的脖子粗魯地想把尤岱拉開。

「有人會來搬她。你滾吧！」

孩子使勁掙扎。他伸進約拉的口袋裡找著他父親留下的信。約拉告訴過他很多次這封信的事。尤岱找到信，放進自己的衣服裡面。水手又抓住他，在可怕的日光下，尤岱只能離開了。

尤岱走下甲板，進到一個屋子。這裡是海關。官員們都穿著藍色的制服，坐在長長的桌子後面等著那些移民。尤岱發著燒，渾身哆嗦著，他排在隊伍裡。他的腳在他那雙破鞋裡像燒著了一樣疼，他想逃走，躲進黑暗裡。

最後終於輪到他了。一名海關工作人員從眼鏡後面看著他，那人長著一雙小眼睛，嘴唇很薄。

「姓名和簽證。」

尤岱看著地板，他不懂官員的話。

「我可沒時間和你磨蹭。你的姓名和簽證。你反應遲鈍啊？」

另外一個有一撮小鬍子的年輕官員走過來，想舒緩一下他同事的情緒。

「別動怒，克萊德。他自己來的，可能不懂你說的話。」

「那些猶太老鼠知道的比你多。該死！今天這是我負責的最後一班船，最後一個人。我有一箱冰啤酒等著我享受。高德，你要是高興你來對付這個小子。」

小鬍子官員走過來，瞇眼看著尤岱。他開始和尤岱說話，開始用法語，然後用德語，又換成波蘭語。孩子還是看著地板不出聲。

「他沒有簽證，而且有些呆。下班船我們把他遣送回歐洲。」那個戴眼鏡的官員說。「說點什麼啊，傻瓜。」小鬍子官員屈身傾向桌子對著尤岱的耳朵叫。

開始尤岱什麼也沒聽到。但是突然他的腦袋非常疼，好像被刺到了一樣，很熱的膿水從他耳朵裡流出來。

他用意第緒語急促地大叫起來。

「員警！」

小鬍子生氣地看著他的同事。

「夠了，克萊德。」

「無身份的小孩，不懂任何語言，又沒有簽證，驅逐出境。」

小鬍子官員迅速地查找孩子的口袋。沒有簽證。實際上他什麼也沒找到，除了一些麵包屑和一個用希伯來文寫的信。他檢查看看裡面是否有錢，但是什麼也沒有。只有一封信，他把信放回孩子的口袋。

「嘿！他懂你的話。你聽到他說的名字嗎？他也許把簽證丟了。你不要把他驅逐出境，克萊德。如果你這麼做，我們可還要至少耽誤十五分鐘。」

戴眼鏡的官員長長嘆了口氣，他放棄了。

「讓他大聲說出自己的姓名，讓我能聽到。然後我們就可以去喝啤酒了。要是他不說，我就立刻把他驅逐。」

「幫幫忙，孩子。」小鬍子小聲說，「相信我，你不想回到歐洲死在那裡的孤兒院裡吧？你要說服這個人，告訴他外面有人在等你。」他又用自己唯一知道的意第緒語說，「家？」

尤岱嘴唇哆嗦著，聲音小得幾乎聽不見，他說了第二個詞：「克翰。」

小鬍子看著眼鏡同事，舒了口氣。

「你聽見了，他叫雷蒙德。全名雷蒙德・克翰。」

凱因帳篷

跪在帳篷裡的流動廁所面前，他盡著自己最大的努力不嘔吐，他的助手想讓他喝點兒水，但是沒用。老人最後忍住了噁心，他討厭嘔吐，雖然那樣會讓他暫時舒服些，可是會讓他身體裡的一切都精疲力竭。這是他靈魂的真實反映。

「你不知道這花了我多大的精神啊，雅各。你不知道啊，那個女人……跟她說話，看到我自己的一切都暴露在外。我實在不行了。她還想再多問一些呢。」

「恐怕你還得和她多待一會兒。」

老人看著屋裡盡頭的吧台。他的助手看出了老人的企圖，把不贊同的目光投向老人，老人把臉轉向別處，嘆了口氣。

「人類真是充滿矛盾，雅各。我們最終喜歡上自己以前最討厭的東西。把我的故事告訴給一個陌生人讓我如釋重負。剛才一度讓我感覺又和世界有了聯繫。我本可以騙她，或者真的假的混在一起說，可是我卻告訴了她所有的事情。」

「你這麼做是因為你知道這不是正式採訪。她不能公佈。」

「也許吧。或者也許是我就是想找個人說說。你覺得她會懷疑什麼嗎？」

「不會，先生。不管怎麼說，我們就快成功了。」

「她很聰明，雅各。仔細觀察她。在整個事件中她絕非一個小角色。」

①白俄羅斯和曼哈頓：雞尾酒名稱。

②愛麗絲島（Ellis Island）：在紐約州紐約港的島嶼。與自由女神像相鄰。一八九二年一月一日開始，許多來自歐洲的移民從這裡踏上美國土地，進行體檢和接受移民官詢問。現在是移民博物館。

③意第緒語：猶太人使用的國際語。

第二十五章 水車被炸

安德莉亞和醫生的帳篷

安德莉亞從噩夢中驚醒。她還記得夢裡渾身冒冷汗，是因為黑暗中的恐懼，她想知道自己在哪裡。這個夢境反覆出現，但是她總是不知道是什麼。每次醒來她就忘了，只留下恐懼和孤獨。

但是現在醫生立刻就出現在她身邊。爬到她的床墊上來，坐在她的身邊，把手放在她的肩膀上安慰她。一個是害怕走得太遠，另一個是不敢。安德莉亞輕輕哭泣，醫生抱緊了她。

她們的額頭相碰，然後是她們的嘴唇。

就像一輛花了幾個小時使勁上爬山坡的汽車，最後終於到了山頂，接下來就是決定要不要縱身一躍的時刻。

安德莉亞的舌頭瘋狂地尋找著醫生的舌頭，醫生吻著她回應。醫生脫掉安德莉亞的T恤然後用舌頭追尋著濕潤有些鹹鹹的皮膚。安德莉亞躺在墊子上，她不再感到害怕。

就像汽車從山頂衝下來，沒有停歇。

挖掘地，歐姆達瓦沙漠，約旦
二〇〇六年七月十六日，星期日，凌晨一點二十八分

她們仍然彼此靠著，說著話，這樣待了很長時間。說一會兒就吻一會兒，就像她們不敢相信對方還在自己身邊一樣。

「啊，我說醫生，你真是知道怎麼照顧你的病人啊。」安德莉亞說著撫摸著醫生的脖子，玩著她捲曲的頭髮。

「這是我誓言裡虛偽的部分。」

「我還以為是希波克拉底①誓言。」

「我發的是另一種誓言。」

「不管你怎麼開玩笑，我還是會生你的氣。」

「對不起，我一開始沒告訴你我的真實身份。安德莉亞，我想謊言是我工作的一部分。」

「還有什麼是你工作的部分？」

「我的政府想知道這裡發生的事情。現在請你不要再問我，因為我不會說的。」

「我有讓你說的辦法。」安德莉亞說，在醫生身上愛撫著。

「我肯定可以禁得住審訊。」醫生小聲說。

兩人都沒說話，過了一會兒，醫生發出一聲長長的呻吟。然後她把安德莉亞抱過來，對著她耳朵小聲說：

「加德娃。」

「什麼意思？」安德莉亞也小聲說。

「是我的名字。」

安德莉亞吸了口氣，她很驚訝。醫生感到很快樂，她抱緊了安德莉亞。

「你的秘密名字？」

「千萬不要大聲說出來。現在你是唯一知道的。」

「那你的父母呢？」

「他們都去世了。」

「對不起。」

「我還是個孩子的時候我母親就死了，我父親死在內蓋夫[2]的監獄。」

「為什麼他會在哪裡？」

「你真想知道嗎？這可是一個令人沮喪的故事。」

「我的生活一直就是令人沮喪的，醫生。聽聽別人的故事可能是個不錯的改變。」

兩人稍微停頓了一會兒，然後海瑞爾還是講起她的故事。

「我父親是我們國家情報局的高級特工。一共只有三十個人。很少有人可以達到那個職位。我已經在情報局工作了七年，但我只是一個助理特工，最低級的。我現在三十六歲了，所以看來是沒有什麼提升的機會了。但是我父親二十九歲就是高級特工了，他在國外做了很多工作，一九八三年他執行了最後一次任務。他在貝魯特住了幾個月。」

「當時你沒和他在一起嗎？」

「只有他去歐洲或美國時我才跟著他。那時候貝魯特對於一個小女孩來說，不是一個安全的地方。其實對誰來說都不是個好地方。在那裡他遇到了安東尼・福勒神父。安東尼當時要去貝卡山谷③營救幾個傳教士。我父親非常敬重他。他說去搭救這幾個人是他所見過最勇敢的行為，而且對於這次營救，任何媒體連一個字的報導都沒有。對這幾個傳教士只是說他們被釋放了。」

「我想可能是因為這種事不合大眾的胃口。」

「是這樣的。在執行任務的時候，我父親意外發現了一些事：情報說一些恐怖份子開著一輛卡車，裡面裝了滿滿一車炸藥，他們要去炸毀一個美國軍事基地。我父親把這件事報告了他的上級，他的上級說，如果美國人總是把鼻子伸向黎巴嫩的話，他們活該。」

「那你爸爸怎麼做了？」

「他給美國使館發去一封匿名信，警告他們，但是沒有提供線索，這封信沒有引起美國人的重視。第二天一輛裝滿炸藥的卡車撞向了海軍基地的大門，炸死了二百多名海軍。」

「上帝啊！」

「我父親回到以色列。但是事情並沒有完。CIA向我國情報局要求一個解釋，有人提了我父親的名字。幾個月後，在他從德國回家的路上，他們在機場把他攔下。員警搜查他的行李，發現了兩百克的鈈④，於是成為證據，說他企圖要將這些東西賣給伊朗政府。如果伊朗有了這些東西，他們可以製造一個中型核炸彈。我父親進了監獄，根本沒有審訊。」

「有人故意陷害他？」

「是CIA的報復。他們用我父親給全世界特工發出一個警告：如果再發生這種事，你們必須報告我們，不然就有你們好瞧的！」

「哦，醫生，這件事一定對你傷害不小。至少你父親知道你相信他。」

又是一陣沉默，這次的時間更長。

「說這個我真是羞愧，但是……好幾年裡我不相信我父親是無辜的。我以為他對工作厭煩了，所以想掙點錢。他那時完全被孤立，所有人都忘了他，包括我。」

「他死前你有沒有機會和他和好呢？」

「沒有。」

突然，安德莉亞抱住醫生，因為海瑞爾開始哭泣。

「他死了兩個月後，一份高級機密檔案被拿出來，情報證明我父親是無辜的，而且有證據說明，那些東西是美國人的。」

「等一下，你是說你們的情報局從一開始就知道這事和你父親無關？」

「他們出賣了我父親。安德莉亞。為了遮掩他們的口是心非，他們把我父親的命給了CIA。CIA很滿意，生活照常地過——除了那二百多名海軍的生命，還有住在監獄裡的我父親。」

「這些混蛋……」

「我父親被埋葬在特拉維夫的基洛特，那是專門為那些在與阿拉伯人作戰中犧牲的人預備的墓地。他是情報局第七十一位埋葬在那裡的人。授予了他戰鬥英雄的最高榮譽。但是這些都無法讓我忘掉那段災難。」

「醫生我不明白，既然這樣，你為什麼還要為他們工作呢？」

「和我父親十年的監獄生涯是一樣的原因：國家第一。」

「真是瘋狂的理由，就像福勒神父。」

「你還沒有告訴我你和他怎麼認識的。」

安德莉亞的聲音沉下來。記憶不總是甜蜜的。

「在二〇〇五年四月，我去羅馬報導主教去世的新聞。偶然的機會我發現一片光碟，裡面說他是死於連環謀殺案。他是被兩個紅衣主教謀害的。那兩個人是繼承教皇約翰・保羅二世的候選人。有人企圖掩蓋這件事，可是我卻要揭露他們。為此我拼了命，安東尼呢，就說他不想讓我就這麼成為犧牲品吧，但是在這個過程中，他最終也說服了我。」

「我理解。這一定讓你很沮喪。」

安德莉亞還沒來得及回答，突然外面傳來驚天動地的一聲響，帳篷都差點給震翻。

「什麼東西啊？」

「我想是……不，不可能。也許是……」醫生說到一半就打住。

有人喊叫。

接著是另一個人在喊叫。

然後什麼聲音都沒有了。

挖掘地，歐姆達瓦沙漠，約旦

二〇〇六年七月十六日，星期天，淩晨一點四十一分

帳篷外面一片混亂。

「快拿水桶到這邊來！」

「都拿到那邊去！」

雅各・羅素和摩根・德克正向大家喊著截然相反的命令。他們站在水和泥土混合的中間地帶，那水是從水罐車出來的。水箱後面有一個很大的洞，水正從裡面噴湧而出，在這個地方，這些水可是無價之寶，現在眼看著這些水流到厚厚的紅土地裡去。

幾個考古學者，布萊恩，還有福勒神父從不同的地方向這邊跑來，都還穿著睡衣。他們想組成一個傳遞水桶的隊伍，盡最大可能搶救這些水。過了一會，探險隊其他成員也都睡眼惺忪地跑過來加入救水的隊伍。

有個人安德莉亞沒認出來，因為他從頭到腳都被泥糊住了。他企圖用沙子做成一道牆，不讓泥漿沖到凱因的帳篷那邊，因為水正迅猛地向那個方向沖。那人一鍬一鍬地挖沙子，但是不一會兒他挖的就不光是沙子而是泥漿了。他只好放棄。幸運的是，凱因的帳篷在稍微高起的地面，所以億萬富翁暫時還用不著轉移。

這時候，安德莉亞和醫生都迅速穿好衣服和別人一起加入到傳遞水桶的隊伍。當他們把空桶從後面傳到前面時，安德莉亞意識到，因為爆炸前她和醫生正在「做事」，所以也就只有她們倆費了半天勁穿衣服。

「給我一個焊接噴燈。」布萊恩在水罐車前大喊。隊伍裡迅速傳達他的話，就像在說禱文。

「這裡沒有。」隊伍尾部回答。

羅伯特・弗里克在另外一頭，也意識到如果他們有焊接噴燈和一張大鋼板他們就可以把漏洞焊補起來。但是他不記得卸貨物時有這個東西，現在他也沒工夫去找。他必須想個辦法堵住漏洞，可到哪兒找那麼大一塊東西補呢！

突然羅伯特想起來，他們用來運送儀器的大金屬盒子足夠大。如果把那個盒子搬過來，他們還可以接到更多的水呢！歌特里布兄弟，馬拉和湯米拉動一個大箱子，使勁向洞這裡靠攏，但是卻無法完全靠過來，因為太滑了，他們幾個都摔倒在泥裡。儘管如此，他們還是搬過來兩個箱子裝流出來的水，這時候水壓已經降下來。

「要空了，我們得趕緊堵住。」

這時水位已經接近漏洞地方，因此他們可以用一個防水帆布做的閥門堵住那個洞。三個人一起用力壓，但是洞太大了，水還是往外流，只是流得慢了些。

半個小時後，依然沒有解決問題。

「我想我們大約搶救了四百七十五加侖的水，本來水車裡有八千多加侖。」羅伯特沮喪地說，他的手因為太累一直在發抖。

探險隊大多數成員都在帳篷前亂轉，只有羅伯特、德克、羅素和海瑞爾站在水箱旁邊。

「恐怕我們不能再洗澡了。」羅素說。

「我們現在的水還足夠十天用的。中午就會有一百一十華氏度，那樣的話，再在太陽下幹活就無異於自殺，更別說我們還要保持衛生。」

「別忘了我們還要做飯啊。」羅伯特說，滿臉擔憂。他喜歡喝湯，想到今後幾天他除了香腸沒別的可吃，他就受不了。

「我們得想個辦法。」羅素說。

「要是我們的工作十天做不完怎麼辦？羅素先生。我們得從亞喀巴取水，我懷疑那樣一來我們的探險工作就得打折扣。」

「海瑞爾醫生，很遺憾通地知你，我從船上無線電聽到的消息：在過去四天裡，以色列和黎巴嫩開戰了。」

「是嗎？我都不知道。」海瑞爾說。

「每一個當地的激進派組織都支援戰爭。要是一個當地的商人現在把水賣給一些美國人，而這些美國人現在正處在沙漠的中間，這件事讓人知道了將會如何？我們水的問題，比起對付那些殺死斯都的人，顯然前者容易得多。」

「我明白，」海瑞爾說，她清楚現在要把安德莉亞送回船已然不可能，「可是要是有人一會兒開始心絞痛可別抱怨。」

「該死！」羅素顯然太沮喪，一腳踢到卡車的輪胎上。海瑞爾簡直認不出凱因的這位助理了。他渾身是泥，頭髮亂蓬蓬的，滿臉洩氣的樣子和他平時的舉止判若兩人。他平時就像電視劇《慾望師奶》裡的男版布麗・凡・德坎姆——這是安德莉亞說的。他總是很鎮靜，不喜形於色，這是第一次聽見他咒罵。

「我警告你了啊。」海瑞爾說。

「怎麼樣，德克？這件事你有沒有什麼線索？」凱因的助理看向保安隊長。

自從剛才說起缺水的後果到現在，德克一句話沒說，他跪在水車的後面，觀察那個洞。

「德克先生？」羅素有些不耐煩地又問了一句。

德克站起身。

「你來看，卡車中間一個圓圓的洞。這很容易做。如果這只是我們唯一的問題，我們本可以用什麼東西把它蓋起來。」他又指著一個不規則的線說，那條線穿過圓洞。「但這條線讓事情變得複雜了。」

「你是什麼意思？」海瑞爾問。

「做這個的人把用一條細線連接的炸藥放到水罐上，透過裡面的水壓，讓金屬向外彎曲，而不是向內。就是我們有焊接噴燈我們也補不了這個洞。這真是一件藝術品。」

「好極了！我們現在是在和達文西打交道了！」羅素說著，搖搖頭。

---

①希波克拉底誓言：是西方醫生就職前的誓言。希波克拉底是古希臘醫生。英文虛偽（hypocratical）和hippocratic 很相近，海瑞爾這裡是在開玩笑。

②內蓋夫（Negev）：以色列監獄。

③貝卡山谷（Beqaa Valley）：黎巴嫩中部一個山谷。

④鈈：用於核武器及用作核電站燃料的一種放射性元素。

第二十六章　坍方

摩西探險隊遇難後，約旦沙漠員警從安德莉亞數位相機中恢復的MP3檔案。

安德莉亞：斯克教授，有些事我非常好奇，這次尋找約櫃，是不是有什麼超自然的事情會發生呢？

斯克教授：我們一會兒再說這個問題。

安德莉亞：教授，在《聖經》裡有很多不能解釋的現象，比如那光……

斯克教授：不是「那光……」，那是神的顯現。你必須用敬重的口吻說。並且你要知道，猶太人相信基路伯①會時常發出冷光，那是神在其中的記號。

安德莉亞：不是說有以色列人因為觸摸了約櫃而倒斃嗎？你真相信上帝的能力還存在於這個遺物中？

斯克教授：奧蒂羅小姐，你必須明白，三千五百年前，人們對世界的認知和現在非常不一樣，和世界的關係也和現在完全不同。如果亞里斯多德——他離我們更近些，有一千多年——看到諸天像一個同心球體，你想想那些猶太人看到約櫃會是什麼心情。

安德莉亞：我想我沒聽明白，教授。

斯克教授：這就是一個科學問題的方法。換句話說，一個合理的解釋。猶太人不能解釋一個金子做的箱子可以自己發光，所以他們就用自己知道的給了一個宗教的解釋，那時候約櫃可還不是古董。

安德莉亞：那麼他們怎麼解釋的呢，教授？

斯克教授：你有沒有聽說過巴格達電池②？哦，你當然沒聽說過。那不是你在電視上可以看到的。

安德莉亞：教授……

斯克教授：巴格達電池是一組藝術品，一九三八年在一個城市博物館發現的。它是黏土容器，裡面有銅製圓筒，用瀝青固定，每一個都有一個鐵桿。換句話說，整個東西雖然很原始，卻是有效的化學電子儀器，可以透過電解銅給任何物體鍍銅。

安德莉亞：這沒什麼稀奇呀。在一九三八年，技術已經很發達了。

斯克教授：奧蒂羅小姐，如果你讓我把話說完，你就不會說這樣的傻話。研究者們分析了巴格達電池後發現，這是古代蘇美③的產物，是西元前兩百五十年前的東西。這比約櫃還早一千年，比法拉第早四十三個世紀，法拉第可是發明電的那個人。

安德莉亞：那麼約櫃也和這個有相似之處？

斯克教授：約櫃是一個電容器。設計非常巧妙，可以儲存靜電：兩個金盤子用木板隔離，又由兩個基路伯連起來，這就像正極和負極。

安德莉亞：但如果它是一個電容器，如何儲存電呢？

斯克教授：答案很乏味。在教堂裡的物體都是由皮革做的，還有羊毛，五分之三的東西都可以製造很大的靜電。因此如果條件合適，約櫃可以釋放兩千瓦的電能。因此聖經上說只有被揀選的人才能觸摸約櫃是有理由的，你可以打賭，那些被揀選的人都戴著厚厚的手套。

安德莉亞：那麼你堅持認為約櫃的能力不是來自上帝？

斯克教授：奧蒂羅小姐，我的意圖很清楚。我的意思是，上帝讓摩西把十誡放在一個安全的地方，那樣就可以成為猶太人信仰的中心並敬拜幾百年。而人們則想出各種方法，使關於約櫃的傳說始終流傳。

安德莉亞：那麼其他災難呢？比如耶利哥城的倒塌，沙子和火的風暴掃滅整個城市？④

斯克教授：人自己發明的故事和神話。

安德莉亞：所以你拒絕贊同約櫃一旦「甦醒」就會帶來災難的說法。

斯克教授：完全正確。

挖掘地，歐姆達瓦沙漠，約旦

二〇〇六年七月十八日，星期二，下午一點四十九分

在死亡之前的十八分鐘，凱拉·拉森正在想著嬰兒濕紙巾。這就好像是一種心理反射。兩年前，當她生下小貝蒂，她就發現那種小濕紙巾總是帶著潮濕和芳香的氣味。另外就是她發現她丈夫討厭這種濕紙巾。

凱拉並不是一個壞女人。但是自她結婚以來，她就和丈夫之間總有摩擦。現在亞力克斯該不會再討厭嬰兒濕紙巾了，因為他要在探險結束前自己帶孩子。凱拉會勝利歸來，他會對她滿意的，會發現她不只是一個法律合約上的夥伴。

我真的是一個壞母親嗎？不能和他分擔照顧寶寶的責任？不對，我不是！

兩天前，精疲力竭的凱拉聽到羅素說他們必須加緊工作而且不會再有洗澡水的時候，她想自己可以戰勝任何困難。什麼也不會阻擋她成為一個知名的考古學家。遺憾的是，人們的想法和現實不總是一致。

當水車爆炸時，她忍受了搜查帶來的羞辱。她站在那裡，滿身是泥，看著那些士兵踐踏自己的物品，探險隊很多人都拒絕士兵的搜查，但當搜查一無所獲時，他們都大大地鬆了口氣。經過這些事件，這群人的道德觀已經有所改變。

「至少不是我們幹的。」大衛・帕帕斯說，搜查的燈熄滅後，一切歸於可怕的黑暗，「現在我們可以放心了。」

「幹這事的人大概不知道我們在這裡做的事情。也許是貝都因人⑤幹的。我們侵佔了他們的地盤，他們生氣呢。他們也就這點兒本事了，我們在山上有機關槍呢！」

「可那些槍也沒能保護斯都啊。」

「我還是覺得海瑞爾醫生一定對斯都的死知道什麼。」凱拉說。

她告訴每一個人，醫生當時不在床上睡覺，可是對她的話，誰都沒理會。

「你們都安靜點兒。現在為斯都和你們自己能做到最好的一件事，就是想想我們怎麼挖那個隧道。你們睡覺的時候都該想這件事。」斯克教授說，因為德克隊長的堅持，他不得不放棄自己那間私人帳篷，到這裡和大家一起住。

凱拉有些害怕，但斯克教授的話給她一些鼓舞。誰也別想把我們從這裡趕走。我們要完成這個使命，無論多大代價我們一定會完成。然後一切就都會順利的。她想著，沒有意識到為了保護自己，她已經把睡袋的拉鍊拉到頭頂。

經過四十八小時的勞動，考古小組成員都已經累壞了。他們一直沿著一個角度挖掘，這樣就可以接近「那個物體」。凱拉管它叫「那個物體」，因為她覺得除非真的確認到「那個物體」，否則她是不會叫它別的名稱的。

星期二。晨曦刺破了清晨，早飯已經吃過。所有探險隊的成員都幫忙工作，他們要建一個鋼製平臺，這樣那個小型挖掘機就可以找到挖掘點。否則，因為山的地面不平，那些直直的山坡會讓挖掘機傾斜，就會有危險。大衛・帕帕斯設計了這個平臺的結構，這樣他們就可以開始挖那個隧道，那個隧道離峽谷底部二十英尺高。隧道要挖五十英尺長，然後會呈反角搆到那個物體。

計畫是這樣。凱拉的死卻是一個沒有想到的結果。

事故發生前十八分鐘，凱拉覺得自己渾身黏乎乎的，就像穿著一件臭味熏天的橡膠衣。其他人都用完了自己當天的水，好把自己清洗乾淨。但凱拉沒有這麼做。她非常渴，因為她總是出汗太多，自從她懷孕後就是這樣。她有時候會趁別人不注意偷點兒他們的水喝。

她閉上眼睛，在腦海裡出現了小貝蒂的房間：衣櫃最上面的抽屜裡是一盒子的嬰兒濕紙巾。用那個擦身體，全身就會香噴噴的。凱拉想像著自己可以用濕紙巾擦自己的全身，把那些頭髮裡的髒東西也洗掉，還有她的手肘，一直到她的乳房。然後抱抱小寶貝，在床上和她玩一會兒——她每天早上都是這樣的——然後告訴她，媽媽發現了寶貝。

最大的寶貝。

凱拉扛起幾條木板，那是戈登和艾拉用來擋著隧道防止倒塌的。木板有十英尺寬，八英尺高，也就是隧道的高度。斯克教授和大衛為了這個尺寸大小爭論了幾個小時。

「這比我們計畫的長出兩倍！你以為只是考古學嗎？大衛？這是搶救工程，我們時間有限，你該知道！」

「要是你挖得不夠寬的話，我們就不容易地挖到地下。挖掘機會撞到牆上，隧道就會坍塌。還有可能我們會撞到山壁的岩石上，那樣的話我們的工程還要多耽誤兩天。」

「去死吧，你這個哈佛碩士。」

但是最終，大衛說服了教授，隧道按照十乘以八的尺寸進行挖掘。

凱拉有些心不在焉，她從頭髮上撥掉一隻甲蟲。她走到隧道的最裡面，羅伯特正在那裡使勁挖著。湯米這時正在往一個傳送車上裝土，傳送帶從隧道地面一直連到離平臺一英尺半的地方。車子一邊走，一邊撒下來很多灰土。挖出來的土堆集在一旁像一座小山，已經快和隧道入口處一般高了。

「你好啊，凱拉。」湯米和她打著招呼。他的聲音很疲憊，「你看見布萊恩了嗎？他該來接替我了。」

「他在下面。正在裝電燈。天就要黑了。」

他們已經挖了二十五英尺深，下午兩點後，日光就不再能照進來，以致無法工作。湯米不禁大聲咒罵。

「我還要再挖一個小時嗎？該死！」他說，把鐵鍬扔在一邊。

「你不能走，如果你走了，羅伯特無法一個人做。」

「那你接著做吧，我得去尿尿。」

湯米轉身走了。

凱拉看著地面。挖土並裝車的工作很辛苦。你得總彎著腰，而且必須很快，還要看著挖掘機別讓它撞到你。但是如果一個小時沒有幹活，斯克教授肯定又會吼了。他會責備她，和往常一樣。凱拉暗自認為斯克一定是恨自己。

也許他對我和斯都的關係不屑。也許他想和我有這種關係。髒老頭。現在我倒是希望你和斯都換位置呢。凱拉一邊想著一邊拾起鐵鍬。

「看著點兒！」

羅伯特把挖掘機轉了一下，機器門差點兒碰到凱拉的頭。

「你小心啊！」

「我警告過你了啊，美人兒，對不起呀。」

凱拉對著機器做了個鬼臉。因為沒法和羅伯特生氣。這個傢伙很粗俗，經常說髒話，幹活的時候經常放屁。他就是一個再真實不過的人了。凱拉對他還是很欣賞，因為比起教授那些白面書生的助手們，他男人味十足。

那些白癡。斯都曾這麼叫那些助手。他和他們從不往來。

她開始挖掘岩屑，放到傳送帶上。隨著挖掘加深，一會兒這條傳送帶還要加長。

「嗨，戈登，艾拉！請再去把傳送帶加長一部分好嗎？」

戈登和艾拉機械地聽從了她的命令。和其他人一樣，他們覺得自己已經到了忍耐的極限。

但是我們已經很接近了。我可以聞到耶路撒冷博物館的味道。再挖一鍬，我就可以召集所有

的記者了。再挖一鍬那個和秘書一起工作到很晚的傢伙就會注意我了。我發誓。

戈登和艾拉又拿來一截傳送帶。這個機器是由一節一節的部分組成，那些東西像香腸一樣掛著，用電纜連線。電纜用塑膠帶紮起來，看起來不怎麼樣，但是這東西一小時可以裝運很多土。凱拉又挖了一下，這樣戈登他們就可以多等一會兒再過來。鐵鍬碰到地上，發出了金屬板的響聲。

一瞬間凱拉以為是碰到了一個棺材蓋子。

可是接下來，地面變得很歪，凱拉失去平衡，戈登和艾拉也差點兒摔倒。手裡的傳送帶掉了，砸在凱拉頭上，凱拉尖叫了一聲，但不是因為恐懼，而是因為驚訝和有些害怕。地面又動了一下。那兩個人立刻從凱拉眼前消失了，就像兩個孩子從山坡上滑下去一樣。也許他們喊救命了，但是凱拉聽不見。她也沒聽到大岩石裂開的聲音。山牆分開碎落，發出悶聲悶氣的幾聲響，她來不及體會尖利的岩石打在她太陽穴上血糊糊的樣子，更沒聽到挖掘機碰到金屬上發出的轟隆聲。平臺坍塌，撞到了下面三十英尺外的岩石。

在她的五官失去最後的感覺前，凱拉就沒有意識了。她本來要拉住一條電纜，但是傳送車已經被撞到峭壁邊。

她想用腳使勁踢出一個洞，但沒有成功。她的手臂在峽谷裂開的邊緣，而且因為無力開始下沉。她手上有汗，根本抓不牢，四寸半的電纜已經變成三寸半，如果再拉一下，因為重力的緣故，就會斷成兩半。

出於某種奇怪的心理作用，凱拉讓戈登他們多等了一會兒，其實根本沒有必要。如果他們已經把傳送帶放在山牆壁那裡，電纜就不會纏在傳送車下面的滑輪上。

電纜終於斷了，凱拉掉進黑暗裡。

挖掘地，歐姆達瓦沙漠，約旦
二〇〇六年七月十八日，星期二，下午兩點〇七分

「死了幾個人。」
「誰？」
「凱拉，戈登，艾拉和羅伯特。」
「艾拉沒死，他們把他拉出來了，還活著。」
「醫生在呢！」
「你確定？」
「當然啊！」
「發生了什麼？又是一枚炸彈？」
「是坍方。不是炸彈。」
「是蓄意破壞，我肯定，是蓄意破壞。」

好幾張臉都在平臺頂端看著。有很多人都在焦慮地小聲談話。大衛從隧道出口出來，後面跟著斯克教授。在他們後面是歌特里布兄弟，因為他們倆擅長用繩索下降，德克命令他們下到下面去搶救倖存者。

這對德國雙胞胎抬出了第一具屍體，他們把他放在擔架上，蓋上毯子。

「是戈登，我認出他的靴子。」

教授走過來。

「是因為自然空洞倒塌，我們沒有想到。我們挖掘的速度太快……」他停下來，說不下去了。

這是他最接近承認錯誤的一句話了。安德莉亞想，她站在人群中，手裡拿著相機，準備拍照片，但當她明白發生了什麼的時候，她又把鏡頭蓋蓋上。

雙胞胎兄弟小心地把屍體放在地上，然後把擔架抽出來，又下到隧道裡去。

一個小時後，三名考古學家的屍體都躺在平臺邊。最後一個是艾拉。為了把他拉出來，歌特里布兄弟多花了二十分鐘。雖然剛開始坍方時他還活著，海瑞爾醫生看了以後卻無能為力。

「他內臟傷得很重。」醫生小聲對安德莉亞說。醫生的手臂和手上都是土。「我想還是……」

「別說了。」安德莉亞打斷她，使勁捏著醫生的手。安德莉亞把帽子摘下來，其他人也跟著這麼做。只有士兵們沒有遵從這個猶太習慣，也許他們根本沒注意。

沒有任何聲音。一股暖風從懸崖邊吹過來。突然一個很怪異的聲音打破了沉寂，安德莉亞轉過身，她簡直不敢相信自己的眼睛。

那是羅素的聲音。他跟在凱因的背後，兩人離平臺不足一百英尺遠。

億萬富翁正朝這邊走過來，他光著腳，肩膀向前傾，手臂交叉著。他的助手跟在他後面，一副暴躁如雷的樣子。他意識到別人可以聽見他說話的時候，才安靜下來。

大家慢慢轉過身來，看著這兩個人走近。除了安德莉亞和德克隊長，斯克教授是第三個見過凱因的人。只有那一次，是在凱因總部開的那次長長的會議上，斯克同意不加任何異議地聽從這位奇怪的老闆。當然，作為獎賞，他也得到優厚的待遇。

可是這就是代價，三具屍體，冰冷地躺在地面上，蓋著毯子。

凱因在離他們大概十二英尺的時候停下來，老人哆嗦著，有些猶豫，他的頭上戴著猶太人禱告的小圓帽，一隻手緊緊捏緊著衣角。走到戶外，他單薄的身體讓他看起來弱不禁風，儘管如此，安德莉亞卻有種要跪下去的衝動。她觀察到周圍人態度的變化，就像他們被看不見的磁場吸引住，布萊恩離安德莉亞至少三尺遠，卻開始不住地坐立難安，大衛低下了頭，甚至安東尼的眼神也亮了一下。神父此時站在遠一點的地方，和大家保持著一些距離。

「我親愛的朋友們，我還沒有機會介紹我自己。我叫雷蒙德·凱因。」老人說著，清清喉嚨，掩飾自己瘦弱的身體。

有些人點點頭，但老人沒有注意，他繼續說話。

「很遺憾我們在這種情況下第一次見面。我想請大家一起來禱告。」他低下頭，垂下眼睛，然後開始說一段希伯來文的禱告詞。

他說完後，大家都跟著他說「阿門」。

很奇怪，安德莉亞感覺好受些了，儘管她不明白老人都說了什麼，也不是她小時候的信仰。一種孤獨的安靜似乎在擁抱大家，過了一會兒，海瑞爾說話了。

「我們是否該回家了，先生？」她張開雙臂，做了一個懇求的手勢。

「我們現在要按照哈拉卡⑥埋葬我們的兄弟們。」凱因回答說。他的語氣堅定，與他相比，海瑞爾的聲音很疲憊，「然後，我們休息幾個小時繼續工作。我們不能讓這些英雄白白送死。」

說完這句話，凱因轉身走回自己的帳篷，後面跟著羅素。

安德莉亞向周圍看看，大家的臉上都露出贊同的表情。

「簡直不敢相信這些人都聽他的廢話。」安德莉亞悄悄對海瑞爾說。「他都沒走近我們。他離我們好幾步遠呢，可是我們就像受了蠱惑，想幫他做事。」

「他不怕我們。」

「你在說什麼？」

海瑞爾沒有回答。

但是她目光的方向沒有逃過安德莉亞的眼。安德莉亞看到醫生和神父之間一種默契的表情。神父點了點頭。

§

從電子郵件中發現的檔案，是敘利亞暗室中用來交換情報的手段

弟兄們，最後揀選的時刻到了。胡全已經命令你們明天要準備好一切。當地據點會提供你們需要的設備。你們會乘車從敘利亞到安曼⑦，到了那裡胡全會給你們進一步的指令。——K

願大家平安。我只想提醒大家，出發前，「al-tabrizi」這個詞一直激勵著我，我希望你們在執行任務的時候也同樣感到鼓舞。——W

謝謝W。今天我的妻子祝福我，並和我微笑吻別。她對我說：「從我認識你的那天起我

就知道你是為了殉道而生。今天是我生命裡最幸福的一天。」——D

祝福你。——D和O

你的靈魂已充滿爆裂聲了嗎？要是可以和人分享，我就會對著四面八方叫喊。——D

我也是，也想和人分享。但我沒有你那種幸福感。我覺得自己非常平靜。這是我最後的一封信。過幾個小時我就要和兩位兄弟一起出發，我們在安曼見！——W

我也分享W的平靜。幸福感可以理解但是有危險。從道德角度講，幸福是驕傲的女兒。從戰術角度講，幸福感會令你犯錯。你應該潔淨你的想法。——D

當你身處沙漠，你必須在火熱的太陽下等很長時間，等待胡全發出信號。你的幸福感會很快變成絕望。還是找到可以給你帶來寧靜的東西吧。——O

那你有什麼建議呢？——D

想想那些在我們前面殉道的人。我們的戰鬥，是一步一步走到現在的。我們這次的使命向前跨了一千步，我們的目標就是讓入侵者低頭。你有沒有意識到，你的生命，你的血液會把這使命完成？其他兄弟會仰慕你。想想一個古代的國王。他如果可以把種撒到很多後宮嬪妃中，他就可以有高尚的生活。他會打敗他的敵人，擴展他的國土。這就是你該感覺的，把這感覺注入你的思想，帶你去約旦，你就會成為一名真正的戰士。——P

我已經把你的話冥想了幾個鐘頭。我非常感激你。我的靈魂現在不一樣了，我的思想和上帝接近。只有一件事仍然讓我有些憂傷，就是這是我們之間最後一封信了，而且，雖然我們會勝利，我們下一次的見面只有在另一個來世裡。我從你們身上學到了很多東西，也把你們教我的傳輸給了其他人。

永別了，兄弟們。願你們平安。——D

---

①基路伯：聖經中描述的有翅膀，服從神的天物。
②巴格達電池：人造藝術品，目前收藏於巴格達伊拉克博物館。
③蘇美：位於巴比倫南部的世界古老文明的發源地之一。
④這些都是聖經上記錄的故事。
⑤貝都因人：阿拉伯一個支派。
⑥哈拉卡：猶太律法。
⑦安曼：約旦首都。

第二十七章 進入洞穴

挖掘地，歐姆達瓦沙漠，約旦

二〇〇六年七月十九日，星期三，中午十一點三十四分

安德莉亞穿著工作服吊在離地面二十五尺高的天花板上，而這裡就是一天前四個人出事的地點，她不由得感到比以前更珍惜生命。她不得不承認這種隨時可能死亡的感覺讓她激動，並且也告訴她要從過去十年的那些白日夢裡甦醒。

你最恨的人是誰——你父親是一個害怕同性戀的心胸狹隘的人，你媽媽是世界上最小氣的人，現在他們都不重要，現在的問題是：「這個繩子到底結實不結實啊？能不能承受我的重量？」

安德莉亞從沒學過繞繩下降，卻請求把她送到隧道最底下，儘管有些害怕，但是她想的是，在不同地點也許可以找到幾個好的拍攝角度。

「慢點，等一下，我找到一個好的地方。」她一邊叫，一邊向後揚起頭看著布萊恩和湯米，他們正慢慢用一個升降機把她吊下去。

繩子不動了。

在她下面是那個挖掘機，像一個被孩子打爛了的玩具。一隻把手伸出來變了形，上面還有乾了的血跡。安德莉亞把鏡頭移開。

我討厭血……討厭。

儘管她沒什麼道德觀念，但還是不喜歡血。她把鏡頭對準洞底，剛要按快門，突然她的繩子開始打轉。

「你們別讓它轉啊，我沒法聚焦了！」

「小姐，你又不是羽毛做的。」布萊恩向下喊著。

「我想最好再把她放下去一點兒。」湯米說。

「怎麼回事？我只有一百二十磅，你們都沒辦法？你們看起來可比我壯多了。」安德莉亞說，她知道怎麼刺激男人。

「她可遠遠不止一百二十磅。」布萊恩抱怨著低聲說。

「我聽見了啊。」安德莉亞說，假裝很生氣。

其實她根本顧不上生氣，她現在很興奮。洞裡已經安裝了電燈，所以她根本不用閃光燈就可以照相。現在只要對好焦距，她就可以照到工程最後的部分。

簡直難以置信。就差一步，我們就可以揭開世界上最大的秘密！出現在世界媒體各個頭版頭條的照片，都是出自我的手啊！

安德莉亞頭一次這麼近地看著洞裡面。大衛計算說他們需要建一個有角度的隧道，設想約櫃在前面的方向，但是這條路現在直接穿過峽谷的裂縫接到峽谷一側。

「想想這峽谷的牆壁有三千萬年的歷史，」大衛昨天解釋說，在他的小本子上畫著一張草圖，「那時候這裡有水，那就是峽谷形成的原因。當氣候變化後，岩石的牆開始磨損，形成現在的地形，峽谷四周都是岩石，就像一個巨大的塗料，密封了這個洞。但是我們還是發現了。遺憾的是，我的錯誤讓幾個人付出生命的代價。如果我先勘察下面的土壤是否足夠堅固……」

「我希望可以體會你的心情，大衛，但是我一無所知。我只能提供我的幫助。」

「謝謝你，奧蒂羅小姐。你的幫助可是非常重要。因為現在探險隊還有人說是我害死了斯都。只是因為我們經常吵架。」

「叫我安德莉亞，好吧？」

「當然。」考古學家不好意思地推推眼鏡。

安德莉亞發現大衛已經快被壓力壓爆了。她本想給他一個擁抱，但是他身上有些東西讓安德莉亞感到不安。就像你看著一幅畫，你盯著看了好久，突然畫開始放光，揭示出完全不同的一幅畫。

「告訴我，大衛，你覺得那些把約櫃埋起來的人，知道這些洞嗎？」

「我不知道。也許有條通道可以穿過峽谷到約櫃埋藏的地方，我們沒有發現。因為這裡到處是石頭和沙子。也許他們第一次把約櫃放在這裡的時候有條路。要不是現在這次探險已經變得一團糟，也許我們可以發現。但是，我要做其他考古學家都沒有做到的事，也許一個尋寶人可以做到，但我說的這件事我沒學過。」

安德莉亞學過攝影，就是現在她要做的。吊著她的繩子仍然打轉，她伸出左手抓住一塊突出來的岩石，然後用右手握穩照相機，對準洞的後面。那是一個高點，很小的空間，最裡面還有一個小小的空隙。布萊恩安裝了發電機和強力照明燈，現在在粗糙的牆壁上，給大衛和斯克教授投下很大的影子。每次他們倆有誰一動，就會有些細小的沙土在空氣中飄浮，洞裡很乾，有一股刺鼻的味道，就像燒製黏土留在窯裡太久了的味道。教授儘管戴著防塵口罩，還是不住地咳嗽。

安德莉亞又照了幾張，這時候上面的湯米和布萊恩已經等得不耐煩了。

「離開岩石，我們現在要把你再放下去一些。」

安德莉亞按照他們說的做了，不一會兒她感到腳碰到了地面。她解開工作服和繩子。現在輪到布萊恩了。

安德莉亞向大衛走過去。大衛正幫助教授坐下來。老人渾身哆嗦著，他的額頭都是汗。

「喝點兒我的水吧，教授。」大衛說，拿出自己的水瓶。

「傻瓜！你喝吧！你才該待在這個洞裡！」教授說著，接著一陣咳嗽。他撕下口罩，狠狠吐出一大口血。儘管因為疾病他的聲音遭到破壞，教授說話還是不忘侮辱人。

大衛把水瓶掛回自己的皮帶，走向安德莉亞。

「謝謝你能來幫助我們。事故後，我和教授就成了唯一剩下的……而他現在的狀態，其實也幫不了什麼。」他壓低了聲音。

「我的CT照片說我好些了呢。」

「他會……哦，你知道。只有一個辦法可以延緩他的生命，那就是乘上第一班去瑞士的飛機去治療。」

「嗯，我同意。」

「這洞裡塵土飛揚……」

「我都沒法呼吸了，但我聽覺很好。」教授說，說話時呼哈呼哈地直喘，「別再說我了，趕緊工作。沒等到你們找到約櫃，我才不會死呢，你這個沒用的笨蛋。」

大衛滿臉通紅。安德莉亞看著他以為他會反擊，但是他忍住了。

他真是一個變態，是不是？你恨他的傲氣但是你不敢反駁他……他不僅減了你的勇氣，他甚至能讓你就著早餐吃了你的膽子。安德莉亞想著，有些同情這個助手。

「哦，大衛，告訴我該怎麼做？」

「跟我來。」

向洞裡走了十步，這時牆壁表面有些變化。要不是上千瓦的照明讓這裡變得很亮，安德莉亞還不會注意。這裡不是那種堅固的岩石，而是像一塊石頭堆疊在另外一塊上面，很整齊。不管怎麼回事吧，看著是人搭起來的。

「上帝啊，大衛。」

「我不知道他們怎麼設法建起這道牆的，沒有石灰也無法從另外一邊建。」

「也許那邊有一個出口。你說過他們可能造了一條路。」

「你也許對。但是我不這麼認為。我從磁力儀上看到的資料顯示在這堵石頭牆後是很不結實的地方，實際上，銅卷就是從類似這樣的地方發現的。」

「是巧合？」

「我懷疑。」

大衛跪下來用手指輕輕觸摸著牆壁，當他看到牆壁上細小的裂紋時，他用盡力氣想拔出一塊石頭。

「不行，」他繼續說，「洞是有意給封起來的。而且這些石頭似乎比以前更緊密地壓在一起。也許是兩千年來的山牆壓力造成的，幾乎……」

「幾乎什麼？」

「幾乎像是上帝之手封起來的，你別笑。」

我沒笑。一點也不可笑。安德莉亞想。

「無法知道這牆有多厚，也不知道它後面是什麼。」

「那你該怎麼辦？」

「那就向裡看吧。」

四個小時後，在湯米和布萊恩的幫助下，大衛設法在牆上鑽出一個洞。他們不得不把大電鑽拆開，這個電鑽他們還沒用過，因為他們一直在地上挖土和沙子，現在把鑽拆開，運進隧道裡。布萊恩把壞了的挖掘機湊合了一番，發明了一種新工具。

「看，我們能回收再利用。」布萊恩說，對他的發明很滿意。

結果是這個新工具不僅看起來很醜，而且一點兒不實用。他們四個人得一起抓住它，同時使勁才行。更糟糕的是，只有最小的那個鑽頭可以用，因為要避免牆壁震動得太厲害而倒塌。

「七尺了。」布萊恩大聲說，儘量壓過馬達的聲音。

大衛往挖出來的洞裡放進一個光纖攝影鏡頭，但是鏡頭上的電線太短太硬，線的另外一頭都是障礙物擋著。

「糟糕，我什麼也看不見啊。」

安德莉亞覺得有什麼東西刺了她一下，她把手抬起來向後背摸著。有人朝她扔小石子。她轉過身來。

是斯克教授想引起她的注意。因為馬達聲音太響，他嚷嚷了半天也沒人聽到。安德莉亞告訴大衛，大衛走過來靠近教授的耳朵。

「是那玩意！」大衛大聲說，兩人都興奮異常。「我們會這麼做，教授。布萊恩，你能不能把這個洞再挖『大』點兒？嗯，大概三點五乘以一點五英尺大小。」

「你開玩笑。」布萊恩搔著頭皮說，「我們沒有那麼小的鑽頭。」

布萊恩戴著厚厚的手套，他取出最後一個鑽頭，現在已經彎曲變形。安德莉亞想起自己曾經要把一張曼哈頓美麗的風景畫掛在公寓牆上，因為那牆是特殊承重牆壁，結果當時她用的鑽頭也壞了，就像脆餅一樣。

「羅伯特肯定知道該怎麼辦。」布萊恩悲傷地說。看著他朋友死去的那個角落，「他比我有經驗多了。」

大衛一時沒有說話。大家都知道他在想辦法。

「那麼如果你用中號的鑽頭呢？」他最後說。

「那就會有問題。我可以兩個小時鑽完，但震動會很大，這地區不穩定，這樣做會很冒險。你難道沒注意到嗎？」

大衛笑起來，不帶一絲幽默感。

「你是在質疑我不明白這四千噸的岩石可能會倒塌嗎？不明白這麼做會把這最偉大的歷史文物壓個粉碎？會讓多年的研究探索和花費上百萬的鉅資成為泡影？讓那五個無辜的人就這麼白白犧牲了？」

該死！他今天表現完全不對。他被教授和這次挖掘給影響了。安德莉亞想。

「是的，我知道，布萊恩。」大衛接著說，「但是我要冒這個險。」

挖掘地，歐姆達瓦沙漠，約旦
二〇〇六年七月十九日，星期三，晚上七點〇一分

安德莉亞又給大衛照了一張他跪在石牆邊的照片。他的臉有陰影，但是他放進洞裡的裝置看得很清楚。

好極了，大衛。不是說你有多漂亮。安德莉亞苦笑。幾個小時後她就不會這麼想了，但是當時誰也不知道真相。那個機器棒極了。

「斯都曾把這機器叫作討厭的地形探索機器人。但是我們把它叫作『弗雷迪』。」

「為什麼呢？」

「就是故意和斯都作對。他總是自以為是。」大衛回答。看到一向膽小的大衛忽然變得很有生氣，安德莉亞不禁有些驚訝。

弗雷迪是一個電動照相機，有遠距離遙控，所以可以進入人不能進入的危險地區。是斯都設計的，但是現在他已經不能親自目睹這相機的功能了。為了通過堅硬如石頭般的障礙物，弗雷迪上安裝了踏板，就像坦克上用的那種輪胎接觸地面的鏈條。這個機器人還能潛水，可以在水下待十分鐘。這是斯都從一些在波士頓工作的考古學家那裡學來的，在一些麻省理工學院工程師的協助下他又對儀器作了改進。

「我們把它放進洞穴看內部。」大衛說，「這樣我們就會知道是不是可以把牆撞開，而不會損害那邊的東西。」

「這東西要怎麼看到裡面的狀況？」

「弗雷迪配置了夜視鏡頭。機器中間會射出一束紅外線光柱，鏡頭就可以用這光照相。相片的品質不是很好，但是也不錯了。我們只要注意不要讓機器卡在裡面或者別翻倒就行。否則我們就慘了。」

前面幾尺都很直。開始雖然有些窄，但是弗雷迪還是有足夠的空間挺進。穿過不平整的地面時有些困難，因為有很多鬆動的石頭，地面粗糙。幸運的是，弗雷迪上安裝的踏板可以自行操作，它自動轉身繞過一些障礙物。

「向左六十度。」大衛說，盯著監視畫面，他可以在螢幕上看到一些黑白石頭。湯米根據大衛的指示控制機器人，因為儘管他手指很粗，但是很穩。每向前爬行一點兒，他都小心控制方向盤，方向盤和弗雷迪身上粗粗的電線連著，如果有什麼問題，可以控制它停下。

「我們快到了，哦，不好！」

監視畫面突然轉黑，弗雷迪差點翻了。

「天啊，你小心點兒，湯米！」大衛大叫一聲。

「別擔心，孩子。這個方向盤比修女的小妹妹還敏感呢！對不起我用詞比較粗俗。小姐。」

湯米說著，看了安德莉亞一眼，「我的嘴巴是直接出自布魯克林①。」

「沒事，我的耳朵來自哈勒姆②。」安德莉亞說，接著他的玩笑。

「你需要再穩定一些。」大衛說。

「我儘量。」

湯米小心轉著方向盤，機器人越過了不平整的地面。

「可以看出弗雷迪走了多遠嗎？」安德莉亞問。

「從牆壁過去大約八英尺了。」大衛回答，擦著眉毛上的汗。因為發電機和這些高強度的電燈，這裡越來越熱。

「這個是……等等！」

「什麼？」

「我想我看到了什麼東西。」安德莉亞說。

「你確定嗎，把它轉過來可不是那麼容易。」

「湯米，請向左走。」

湯米看著大衛，大衛點點頭。慢慢監視畫面上的圖像開始移動，出現了一個黑壓壓的圓形輪廓。

「往回去一點兒。」

兩個三角形有著薄薄尖角的東西出現了，一個挨著另一個。

一條方形的東西和它們擺在一起。

「再回去一點兒。你離得太近。」

最後這個幾何形狀變成了可以看清楚的一個東西。

「哦，天啊，是頭蓋骨。」

安德莉亞滿意地看著大衛。

「這就是你要的答案：這就是他們密封這個內室的辦法，大衛。」

考古學家沒有聽她說話。他盯著監視畫面，嘴裡咕噥著，他的手緊緊握著，就像那些算命的看著水晶球。一滴汗從他的鼻子上落在螢幕上，正好在那頭骨臉部位置。像滴眼淚，安德莉亞想。

「快點，湯米！繞著他轉一下，然後向前一點兒。」大衛說。他的聲音更緊張了，「左邊，湯米！」

「放鬆，孩子，我們要鎮定。我想這裡有一個……」

「我來。」大衛說著，抓起控制器。

「你做什麼？該死，你別碰！」湯米生氣地喊起來。

大衛和湯米搶奪了幾秒鐘，大衛滿臉通紅，湯米大口地喘氣。

「小心啊！」安德莉亞看著螢幕使勁叫。畫面瘋狂地晃動。

突然畫面靜止了。湯米鬆了手，大衛向後倒去，太陽穴撞到監視器角上，但此時他卻更集中了精神，根本沒注意頭撞到的事。

「這就是我要告訴你的，小子。地面很不平。」湯米說。

「該死，你為什麼不放手？」大衛說，「機器翻了！」

「閉嘴！」湯米反擊，「是你做事粗魯急躁。」

安德莉亞對兩人尖叫，讓他們平靜下來。

「別吵了！完全翻倒了。看看吧！」她指著螢幕說。

仍在氣頭上的兩人，走過來看著監視器。布萊恩剛才到外面去取工具，沒看到兩人的爭吵，這時候也走過來。

「我想我們可以修。」他說，研究著情況，「要是我們同時用力拉電線，可能可以把機器人拉回來。如果我們用力不夠，它可能會卡住。」

「不行。」大衛說，「會把電線拉斷。」

「試試總沒問題吧。」

他們站成一條線，一人拉住一條電線，儘量拉緊了。

「我數到三，一起來。一，二，三！」

四個人快速地同時拉，突然線在他們手裡鬆開了。

「該死，斷了！」

布萊恩還是繼續拉著，直到看到線頭。

「你是對的，該死，對不起，大衛……」

年輕的考古學家轉過身去，快氣瘋了，準備隨時對誰一拳打過去。他拿起一把斧子準備去砸監視器。就像要報復兩分鐘前他被它撞破了頭。突然，他僵住了。

安德莉亞走過來，她也明白了。

不，我不相信。不可能。因為我從來就沒信過，對不對？我根本沒覺著這會是真的存在。

弗雷迪發送回來的圖像還在螢幕上。當他們拉電線時，弗雷迪在電線折斷之前向右調整了一下。在另外一個位置，沒有那個頭蓋骨擋著，螢幕上出現了一道光。安德莉亞一開始根本不懂，然後她意識到那是紅外線射在金屬上的反光。安德莉亞看到一個大箱子不規則的邊緣。在箱子上面她看到一個人形，但是她不能確定。

大衛很清楚，他看著那東西，精神恍惚。

「教授，在那兒，我找到了。我為你找到了……」

安德莉亞想都沒想，回身給教授照了一張相。她想抓住他的第一反應，不管那是什麼樣的表情：驚訝，興奮，還是一種複雜的表情，這麼長時間的研究和付出還有感情的隔離。她一連照了三張，才放下鏡頭看著老人。

事實上，他的臉上什麼表情也沒有。嘴角滲出一股血，流到了他的鬍子上。

布萊恩跑過來。

「天！我們得把他抬出去。他沒有呼吸了。」

---

① 布魯克林：紐約市最北端一個區，人群混雜，治安比較亂。

② 哈勒姆：美國黑人區。

第二十八章　父親的信

紐約下城東區
一九四三年十二月

尤岱餓極了，他渾身已沒了感覺，只是下意識地在曼哈頓街頭拖著自己的身體走著，到處尋找可以棲息的地方。他從來沒在一個地方待得很長，因為總會有雜訊、燈光或者什麼其他的聲音嚇到他，他撒腿跑掉，緊緊抓著懷裡幾件破舊的衣服——那是他唯一的財產。除了伊斯坦布爾，他對家的感念就是和家人一起待的那個藏身所。對於一個小孩來說，紐約的混亂、雜訊和強光都像可怕的叢林，到處充滿了危險。他從公共飲水機喝水。有一次一個喝醉了的乞丐抓住了他的腿。後來一個員警把他叫到一個角落，員警的制服令尤岱想起那些到拉斯法官家裡搜查的怪物，他趁員警不注意逃走了。

這是尤岱來到紐約的第三天。午後的太陽暖暖地照著。又累又餓的尤岱在布魯米街道旁一堆髒兮兮的垃圾箱邊坐下來，他走不動了。上方的房子裡，充滿了鍋碗瓢盆的聲音，那裡有色情交易，有日常生活。尤岱一定是昏過去了，當他醒來的時候，有個東西正在他臉上爬。他在睜開眼睛之前就知道那是什麼了。老鼠不在乎，正大搖大擺地爬向一個倒了的盒子。盒子裡有些乾麵包的味道。那是很大的一塊麵包，太大了老鼠扛不動，所以它就用牙貪婪地咬起來。

尤岱爬向盒子，抓起旁邊一個空罐頭，他的手因為饑餓而顫抖。他把空罐頭扔向老鼠，可沒打中。尤岱又抓起一把破雨傘朝老鼠揮動。老鼠終於被他趕跑了。

孩子拾起發黴的麵包。他饑餓地張開嘴，但立刻又閉上了，他把麵包放在自己腿上。他從髒兮兮的包裹裡掏出一塊布，蓋上麵包，然後感謝上帝給了他這個禮物。

「Baruch Atah Adonai, EloheynuMelech ha-olam, ha motzee lechem min ha-aretz.」

在小巷裡剛才有一扇門開了。一個老拉比①，看到孩子和老鼠爭鬥的全部過程。孩子並沒有注意到他。當他聽到尤岱饑餓的嘴唇在為麵包而謝飯時，一滴淚從他臉上落下來。他從沒見過這樣的場面。這種對信仰沒有絲毫懷疑的精神。

拉比看著男孩子很久。他的禮拜堂非常窮破，維持下去都很困難，所以他自己也沒想到他會下決心。

吃完麵包，尤岱立刻睡著了。在一堆腐爛的垃圾旁邊他睡得很香。直到他感覺有人把他抱起來走進了禮拜堂。

老舊的爐子也可以把寒冷趕走，哪怕只是一個晚上。然後我們再看看吧。拉比想。

當他給孩子脫去髒衣服，蓋上唯一的毯子時，拉比發現了一張藍綠色的卡片，那是尤岱進入愛麗絲島時簽證官頒發給他的。卡片上孩子的身份寫的是雷蒙德・凱因，在曼哈頓有家。他還發現一個信封，上面用希伯來文寫著：

給我的孩子 尤岱・克翰

到成人禮時再打開看（即一九五一年十一月）

拉比打開信封，希望能為自己弄清孩子的身份帶來一些線索。當他讀信的時候，他震驚了，也很疑惑，但是他也確認，這是全能的神引導這孩子來到他的面前。

屋外，大雪開始下起來。

§

約瑟・克翰給兒子尤岱的信
維也納，一九四三年二月九日，星期二

親愛的尤岱：

我匆匆寫了這封信，希望你能感受到我們的愛，填補你的空虛。我從來不善於表達自己的情感，你母親很清楚。自從你出生，我們就擠在有限的空間裡，像坐監牢一樣。我從沒見你在陽光下玩耍，未來可能也無機會，這讓我感到悲哀。永恆的主把我們放在這裡受試煉，我們已經無法忍受了。你自己決定吧，是否要完成我們沒有完成的使命。

一會兒我就要去尋找你的哥哥。你媽媽不聽我的勸告，我也不會讓她一個人去。我已經感到我正在走向死亡。當你讀這封信的時候，你就十三歲了。你會問自己，是什麼讓你的父母中了魔一樣要去走向敵人的懷抱。這也是我寫這封信的部分原因，讓我自己明白這答案。當你長大了的時候，你會懂得，有些事你必須去做，雖然這些事也許會給你帶來災難。

時間來不及了，但是我必須告訴你一些重要的事情。幾個世紀以來，我們的家庭成員一直是一個聖物的守護者。那就是你出生時拿出來過的蠟燭。經過了很多不幸和顛沛，現在那是我們家唯一一件值錢的東西了。這也就是你媽媽逼我要拿這個救你哥哥的原因。她想冒險一試。我們賭上自己的性命，其實毫無價值，但是我也不在乎了。我很想告訴你為什麼這個蠟燭這麼重要，但實際上我也不知道。我只知道確保蠟燭的安全是我的使命，然後一代一代傳下去。這個使命我不能完成了，這一生我有很多失敗，包括這個任務。

找到蠟燭，尤岱。我們會把這個蠟燭交給在埃姆•斯珀格朗地兒童醫院的醫生，他帶走了你的哥哥。如果可以換回你哥哥的自由，那麼你們兩人可以一起尋回蠟燭。如果不能，我向萬能的神禱告，祈求他保佑你的安全，並祈求當你讀這封信的時候，戰爭已經結束。

還有一些事情。我們已經沒有什麼財產留給你和艾倫了。我們的工廠現在在納粹手裡。我們在奧地利的銀行帳戶也被沒收。我們的房子也在「水晶之夜」被燒。但是幸運的是我們還可以給你留下些東西。我們在瑞士銀行還有一些家庭資金，是為了應付緊急情況的。我們一點一點存起來，每兩三個月就去那裡看看，有時候就帶去幾百瑞士法郎存起來。你媽媽和我喜歡這種小旅行，常常在那裡過一個週末。不是很多錢，大約有五萬馬克，但對你的教育和開始你的創業已經夠了。錢是用瑞士信貸的方式存的，號碼是33692334892 7R，在我的名下。銀行經理會問你密碼，密碼是「佩皮尼昂」②。

就這麼多。每天都要禱告，不要放棄追求律法之光。永遠以你的家和你的民族為榮。

永恆的神會保守你。他是我們唯一的神，全宇宙的主宰，真正的審判官。他要求我給你這些指示。願他使你平安！

你的父親

約瑟•克翰

他已經竭力拖延，但是最終他們還是發現了那個東西。現在他除了害怕沒有任何感覺。然後這種害怕變成了一種解脫——因為他終於可以脫掉面具了。

§

明天早上。他們會聚集在用餐的帳篷吃早飯。沒有人會懷疑什麼。

十分鐘前，他爬到大帳篷下面安好炸彈。設置很簡單，但威力很大，完美地偽裝著。他們會坐在正上方，沒有任何懷疑，一分鐘後，一切就都可以結束了。

他不確定的是，爆炸後他是否該發出信號。給兄弟們的信號，讓他們來消滅那幾個自以為是的士兵。哦，就是那幾個沒被炸死的。

他決定再等幾個小時。他要給他們時間完成工作。然後他們就別無選擇。

他想起了叢林裡那個人。猴子發現了水源，但是來不及取用……

---

①拉比：猶太人主持會堂、講解猶太律法的教師。
②佩皮尼昂（Perpignan）：法國南部一個城市。

第二十九章 騙過保安

凱因大樓，紐約

二〇〇六年七月十九日，星期三，晚上十一點二十二分

「你也歇會兒吧，」一個瘦瘦的棕色頭髮的水管工說，「這些東西看起來都一樣，反正幹不幹他們都給我錢。」

「這倒是不錯。」胖水管工說，他梳著一個馬尾辮。橘黃色的制服太小，他穿著這身衣服好像隨時都可能爆開。

「也許這樣更好。」守衛說，同意他們倆的話。

「你們明天再來，就這麼辦吧。別讓我生活太麻煩。我手下兩個人病了，我沒辦法再看著你們兩個。這是規定：沒有陪同，任何人晚上八點以後都不能進入人事部。」

「你這麼說我們真是太感激了。」棕色頭髮的那個說，「如果運氣好，下面接班的人可能會解決你的問題。我可不喜歡修理這些破水管。」

「什麼？你等等。」守衛說，「你說什麼啊，這些水管？」

「就這樣啊，它們破了，就跟上次在『盛世廣告』①發生的一樣，那次是誰處理的？班尼？」

「我記得是魯伊・皮哥。」胖子說。

「魯伊？是個好人，上帝保佑。」

「是啊是啊。那麼明天見吧，警官，晚安。」

「那咱們去吃比薩？」

「狗熊會不會在森林裡拉屎啊？」

兩個水管工撿起他們的工具向門口走去。

「等等，」守衛說，他越來越焦急了，「魯伊後來怎麼了？」

「你知道，他也遇到這麼一個緊急情況。一天晚上他因為警報還是什麼響起，不能進入大樓。大樓可能因為排水管壓力太大，竟然爆炸了，你知道的，炸得到處都是。」

「是啊，就像越南人幹的。」

「事實上魯伊現在是禿子魯伊了。想想那個景象！我希望你這裡沒什麼值錢的東西，因為明天這兒說不定就像那次一樣亂成一團。」

守衛又看看大廳中心的監視器。328E房間的應急燈持續閃爍著黃色的光，那意味著水或者煤氣有問題。這大樓儀器非常先進，就是你沒繫鞋帶它也可以告訴你。

他又檢查了328E房間的目錄，當他查出那個房間在哪裡時，他的臉白了。

「該死，那是董事會議室，在三十八層。」

「運氣真是差，是吧夥計？」胖子說，「我想那裡一定有很多真皮傢俱和梵普的畫兒。」

「梵普？你真沒文化。是梵谷才對，你知道嗎？」

「我知道他是誰。義大利畫家對吧。」

「梵谷是德國人，你這個笨蛋。讓我們現在去吃比薩吧，各付各的，要不然關門了，我快餓死了。」

守衛是一位藝術愛好者，此時他並不想糾正他們梵谷其實是荷蘭人，因為現在他想起來，那間屋子裡確實有掛著一張塞尚的畫。

「你們先別走呀！」他說，從守衛室跑出來追上水管工，「來幫我個忙，好嗎？」

§

奧威爾一屁股重重地坐在董事長的椅子上，這椅子幾乎沒有怎麼用過。他真想在這裡睡一覺，周圍是桃紅色的電路板。一旦他的腎上腺完成了欺騙守衛的使命，他感到非常累，手上的痛又讓他很難受。

「真是的，我還以為他不會走呢。」

「你欺騙的本事真不賴啊。奧威爾，恭喜啊。」阿爾伯特說，從他工具箱上面拿出一台電腦。

「進到這裡很簡單，」奧威爾說，給他纏滿繃帶的手戴上手套，「謝謝你能讓我按密碼。」

「我們開始吧。我想我們大約有半個小時，他們就會派人上來查看了。要是那時候我們還沒有進去，在他們進來之前我們就還有五分鐘。告訴我怎麼走，奧威爾。」

第一塊面板很容易。系統設置只認凱因和羅素的手掌紋。但是大多數系統都會出錯，於是就要靠一個電子密碼輸入很多資訊。整個手掌紋路的資訊是很多的，但在一個行家眼裡，更容易在系統儲存裡找到密碼。

「賓果！第一個密碼找到了。」阿爾伯特說，他關上電腦，一個橘黃色的燈在黑色螢幕上亮起來，一扇重重的門「嗡嗡」地打開。

「阿爾伯特，他們一會兒會發現什麼？」奧威爾說，指著阿爾伯特。神父正在用一把螺絲起子撬動一塊板子上的蓋子，那是為了找到電路系統。木板蓋子已經被他撬裂了一塊。

「我就靠它了。」

「你開玩笑？」

「相信我，好不好？」神父說著，把手伸進口袋。

原來手機響了。

「你覺得現在還有工夫打電話嗎？」奧威爾說。

「同意，」神父說，「喂，安東尼，我們進來了。二十分鐘以後再給我打來。」說完他關上電話。

奧威爾把門推開，他們走進一條狹窄的鋪著地毯的走廊，那裡通向凱因私人電梯。

「真想知道什麼樣的創傷，能讓一個人把自己鎖在這麼多道牆的後面受罪。」阿爾伯特說。

§

摩西探險隊災難後，約旦沙漠員警從安德莉亞MP3上發現的電子記錄

安德莉亞：謝謝你給我時間，也謝謝你的耐心，凱因先生。這真是一件不容易的事

情。感謝你和我分享你生活的細節和痛苦，比如你從納粹手裡逃到美國，這些會給你的形象增添更多人性化的色彩。

凱因：親愛的年輕小姐，旁敲側擊不像是妳的風格。

安德莉亞：真是太好了，每個人都想告訴我該怎麼做記者。

凱因：對不起，請問吧。

安德莉亞：凱因先生，我了解你的病症，你的「廣場恐懼症」是由於童年痛苦的經歷造成的。

凱因：醫生是這麼說的。

安德莉亞：讓我們一年一年地說。也許採訪在電臺播出的時候需要調整，但按照年代說起來比較清楚。你和拉比曼切姆‧本施羅一起住，直到你成年。

凱因：是的。拉比待我就像父親。即使他自己沒飯吃他也要給我吃飽。他讓我的生命有了目標，我因此找到力量戰勝我的恐懼心理。整整用了四年時間，我才敢走到大街上去和人交談。

安德莉亞：那可是不小的進步。一個根本連別人瞧都不敢瞧一眼的小孩，現在成了世界上最偉大的企業家之一。

凱因：是因為拉比曼切姆的愛和信心，我才得以成為現在這個樣子。我感謝神把我交到這位拉比手中。

安德莉亞：然後你成了億萬富翁和一個慈善家。

凱因：我想不要談論後者。談論我的慈善工作讓我不是很舒服。因為我總覺得做得不夠。

安德莉亞：還是回到最後一個問題。什麼時候你發現你可以過正常的生活的？

凱因：從來沒有。我這一生都在和這個問題鬥爭，有時候好些，有時候很糟。

安德莉亞：你用鐵腕風格經營你的事業，現在你的公司已是世界五百強的前五十名。我猜你會說你的好日子多過你不好的日子。你也結過婚還有一個兒子。

凱因：是這樣。但是我不想談論我的私人生活。

安德莉亞：你妻子離開你到以色列生活。她是一個藝術家。

凱因：她畫過一些很好的作品，這我能肯定。

安德莉亞：那麼以撒呢？

凱因：他……很棒，很多事情都做得很好。

安德莉亞：凱因先生，我知道說起你兒子會讓你很為難，但這是很重要的一點，我想問個清楚。特別是看到你的表情，顯然你很愛他。

凱因：你知道他死了嗎？

安德莉亞：我知道他是雙子塔倒塌時的犧牲品。現在我們已經採訪了十四個小時，我知道他的死讓你舊病復發。

凱因：我想叫雅各來了，我該請你離開了。

安德莉亞：凱因先生，我想你內心深處是很想說說這件事的。你需要這樣。我可以用我淺薄的心理學知識敲打你。但你還是聽從你的意願吧。

凱因：你把錄音機關上，我想一想。

安德莉亞：凱因先生，謝謝你願意繼續接受採訪。你準備好的話，我們隨時可以開始……

§

凱因：以撒是我的一切。他長得很高很瘦，很英俊。看看他的相片。

安德莉亞：他笑起來很迷人。

凱因：我想你一定會喜歡他。實際上他和你很像。他寧願為著先斬後奏而道歉，也不願被動等待批准。他有像核武器一樣的力量和能量。每件事都是他自己努力獲得，不要我的幫助。

安德莉亞：我沒有冒犯的意思，但是讓一個人一生下來就有明文寫著他要繼承的財產，那也不太好接受吧。

凱因：作為一個父親我能怎麼說呢？神對大衛說「你是我永遠的兒子」。有了這句話，我對兒子的愛都黯淡無光。但是我看出來你這麼說只是想刺激我罷了。

安德莉亞：原諒我。

凱因：以撒有很多像我的缺點，但他不會像我避重就輕。他也從不管是否會違背我的願望。他到牛津去讀書，那所學校我沒有捐款過。

安德莉亞：他在那裡認識了羅素，對吧？

凱因：他們一起上「宏觀經濟學」的課，羅素學業完成時，以撒把他推薦給我。羅素立刻就成了我的左右手。

安德莉亞：那是你想讓以撒做的職位。

凱因：但他是永遠不會接受的。在他很小的時候……（努力不讓自己抽泣）

§

安德莉亞：我們現在繼續。

凱因：謝謝。原諒我如此情緒化。他只是一個孩子，還不到十一歲的時候，一天他回家時帶回一隻狗，那是他在大街上撿的。我很生氣，我不喜歡動物。你喜歡嗎？

安德莉亞：很喜歡。

凱因：哦，那麼你該見見那隻狗。那是很醜的雜種狗，臭味熏天，只有三條腿。看起來它好像在街上流浪很多年了。對這種狗唯一合適的做法就是送給獸醫，結束它悲慘的生活。我跟以撒就是這麼說的。他看著我回答：「你也是被人從街上撿回來的，爸爸。你覺得拉比該結束你的痛苦生命嗎？」

安德莉亞：噢！

凱因：我感到內心被人打了一下。既有害怕也有驕傲。這是我的兒子！我允許他養那隻狗，只要他負責照顧它。他做到了。那隻可憐的傢伙又活了四年。

安德莉亞：我想我明白了你剛才說過的話。

凱因：即使當他還是一個孩子時，他就知道他不想在我的影子下生活。在他……最後一天，他去一個工作面試，是坎通菲茲拉德公司②，金融服務公司。他在北樓一百零四層。

安德莉亞：你想歇一會兒嗎？

凱因：不用擔心。我沒事，以撒那天給我打電話，我正看著CNN電視臺。我當時一個週末都沒跟他說話，所以我根本不知道他會在那裡。

安德莉亞：喝點水吧。

凱因：我拿起電話，他說：「爸爸，我在世貿中心。這裡發生爆炸。我很害怕。」我站起來，嚇壞了。我猜那時我對他叫起來。我不記得我說了什麼。他又對我說：「我十分鐘前就想打給你了。線路一定超載。爸爸，我愛你。」我告訴他保持冷靜，我會給當局打電話。我會讓他離開那裡。「我們下不了樓，爸爸。我們下面的樓層已經塌了，著火了。很熱，我打算……」就是這些。當時他二十四歲。（停頓了很久）我盯著話筒，用我的手指按著它，我不明白。信號斷了。我想當時我的大腦已經打結短路了。因為那天後來的事情完全從我腦子裡抹去了。

安德莉亞：後來你什麼也沒有聽說嗎？

凱因：我當然想啊。第二天我打開報紙，看倖存者的名單。然後我看照片。他在那裡，空中……自由了。他選擇跳樓。

安德莉亞：天啊，非常遺憾，凱因先生。

凱因：我不遺憾。那時候的火苗的熱一定是難以忍受。他有勇氣砸開窗戶選擇他的命運。也許那天就是他註定死亡的命運，但是沒人會告訴他怎麼死。他像一個男人一樣擁抱自己的命運。他死得堅強。他飛在天上，十秒鐘在天上。這些年我給他制訂的計畫那一瞬間全部結束了。

安德莉亞：上帝啊，真可怕。
凱因：所有這些本都是祂的，所有。

凱因大樓，紐約

「你確定想不起來嗎？」

「我告訴你，他讓我轉過身，然後他按了幾個數字。」

「這樣下去不行。還有大約六十%的組合要試。你得給我些線索，任何什麼。」

他們在電梯門口。這塊面板顯然比剛才那個難得多。那個是用手掌紋，這就是一個簡單的數字按板，就像自動提款機一樣。但事實上要從有限的記憶體卡上獲得那個數字組合，幾乎不可能。為了打開電梯門，阿爾伯特用一根很長很粗的線連進面板，試圖用最原始的方式打破密碼。用最原始的說法就是，用電腦試過所有可能的組合。從零到九，從一位數開始。這可能要花很長時間。

「我們還有三分鐘。我已經把處理器的一切輸到解碼程式裡了。」筆電的風扇發出討厭的嗡嗡聲，就像有一百隻蜜蜂被鎖在一個盒子裡似的。

奧威爾使勁想著。他轉過身對著牆，看著他的手錶。不超過三秒鐘。

「我把它限縮在十位數以內。」阿爾伯特說。

「你肯定？」奧威爾回過身來問。

「絕對沒錯。我想我們也別無選擇。」

「那會花幾分鐘？」

「四分鐘。」阿爾伯特摸著他的下巴緊張地說，「希望這是最後一個組合，因為我已經聽到有人上來了。」

在走廊盡頭，有人敲門。

---

①上奇廣告／盛世廣告（Saatchi & Saatchi），全球第四大廣告傳播集團陽獅的子公司，總部在英國倫敦。

②坎通菲茲拉德（Cantor Ftzgerald），全球金融服務公司，尤其在債券方面很有建樹。總部在紐約曼哈頓。以前在雙子星樓，是911受創最大的公司之一，六百八十五名員工身亡。當時共九百八十名員工在那裡。

第三十章　破解密碼

挖掘地，歐姆達瓦沙漠，約旦
二〇〇六年七月二十日，星期四，早上六點三十九分

自從他們八天前來到爪子峽谷，這還是第一個人人都在熟睡的黎明。還有五個人在六英尺下的砂石中安睡，他們再也不會醒來。

清晨的寒氣逼人，大家都躲在毯子裡還凍得直打哆嗦。他們看著地平線，等著太陽破曉而出。太陽一出來，就會把約旦夏天的空氣由寒冷變成炙熱，這種氣候已經持續了四十五年。人們的臉上帶著一絲焦慮，對於士兵來說，每晚的執勤是很艱難的工作，尤其是對那些手上沾過血的士兵來說，晚上那些死者似乎會變成鬼在他們耳邊耳語。

在距離五個長眠地下的人和三個在懸崖上執勤的士兵不遠處，十五個人從他們的睡袋中爬起來，現在他們聽不到斯克教授號角的聲音了，那聲音曾經很刺耳，逼著他們起床，可是現在這卻讓他們有些惆悵。太陽五點多就已經升起，但迎接它的只有沉默。

六點十五分，也就是差不多奧威爾和阿爾伯特神父進入凱因大樓大廳的時間，探險隊第一個起來的人是廚師尤利·扎也特。他搖醒了他的助手拉尼·彼德克，兩人走出帳篷。他們一來到大

帳篷，就開始做咖啡。尤利用蒸餾過的牛奶代替水。牛奶和果汁都剩不多了，因為人們用它們來代替缺水的狀況，現在也沒有水果。所以廚師們唯一能做的早餐就是煎蛋捲和炒雞蛋。老廚師使出渾身解數，把剩下的西芹做在早餐裡。

在醫務室的帳篷裡，海瑞爾鬆開安德莉亞的擁抱，去檢查斯克教授的情況。老人戴著氧氣瓶，但是他的情況在惡化。醫生擔心他是否能挺過今晚。海瑞爾搖搖頭，回來吻著叫醒安德莉亞。她們倆又抱著說了會兒話，兩人都意識到彼此愛上了對方。最後她們穿好衣服，向大帳篷走去，準備去吃早點。

安東尼現在和大衛共用一個帳篷，他一早起來就犯了一個錯誤。本以為士兵都在帳篷裡睡覺，他溜到外面用他的衛星手機去打了個電話。阿爾伯特回答得很不耐煩，而且讓他過二十分鐘再打過去。安東尼掛上電話，心想幸虧這個電話很短，但是又擔心如果再打過去會被人發現。

大衛不到六點半就醒了，他去看望斯克教授，希望他好轉，但也希望擺脫昨晚的夢境。在夢裡他有些內疚，因為他夢見當約櫃終於重見天日的時候，他是唯一活著的考古學者。

在士兵的帳篷內。德克在馬拉的床墊上。以前他們執行任務的時候從來沒有睡在一起過，只是執勤的時候偷偷在一起。現在馬拉看著德克的後背，想知道他在想什麼。

德克是在黎明的空氣裡可以帶入死亡氣息的人，他可以令人害怕。晚上他從夢中醒來幾次，他覺得似乎看到掃描器顯示了信號，但是太短無法確認地點。突然他一躍而起，開始發佈命令。

在凱因的帳篷裡，羅素準備好老闆的衣服，督促他吃藥，至少吃掉那顆紅色的藥丸。凱因很不情願地答應著，趁著羅素沒看見，他又把藥丸吐出來。他感到很平靜，這讓他有些奇怪。終於到了，他想，自己六十八年生命的目的，終於要實現了。

在另外一個帳篷裡，湯米偷偷把手指伸進鼻孔，在床上蹭著後背，然後才起來去廁所。他在找布萊恩，他要修理鑽頭，需要布萊恩的幫助。他們已經鑽進八英尺了，但是如果他們從頂部鑽的話，他們可以降低一些垂直方向的壓力，用手把石頭挪開。要是他們快的話，六個小時他們就可以做完。當然，如果找不到布萊恩就不好辦了。

此時胡全看看手錶，對了對時間。在過去一個星期裡他一直在尋找最佳觀察點。現在他等著士兵換班，等待對他來說沒有任何問題，他一生都在等待。

凱因大樓，紐約
二〇〇六年七月十九日，星期三，晚上十一點四十一分

7456898123

電腦在兩分四十三秒時發現了密碼。真是幸運，因為阿爾伯特錯估了若是門外有人出現時需要的緩衝時間。走廊那頭的門已經開了，幾乎同時，電梯的門也開了。

「不許動！」

兩名守衛和一名員警走進來，他們皺著眉，把手裡的槍舉起來。可他們已經沒有機會。阿爾伯特和奧威爾鑽進電梯，他們倆聽見電梯外的腳步聲，一隻手想伸進電梯試圖阻止他們。但差了一點兒沒碰到。

電梯門關上了。外面守衛和員警氣急敗壞地說話。

「怎麼把這個打開？」員警問。

「他們跑不遠。這個電梯需要特殊鑰匙。沒有鑰匙它不會動。」

「打開緊急系統，你再告訴我該怎麼弄這門。」

「是，長官。馬上。我的槍已預備好了。」

奧威爾轉向阿爾伯特，他聽到自己的心跳。

「天啊，他們來抓我們了。」

神父微笑著沒說話。

「你到底怎麼回事？想想辦法啊。」奧威爾焦急地說。

「我已經想好了。上午我們已進入過凱因大樓電腦系統，我就知道我們不可能拿到那個電子鑰匙，所以也不可能打開電梯門。」

「不可能！」奧威爾說，他不喜歡被打，但是現在的情況是，他們已經進入電腦防火牆。

「你也許是個好間諜，也會一些把戲……但是你缺乏一個好駭客的最重要的一條：逆向思維。」阿爾伯特說，他把兩手放在腦後好像要休息一下。「當門關著的時候，你還有窗戶。或者，對這件事來說，你可以改變數字排序，然後改變電梯位置和樓層的順序。簡單的辦法不是堵住它。現在凱因的電腦認為電梯在三十九層，而不是我們要去的三十八層。」

「這說明什麼呢？」奧威爾說，看著阿爾伯特誇張的樣子有些討厭，但是又充滿好奇。

「啊，就是說，把電梯程式弄反，所以電梯外面看著是向下去，但其實電梯是向上去的。而在這座城市裡所有的警報系統都會讓電梯到最後一層，然後打開門，我的朋友。」

這時，電梯震動了一下，開始向上去。他們可以聽到警衛驚奇的叫聲。

「向上就是向下，向下就是向上。」奧威爾說，拍著抹滿消毒劑的雙手。「你真是天才。」

挖掘地，歐姆達瓦沙漠，約旦
二〇〇六年七月二十日，星期四，早晨六點四十三分

安東尼不想再讓安德莉亞冒險了。可是如果用衛星電話的時候沒有任何防禦措施那就無異於自投羅網。

像他這樣的人，要犯兩次同樣的錯誤簡直是荒謬的。可是現在他要犯第三次。

第一次是在前一天晚上。神父從他的禱告本上抬起眼睛，那時候探險隊成員把半死不活的教授從洞裡抬出來。安德莉亞跑過來告訴他發生的事情。安德莉亞說他們確定，那個藏在洞裡面的金色箱子就是約櫃。安東尼也絲毫不懷疑。趁著大家都興奮無比的時候，他給阿爾伯特打了個電話，阿爾伯特告訴他，午夜他要進入紐約，獲取恐怖主義份子和胡全的情報，作最後一次嘗試。

第二次就是今天早上稍微早些時候安東尼打的，一共六秒鐘，他不知道掃描器是否有機會測紐約比約旦時間晚兩個小時。那次通話進行了整整十三秒。出信號地點。

第三次的電話，安東尼要在六分半鐘後打。

阿爾伯特啊，上帝保佑，你可別讓我失望。

凱因大樓，紐約
二〇〇六年七月十九日，星期三，晚上十一點四十五分

「你認為他們會怎麼進來？」奧威爾問。

「我想他們會帶一個特警隊然後用繩子從頂部降下來。很可能會打破玻璃窗之類的。」

「用特警隊來抓兩個無名的小偷？你不覺得這好像是用一輛坦克來壓老鼠嗎？」

「好像就是這樣啊，奧威爾，兩個嫌疑人闖進億萬富翁的私人辦公室。他們沒給我們扔炸彈已經是我們的幸運了。現在讓我集中精神。作為唯一一個能進入這層的人，羅素一定有一個嚴格保護的電腦系統。」

「別跟我說我們費了這麼大勁你卻進不了他的電腦！」

「我沒這麼說。我只是說這可能需要花費我十秒鐘左右。」

阿爾伯特擦去額頭的汗水。然後手指在鍵盤上飛舞。如果電腦不連著伺服器，世界上任何一個駭客都無能為力。這是他們一開始就遇到的問題。他們想盡辦法，試圖查出羅素電腦在凱因網路系統的位置，但是不可能，因為嚴格意義上說，這層的電腦系統不屬於凱因大樓。更讓阿爾伯特驚奇的是，不光是羅素的電腦，就是凱因自己，也是使用3G上網的電腦，隱藏在紐約市其他使用3G上網的成千上萬個使用者之中。如果沒有一個關鍵的資訊，阿爾伯特可是要花上幾十年才能從網路中找到這兩部隱形電腦了。

他們使用的寬頻一定每天多花五百美金。還不算打電話。阿爾伯特想。不過對一個身價億萬的人來說這也許不算什麼。特別是你們可以讓我這種人也幾乎無計可施。

「我想好了。」阿爾伯特坐在電腦前，電腦螢幕已經從黑壓壓的樣子發出藍色的光，那是電腦啟動的狀態，「現在怎麼找到那個光碟片呢？」

奧威爾已經翻遍了羅素所有整齊的檔案櫃，他翻出所有檔案撒了一地。現在他用力拉下牆上的畫，發了瘋一樣地尋找保險櫃。他用一個開信封的小刀切開椅子底部。

「看來什麼也找不到。」奧威爾說，用腳踢翻一把椅子，沮喪地坐在阿爾伯特身邊。他手上的繃帶已經又有血滲出來。他胖胖的臉慘白。

「偏執狂的瘋子。他們只互相交流。沒有外部郵件。羅素一定有另外的電腦來指揮公司運作。」

「他一定是帶到約旦去了。」

「我需要你的幫助，你在找什麼啊？」

一分鐘後，阿爾伯特敲入了他能想到的所有密碼，還是不行。他放棄了。

「沒有用。什麼都沒有。即使有，他也一定都刪除了。」

「我倒有了一個主意，等一下。」阿爾伯特從口袋裡掏出一個隨身碟，隨身碟像一塊口香糖大小，他把隨身碟接到電腦上。「這個小東西可以讓我們從硬碟上獲得刪除了的資訊。我們可以從這開始。」

「太好了，找找『網捕』。」

「對！」

一陣敲鍵盤聲後，一串十四個檔案的資訊出現在系統搜索視窗裡。阿爾伯特一下把它們同時打開。

「這是HTML檔，從網路上拷貝的。」

「你認出什麼沒有？」

「有。我也存了這些網站檔。我把它們叫『伺服器對話』。恐怖份子在要執行任務時從不寫郵件。就是傻瓜也知道，一封郵件在傳到最後收信人手裡之前，會到達二十到三十個伺服器。所以你根本不知道誰會看到。他們會這樣做：給在隱蔽室的每一個人統一的密碼，一個免費帳號，他們可以隨便寫，就像寫郵件草稿。就像你寫個日記，只是這是所有隱秘室裡全部恐怖份子之間的交談。郵件從不會發出來，所以不會到任何伺服器上，因為他們每個人都用同一個帳號和密碼……」

奧威爾站在螢幕前愣住了，他驚訝得幾乎忘了呼吸。那些他從沒想過的事情，現在突然出現在他的眼前。

「這可不大對。」他說。

「什麼東西，奧威爾？」

「我……我每星期侵進成千上萬個帳號。當我們從伺服器上拷貝檔案時，我們只保留文字格式。如果不這樣，圖像就會很快佔滿硬碟。結果就會很糟，但不管怎樣你還是可以讀的。」

奧威爾用他纏著繃帶的手指著電腦螢幕，那是恐怖份子之間談話的郵件帳號：Maktoob.com。那裡可以看到圖像，五顏六色的按鈕，這種檔案他可是從來沒有存下來過。

「有人用這台電腦的流覽器進入Maktoob.com，阿爾伯特。儘管他用完後給刪除了。圖像還存在緩衝貯存區。而且如果進入這個網站……」

奧威爾還沒說完，阿爾伯特已經明白。

「不管是誰他總要知道密碼才行。」

奧威爾點頭。

「是羅素，阿爾伯特，羅素就是胡全。」

這時候幾聲巨響，幾塊玻璃給打碎了。

挖掘地，歐姆達瓦沙漠，約旦

二〇〇六年七月二十日，星期四，早晨六點四十九分

安東尼仔細地看著手錶。還有九秒鐘，突然，意想不到的事情發生了。

阿爾伯特打了過來。

神父走進峽谷入口去接電話。那裡有一個死角，士兵們看不到。他剛開機，阿爾伯特就打了過來，安東尼立刻知道一定是很可怕的事情。

「阿爾伯特，怎麼了？」

在電話裡他聽到幾個聲音在叫。安東尼使勁辨認，想知道發生了什麼。

「扔下電話！」

「長官，我必須打這個電話！」阿爾伯特的聲音聽起來很遙遠，好像電話不在他耳朵旁邊。

「非常緊要，關係到國家安全！」

「我命令你放下電話！」

「我會把手慢慢放下來再說話。如果你覺得我做了什麼可疑的你就開槍好了。」

「最後一次警告：放下電話！」

「安東尼，」阿爾伯特的聲音非常清晰和堅定。他最終對著聽筒說：「你能聽見嗎？」

「是的，阿爾伯特。」

「羅素就是胡全。確認。小心……」

信號斷了。一陣驚恐傳遍安東尼全身。他轉過身朝著營地跑過去。突然，他眼前變成漆黑一片！

第三十一章　抓住爆炸犯

餐廳帳篷內，五十三秒鐘之前

安德莉亞和海瑞爾在大帳篷門口看到大衛跑過來，她們停下來。大衛身上有一件沾到血的T恤，他有些恍神。

「醫生，醫生，醫生！」

「大衛，你到底怎麼了？」海瑞爾問，她情緒也不好，自從水車爆炸後，沒有水可以做出好咖啡。

「是教授，他很不好。」

在安德莉亞和醫生來吃飯的時候，大衛主動要求留下來陪著教授。現在還沒有用炸藥炸開山牆的唯一原因就是教授的身體狀況。儘管頭天晚上羅素要求執行這最後的工作。大衛拒絕打開洞口，他要等教授身體好轉到可以參與的時候再做。安德莉亞對大衛的評價越來越差，她覺得大衛根本打算等到教授完全死翹翹了再去自己做。

「好吧。」醫生嘆口氣，「你先去吃飯吧，安德莉亞。這不必讓我們都錯過早飯。」她開始朝醫務室帳篷走去。

安德莉亞很快往帳篷裡看了一眼。尤利和拉尼朝她招手。安德莉亞喜歡這個啞巴廚師和他的助手。可是現在帳篷裡坐著的只有兩名士兵，歌特里布兄弟中的一個和路易士・馬婁尼。他們正在吃飯。安德莉亞有些奇怪，這裡只有兩個人，因為一般士兵們都是一起用餐的，只留下一個哨位在最南邊。實際上，早晨時間是她唯一能看到士兵們在一起的時候。

她不喜歡和他們為伍，安德莉亞決定回去看看海瑞爾需不需要幫助。**我沒什麼醫療知識，也許我可以穿上一件醫生袍在後面做做樣子。**她自嘲地想。這時候醫生轉過身來對她喊：「幫我帶一大杯咖啡過來啊！」

安德莉亞一隻腳踏進帳篷，儘量繞過士兵們，害怕聞到他們身上的汗味。士兵們把腳張得很開，像大猩猩似的，她幾乎撞到尤利。尤利一定是看到醫生朝醫務室的方向跑去，因為他已經做好兩杯咖啡，放在托盤上遞給安德莉亞，上面還放了烤麵包。

「即溶咖啡加奶，對不對，尤利？」

尤利笑了笑，聳聳肩膀，意思是：沒有水，這不是他的錯。

「我知道。也許今天晚上我們就會發現水從岩石裡噴出來呢，聖經裡多的是這種故事。不管怎麼說，謝謝你！」

安德莉亞慢慢向外走，不讓咖啡灑出來。她知道自己不是個手腳協調的人，雖然她不想承認。安德莉亞朝醫務室走去。尤利還微笑著，在帳篷門口朝她招手說再見。

突然之間……

安德莉亞感覺她像被一隻巨手從地面一下子給抓到空中，然後又猛烈地把她拋出了六英尺以外。她的左臂劇痛，胸口和後背都像著了火。她翻了個身，正好看見無數小碎片從天而降。大帳篷那裡只剩下一道黑色的煙柱。兩秒鐘前那裡還是大家聚會吃飯的地方。濃煙衝到天上，似乎和什麼混在了一起，變得越來越黑。安德莉亞不知道煙是從哪裡來的。她輕輕摸了摸胸口，發現她的上衣黏著又熱又稠的液體。

醫生跑了過來。

「你怎麼樣，哦，天啊，沒事嗎？親愛的？」

安德莉亞看著醫生的樣子，知道她在對自己叫喊，但是她的聲音怎麼這麼遙遠，就像在耳邊輕語……她感到醫生在檢查她脖子和手臂。

「我的胸口……」

「沒事，那是咖啡。」

安德莉亞坐起來，看到咖啡灑了自己一身。她的右手還死死抓著托盤，左手撞到岩石。她動動手指，擔心別處受傷。幸運的是她一切完好，但是她覺得整個身體的左側都在發麻。

當探險隊其他人拼命用桶裝滿沙子救火時，海瑞爾仔細地給安德莉亞處理傷口。安德莉亞左邊有很多地方破皮了。後背的頭髮和皮膚有些燒傷，耳朵一直嗡嗡作響。

「耳鳴三、四個小時後就會好了。」海瑞爾說著，把聽診器放回自己的口袋。

「對不起……」安德莉亞沒意識到自己在大叫，她哭起來。

「你不用對不起啊。」

「他……尤利……把咖啡拿到外面遞給我。如果我進去拿的話，我現在已經死了。我可以請他出來抽根煙啊。我可以救他……」

海瑞爾指著周圍，大帳篷和油罐車都爆炸了，同一時間的兩處爆炸。四個人立時灰飛煙滅。

「唯一該說對不起的就是那個狗娘養的混蛋！」

「別擔心，女士們，我們抓住他了。」派克說。

他正和馬拉一起抓著一個人走過來，那人腳上戴著腳鐐，似乎不省人事地任兩人拖著身體。他們把他帶到中間，其他人看著，都大吃一驚，不敢相信眼前的一切。

挖掘地，歐姆達瓦沙漠，約旦

二〇〇六年七月二十日，星期四，早上六點四十九分

安東尼手放在頭頂，他的手在流血。卡車的爆炸把他掀到地上，他的頭不曉得撞到什麼東西上。他想爬起來去營地，手裡還拿著手機。在一團煙霧中，他迷迷糊糊地看見兩個士兵朝他走過來，手裡拿著槍對準他。

「是你幹的，狗雜種！」

「看，他手裡還拿著電話呢！」

「那是他用來遙控爆炸的，是不是，你這個混蛋！」槍把撞上安東尼的頭，他倒在地上，沒有感受到接下來的一頓拳腳，因為他已經昏了過去。

「這簡直胡鬧。」羅素叫起來，大家都圍在安東尼身邊。德克，派克，馬拉，阿里克站在士兵這一邊，湯米，布萊恩，大衛站在其他人這一邊。

在海瑞爾的幫助下，安德莉亞站起來走向人群，大家互不相讓。

「這不是胡鬧，醫生。」德克說，把安東尼的電話扔到地上。「我們在油罐車附近發現他時，他一直拿著這個。多虧了掃描器，我們知道他今天早上打過幾個簡短的電話，因此我們已經對他有所懷疑。所以我們沒有去吃飯，而是輪流監視他。」

「那只是……」安德莉亞剛張嘴，海瑞爾用手臂撞了她一下。

「別說話，幫不了他忙的。」

沒錯，我想說的是：那是他用來聯絡ＣＩＡ的秘密電話？這的確不是幫他洗清嫌疑的好藉口。傻瓜。

「是一個手機。這次探險絕對禁止使用的東西。可是這也不能說他就是縱火犯啊。」羅素說。

「也許不只是手機，先生。看看從他皮箱裡發現的東西吧！」

馬拉把已經變形了的箱子扔到大家眼前。箱子底部脫落，裡面已經空了。底部有隔離層，露出一個條狀的東西，好像糖果條。

「是一把C-4槍，羅素先生。」德克繼續說。

這句話讓大家都屏住呼吸。果然阿里克從裡面拉出一把槍。

「這個混蛋殺了我的兄弟。讓我給他腦袋一槍。」他叫喊著，已經因憤怒失去控制。

「夠了。」一個細小但是堅定的聲音說。

人群分開一些，讓凱因走近還昏迷的神父。他低下頭看著，他一隻手指是黑的，另外一隻是白色的。

「我不理解是什麼原因會讓這個人這麼做。但是這次的任務已經被耽誤太久了，現在沒有時間再耽擱下去。大衛，請回去工作，把牆推倒。」

「凱因先生，要是不知道到底發生了什麼，我無法工作。」大衛說。

布萊恩和湯米也走到大衛身邊，兩手抱在一起。凱因看都沒看他們一眼。

「德克。」

「先生？」這個南方軍官說。

「請下命令，沒時間解釋這麼多了。」

「馬拉！」德克揮手叫。

馬拉把手裡拿著的M4自動槍瞄準三個反抗者。

「你開玩笑。」湯米叫道，他的大紅鼻子就在馬拉槍管前幾英寸。

「不開玩笑。親愛的，趕緊工作，不然我就再給你打出個屁眼來。」馬拉拉了槍栓，大家都聽到「喀啦」一聲響。

沒看其他人，凱因來到醫生和安德莉亞面前。

「至於你，女士，謝謝你的服務。德克先生會保證讓你回到比蒙號上。」

「你說什麼？」安德莉亞低吼一聲，儘管聽聲音還有些費力，她還是聽懂了。「該死的。再過幾個小時他們馬上就要把約櫃挖出來了，讓我待到明天，你欠我的。」

「你的意思是漁夫欠那些誘餌人情嗎？把他們帶走。哦，保證她們走的時候只有身上這些東西。讓記者交出她的相機記憶卡。」

德克把阿里克叫到一旁和他耳語。

「你帶他們走。」

「見鬼。我想留在這兒處理這個神父。他殺了我的哥哥。」這個德國小夥子說著，滿眼血絲。

「你回來時他還會活著的。現在，去執行命令。派克會替你好好照顧他的。」

「媽的，上校，來回需要至少三個小時，即使我把悍馬開到最快也要這麼久時間。如果派克對付了神父，我回來的時候就趕不上了。」

「相信我，阿里克，你一個小時就回來了。」

「你說什麼？」

德克嚴肅地看著他，討厭他的下屬反應遲鈍。他不喜歡把一切都說得那麼明白。

「『沙士汽水』，阿里克。動作要快。」

第三十二章　密語：沙士汽水

挖掘地，歐姆達瓦沙漠，約旦
二〇〇六年七月二十日，星期四，上午七點十四分

坐在H3s悍馬車後面，安德莉亞半閉著眼睛，但是外面的黃沙還是不斷地從窗戶撲進來。油罐車爆炸，把這輛車的玻璃震碎了，前玻璃也裂了，儘管阿里克用膠布和衣服修補了車身，還是有很多地方開著大大小小的洞，因為他幹活倉促。海瑞爾直抱怨，可是阿里克不理。他雙手抓住方向盤，指節發白，嘴巴緊閉。他從峽谷入口處衝上沙丘一口氣只用了三分鐘，現在他踩著加速器，似乎小命兒都在上面。

「這可不會是一次舒服的旅途。但至少我們要回家了。」醫生說，把手放在安德莉亞的腿上。安德莉亞緊緊抓著她的手。

「他幹嘛那麼做，醫生。為什麼在他箱子裡有炸藥？告訴我說是他們陷害他的。」安德莉亞用一種近乎請求地口吻說著。

醫生靠近安德莉亞，這樣阿里克就聽不到她的話。不過，醫生還是懷疑，即便馬達再吵，什麼話都逃不過這個士兵的耳朵。

「我不知道，安德莉亞。但炸藥是他的。」

「你怎麼知道？」安德莉亞問，她的眼神非常嚴肅。

「因為他告訴我的。你在帳篷底下聽到士兵們的談話後，他來找我，要我幫助他，他說他計畫炸掉水車。」

「醫生，你說什麼？你知道這件事？」

「他到這裡的原因就是因為你。他以前曾救過你一命。而且根據他的生活準則和榮譽觀念，他相信自己必須在任何情況下都幫助你。不管怎麼說，也許是我不明白的什麼原因，是他的上級找到你讓你進到這次探險中。他們用你做誘餌，為了讓安東尼來。」

「所以剛才凱因說什麼誘餌？」

「對。對凱因和他的人來說，你就是控制安東尼的籌碼。這一切從一開始就都是謊言。」

「那他現在會怎麼樣？」

「忘了他吧。他們會拷打他，然後……他就會消失。你別想再回去，他們不會讓你說什麼。」

醫生說的話給了安德莉亞當頭一棒。

「為什麼，醫生？」安德莉亞厭惡地把自己從醫生身邊挪開。「你為什麼不告訴我？我們經歷了這些你還這樣對我？你發誓你再也不騙我，我們耳鬢廝磨時你發了誓的。真不敢相信我這麼蠢……」

「我說了很多事情。」一滴淚從海瑞爾臉上落下來。她再度開口的時候，卻非常堅定，「他的任務和我的不同。對我來說，這就是又一次愚蠢的探險，總是這樣。但是安東尼知道這回可能是真的。而且如果是這樣的話，他知道他必須做什麼。」

「他必須做什麼？就是把我們都炸死？」

「我不知道今天早上是誰幹的。但是相信我，不是安東尼。」

「可剛才你什麼也沒說啊。」

「我沒法說，否則就把我也扯進去了。」海瑞爾說著，把眼睛移開，「我知道他們會把我們倆帶走，我……我想和你在一起。遠離這次探險。遠離我原來的生活。」

「那斯克教授怎麼辦？他是你的病人，你卻把他拋棄了。」

「他今天早上死了，安德莉亞。就在爆炸前。他已經病了很多年，你知道的。」

安德莉亞搖搖頭。

要是我是美國人我就該獲得普立茲大獎①了，但這是多大的代價啊！

「我無法想像，死了這麼多人，這麼多暴力事件，都是為了那個無稽的東西，為了放在展覽館裡的東西。」

「安東尼沒跟你說嗎？還有很多危險……」海瑞爾停下來，因為車子慢下來了。

「有點不對勁。」她說著看著窗戶上的裂縫，「這裡什麼也沒有。」

車子搖晃著停了下來。

「嗨！阿里克，你要幹嘛？」安德莉亞說，「為什麼停下來？」

德國大個子什麼也沒說。慢慢地，他拔出車鑰匙，拉上手煞車，跳出車來，甩上門。

「見鬼，他們不敢。」海瑞爾說。

安德莉亞從醫生眼裡看到恐懼。她聽不到阿里克踩在沙土裡的腳步聲。他來到海瑞爾這邊。

「發生什麼事了，醫生？」

門被打開了。

「出來。」阿里克冷冷地說，面無表情。

「你不能這麼做。」海瑞爾說，一動不動，「你的同夥不會想和以色列情報界作對。我們可是很危險的敵人。」

「命令就是命令，醫生。」

「不要殺她，至少讓她走吧，求你了！」

阿里克把手放到皮帶上，抽出手槍。

「最後一次，快下車！」

海瑞爾看看安德莉亞，屈從了命運。她聳聳肩，用兩隻手扶住窗戶上的把手走出車子。但是突然她收緊胳膊抓緊門把，一腳飛出去，靴子踢到阿里克的前胸。阿里克的槍出了手，掉在地上。海瑞爾一頭撞過去，把他撞倒了。她立刻跳起來一腳踢到士兵的臉上，踢到他的眼睛和眼眶上。醫生抬起腳對準他的臉，準備結束這一切，但是阿里克突然用大手抓住她的腳，兇猛地把海瑞爾甩到左邊，海瑞爾倒下去的時候，可以聽到很響的骨頭碎裂的聲音。

冷血動物站起來轉過身。安德莉亞正朝他走來，準備打他。但是阿里克沖過來用手背給了安德莉亞一巴掌，在她臉上留下一道大紅手印。安德莉亞向後倒去。她碰到沙子的時候，身下感到碰到了什麼東西，硬硬的。

阿里克現在彎下腰對準海瑞爾。他殘忍地揪住海瑞爾捲曲的頭髮，把她揪起來，就好像她是一個布娃娃。他讓海瑞爾的臉和自己面對面，海瑞爾頭發昏，但是她看著士兵的臉，準備向他吐口水。

「混蛋，你這堆臭狗屎。」

阿里克也向海瑞爾吐回去。然後舉起右手，手裡有把匕首。他把匕首插進海瑞爾的肚子，看著受害者的眼睛向後翻，嘴巴張開使勁想呼吸的樣子，他覺得很得意。阿里克轉動刀把，然後猛地把刀拔出來。血噴湧而出，濺了他一身。他扔掉醫生，臉上有厭惡的表情。

「不！」

冷血動物現在轉向安德莉亞。安德莉亞倒在手槍上，她現在拿著槍，打開保險。安德莉亞用盡全身力氣尖叫著扣動扳機。

自動槍在她手裡跳了一下，把她的手指都震麻了。她從沒開過槍，現在可是露了餡。子彈咻地一聲從阿里克耳邊飛過去，打到悍馬車門上，阿里克用德語叫了一句，瞪著安德莉亞。想都沒想，安德莉亞又連續打出三槍。

一顆子彈沒打中。

另外一顆打中悍馬車的輪胎。

第三槍打進阿里克張開的嘴巴裡。仗著他兩百磅的大塊頭，他還是衝向安德莉亞，他的手已經無力，但還是來搶安德莉亞的槍，想揪住她的脖子。他面朝下倒地，想說什麼，血從嘴巴裡汩汩流出。安德莉亞看到子彈打掉了士兵的幾顆牙，她嚇壞了。她站在一邊等著，仍然拿槍對著阿里克，其實她現在沒有必要這麼做，而且她手哆嗦得厲害，根本沒有力氣再開槍了。

阿里克差不多過了一分鐘才死。子彈打進他的脖子，擊穿了他的脊髓，讓他先癱瘓。他被自己喉嚨裡吐出的血嗆死了。

當安德莉亞確認阿里克已經不會再有威脅後，跑向醫生。醫生躺在地上，滿身是血。安德莉亞坐下來抱住海瑞爾的頭，不敢看海瑞爾的傷口，因為她正使勁用手堵住自己流出來的腸子，但已經無濟於事。

「堅持住，醫生。告訴我該怎麼做。我會把你帶走。儘管如此，我還是會因為你騙我的事踢你的屁股。」

「不用了，」海瑞爾說，她聲音微弱，「我不行了。我知道，我是醫生。」

安德莉亞抽泣了一下，用前額頂住海瑞爾的頭。海瑞爾把手從傷口上挪開抓住安德莉亞一隻手。

「別這麼說。拜託。」

「我騙你夠多的了，現在我想請你為我做件事。」

「你說。」

「一分鐘後我要你回到車裡，沿著這條羊腸小路向西開。我們離亞喀巴大約九十五英里，但是過兩個鐘頭你會開到大路上。」她停了一下忍住疼痛，「車上有GPS導航，如果你看到有人，就從車裡下來請求幫助。我想讓你做的就是立刻離開這裡，你發誓你會這麼做。」

「我發誓。」安德莉亞說，但她潛意識告訴自己會回去救神父。

海瑞爾的臉龐因為疼痛而扭曲著，她抓著安德莉亞的手越來越鬆。

「你看，我真不該告訴你我的真名。我還想讓你替我做件事。我想讓你大聲叫我的名字，從沒有人這樣做過。」

「加德娃。」

「大聲點兒。」

「加德娃！」安德莉亞喊著，氣憤和悲痛把寂靜的沙漠都震動了。

安德莉亞用雙手在沙漠裡挖了一個坑，這很難，她也從來沒做過。並非要用很多力氣，而是因為這樣做是令人痛苦的。她的手已經麻木，但為了加德娃，為了她們曾經在一起的短暫時光，她挖了一個墳墓，她把悍馬車的天線扯下來插在墳墓上作為標記，用石頭圍成一個圓圈。

然後她走回到車邊。雖然海瑞爾叫她發誓要離開這裡，但是安德莉亞當時不知道她射出的一發子彈已經打穿了一個前輪，剛才她在車後面沒有看到。現在，即使安德莉亞想遵守承諾都不可能了。因為她無法自己換輪胎。找了半天，她沒找到千斤頂。在這種石子路上，沒有前輪，車子走不了一百步。

安德莉亞向西望去，可以望見主要道路在沙丘邊若隱若現。

九十五英里才能到亞喀巴，在下午這種太陽下，還要再走六十英里才能到主要道路。走路到那兒至少需要七天，氣溫華氏一百度，希望能碰到什麼人，我的水不夠維持六個小時。這還得是在我不迷路的前提下。到那時候或許那些混蛋已經把約櫃挖出來運往大船了。

她又向東看看，那輛悍馬車還停在那裡。

八英里回到營地，那裡有水還有車，但是還有很多人想讓我死。好處呢？我可能還有機會拿回我的檔案並且可以幫助神父。雖然不知道怎麼幫他，但是我得去試試。

在準備行動前，安德莉亞在車裡找找還有沒有水，但是沒什麼發現。只找到阿里克皮帶上掛著的一個水壺。裡面大概只有四分之三的水。安德莉亞拿走了他的帽子，有點兒大，她從口袋裡找出一個髮夾把帽子固定在頭上。她又從車窗上扯下一塊破衣服布，從後車廂找到一根鋼管，用破布裹緊。她扯下前窗玻璃上的雨刷器把它插進鋼管前端，用破布蓋上，看上去好像一把雨傘。然後她開始徒步前進，頂著她自己做的破雨傘。

① 普立茲新聞獎（Pulitzer Prize）：美國新聞界的一項最高榮譽獎，現在不斷完善的評選制度已使普立茲獎被視為全球性的一個新聞獎項。

第三十三章　紅螞蟻與風

文物地窖，梵蒂岡
十三天前

「你想要點兒冰塊嗎？」塞林問。安東尼從口袋裡掏出一條手帕包裹自己的手。他的手上破了好幾處，在流血。塞薩里奧神父試圖修復被安東尼拳頭打碎的壁龕，安東尼避開他，一步步走近神聖同盟的最高指揮官。

「你想從我這裡得到什麼？塞林？」

「我想讓你把它帶回來，安東尼。如果真的存在，約櫃的位置應該在這裡──在梵蒂岡城下面一百五十英尺的門禁森嚴的房間裡。現在不該讓它被那些人抬著到世界各地去展覽，更別說讓全世界都知道它的真實存在。」

安東尼咬著牙，不屑於塞林這番高傲的話，或者職位在他之上的那些人的觀點，甚至教皇。他們都自以為自己可以決定約櫃的命運，塞林現在讓他做的不是一件簡單的任務，那就好像壓給他的一塊墓碑，危險性無法估量。

「我們要有它。」塞林堅持著，「我們知道如何等待。」

安東尼點點頭。

就這樣他去了約旦。

但是至於怎麼做，他有能力自己做主。

挖掘地，歐姆達瓦沙漠，約旦
二〇〇六年七月二十日，星期四，上午九點二十三分

「起來，神父！」

安東尼慢慢甦醒過來，不知道自己到底在哪裡。只知道全身都痛。他的手無法動彈，因為他們把他的手用手銬銬在他頭頂上，手銬固定在峽谷山牆上面。

他睜開眼睛才看明白，也看清了讓他醒過來的人是誰。派克站在他面前。

派克滿臉壞笑。

「我知道你能聽懂。」這個西班牙士兵說，「我喜歡用自己的語言，你知道我是一個很細膩的人。」

「你一點兒不細膩。」神父用西班牙語回答。

「你錯了，神父。相反，在哥倫比亞我出名的原因之一就是我總是讓自然的力量來幫助我。我有一些『小朋友』可以幫我幹活。」

「所以，是你把蠍子放進安德莉亞的睡袋。」安東尼說，想趁派克不注意鬆動自己的手銬。但沒用，手銬用一根鋼釘釘在峽谷牆壁上。

「很好的猜測。神父。不管你怎麼使勁，手銬都不會動的。」派克說。「而且你說得對，我想得到那個西班牙小妖精。但是沒成功。所以現在我就等我的朋友阿里克了。我想他把我們甩了。他一定很喜歡你的那兩個女人，我希望他殺她們倆之前有些享受。你知道，鮮血很難從衣服上洗掉。」

安東尼使勁拉動手銬，氣得他幾乎無法控制自己。

「你過來，派克，有本事你過來！」

「嘿，怎麼啦？」派克說，看安東尼生氣的樣子他很得意，「我喜歡看你生氣的樣子。我的『小朋友』也會喜歡的。」

神父看著派克指的方向。離他腳不遠處有一堆沙子，上面有些紅色的小東西。

「紅螞蟻，我不太懂拉丁文，但我知道這些螞蟻非常厲害，神父。真是幸運，我們離它們不遠。我喜歡看它們工作，而且我已經有一陣子沒看它們做一件事了……」

派克低下頭撿起一塊石頭。他站起來，手裡拿著石頭玩了一會兒。然後向後退了幾步。

「但今天看起來它們有事可做了，神父。螞蟻的下顎你都不敢相信有多厲害。但那還不是全部呢，最好玩的是它們用刺螫你並釋放出毒汁的時候了。來，我這就告訴你它們是怎麼工作的。」

他把胳膊向後伸，抬起一條腿，做了個棒球投手發球的姿勢。然後他把石頭扔了出去。石頭正好打在沙子頂，撞出一個小坑。

霎時就好像沙子裡傳來一股紅色的風暴。上千隻螞蟻從窩裡爬出來。派克又向後退遠了些，扔出第二塊石頭。這次石頭劃過一個弧度落在螞蟻和安東尼的腳之間。這片紅色霧團停了一會兒，撲向作亂的石頭，瞬間那塊石頭就消失在紅色影子下。

派克又向後退去，慢慢地扔出第三塊石頭。這次石頭落在離安東尼一步半以外。螞蟻群衝過來，爬滿石頭，一次次的，派克扔出石頭離安東尼越來越近。安東尼可以聽到那些螞蟻啃食石頭的聲音。那是一種醜陋而嚇人的聲音，就像一個人在搖動一個紙袋，紙袋裡都是瓶蓋。

它們靠物體的移動指引方向。現在他又要把石頭扔到離我更近的地方。如果我動的話，我就完蛋了。安東尼想。

確實像他想的這樣。第四塊石頭落在安東尼的腳上，螞蟻立刻撲了上來。不久安東尼的靴子上聚集了如海洋般的螞蟻，它們落在一起，還在往上爬。派克又扔過來幾塊石頭，螞蟻更加憤怒，同伴的擁擠讓它們生起無限的欲望要報復。

「承認吧，神父。你要完蛋了。」派克說。

士兵繼續扔石頭。這回他不是瞄準螞蟻群，而是安東尼的頭。石頭從他頭邊兩英寸飛過去，落在紅色的海洋上。現在螞蟻群像渦流一樣亂轉。

派克又彎下腰去撿起一塊小石頭，這樣他可以扔起來更方便。他仔細瞄準然後投出去。這次石頭打中神父的額頭。安東尼忍著疼，不讓自己動。

「不久你就會放棄的。神父。我計畫整個上午都在這裡陪你玩。」

他又彎下腰，想找到一顆子彈之類的東西，但是他的對講機突然響起來。

「派克，這是德克，他媽的你在哪兒？」

「照顧神父，長官。」

「把他留給阿里克。他快回來了。我答應他了，就像叔本華說的，偉大的人要信守諾言，就像對待神聖的法律。」

「收到，長官。」

「你馬上去一號地點。」

「完全尊重您的命令，長官，這次不是我的任務。」

「也要遵命。要是你三十秒內還不到一號位置，我就會找到你把你掐死。明白嗎？」

「明白，上校。」

「我很高興你這麼說，完畢。」

派克把對講機放回腰間，慢慢轉身向後走。「你聽見他的話了，神父。既然這次探險我們只有五個人，現在需要把我們之間的遊戲延後幾個小時。我回來之後你會慘不忍睹的。沒人可以一直一動也不動。」

安東尼看著派克彎腰走出峽谷入口。他稍微鬆了口氣，但是沒多久，有些在他靴子上的螞蟻開始向他褲子裡鑽去。

開羅氣象局，開羅，埃及

二〇〇六年七月二十日，星期四，上午九點五十六分

還不到早上十點，初級氣象員的上衣已經濕透了。一早上他都在電話上幫別人工作。這是夏季最熱的季節，但凡有些手段的人都已經離開去海邊度假，都裝作很會跳水似的。

但這項工作不能推遲。這個怪物正在接近，那是非常危險的。

就像以前一樣，他從儀器上讀取資料，然後拿起電話呼叫那些將被天氣變化影響的地區。

「亞喀巴海港。」

「早安，這裡是紮瓦・頓度，從開羅氣象局打來。」

「早安，紮瓦，我是那加。」儘管這兩個人從來沒有見過，但他們通過電話已經說過十幾次話了，「你可以一會兒再給我打過來嗎？我現在特別忙。」

「聽著，這很重要。今天早些時候我們探測到一個大氣團。溫度極高而且正向你的方向移動。」

「西蒙風①？朝這邊來了？見鬼，我得告訴我老婆讓她把曬的衣服拿進來。」

「你還是別開玩笑。這是我見過最大的一次。指標跳到圖表外面了，極其危險。」

開羅的氣象員幾乎聽到電話另一頭接聽的港務局長吞了一口唾沫。像所有約旦人一樣，他知道西蒙風的力量，這種沙塵暴會像龍捲風一樣旋轉前進，速度可以達到每小時一百英里，溫度可以高達華氏一百二十度。如果有人不幸目睹它正全速前進，由於高溫，會讓人立刻心臟病發，身體水分立刻被蒸乾，留下一個木乃伊。幸運的是，現代氣象預報已經給了大家足夠的時間提早作好預防。

「明白了，你有風向資料嗎？」港務局長明顯焦慮地問。

「它幾個小時前已離開西奈山沙漠，我想會掠過亞喀巴，會在你們那裡聚集並在中部沙漠爆發。你必須通告那裡所有人注意收聽預報。」

「我們會用網路連繫。紮瓦，謝謝你。」

「確保今晚沒人出海，可以嗎？否則第二天早上你們就得去收木乃伊了。」

---

①西蒙風（Simoom）：非洲與亞洲沙漠地帶的乾熱風。

第三十四章　變起突然

挖掘地，歐姆達瓦沙漠，約旦
二〇〇六年七月二十日，星期四，上午十一點〇七分

大衛最後一次把鑽頭插進打開的洞穴。他們剛剛已經在牆上打了一個裂縫，大約六英尺長三英尺半高，直到現在牆另外一邊的頂部還沒有倒塌的跡象，但由於共振而有些搖動。現在他們可以用手移開一塊塊石頭，不用再把它們打碎。但是把石頭移開也需要很長時間，因為有不少石頭。

「還需要兩個小時，凱因先生。」

億萬富翁在半個小時前就來到洞口了。他站在一個角落，兩手交叉在身後，似乎很輕鬆。這是他一貫的姿勢。其實凱因很擔心洞口下降，但只是理智性地擔心。他用了整夜調整自己的心態讓自己準備好，不讓平時的那種恐懼來襲擊他。他的心跳在加快，但對於一個六十八歲的老人來說也還好，況且他還穿著工作服，這是他第一次下到裡面來。

我不懂為什麼我感覺這麼好。已經接近約櫃了，是它讓我感覺良好嗎？或者是這裡狹窄的走道，這種熱度，讓我感到安慰？

羅素靠近凱因耳語，說他要去帳篷裡取點兒東西。凱因點點頭，已經陷入自己的思想裡，覺得自己可以不用讓羅素照顧，這感覺很讓他舒服。凱因很喜歡羅素，對他就像對自己的兒子，也非常感激他為自己做出的犧牲，他總是寸步不離，總是準備隨時幫助他，或者給他提些建議。這個年輕人的耐心真是了不起啊。

要不是羅素，所有這些都不會發生了。

船員和雅各・羅素之間的交談記錄

二〇〇六年，七月二十日

摩西一號：比蒙號，這裡是摩西一號，聽到嗎？

比蒙號：比蒙號，早上好，羅素先生。

摩西一號：你好，湯瑪斯。怎麼樣？

比蒙號：你知道，先生，很熱。但是對我們這些從哥本哈根出生的人來說，這點兒熱根本不算什麼。您需要我做什麼？

摩西一號：湯瑪斯。凱因先生需要BA609，半小時內送到。我們要做一次緊急處理。告訴飛行員運送最大型號的炸彈裝置。

比蒙號：先生，恐怕那不可能。我們剛從亞喀巴港口接到消息，一次巨大的沙塵暴正沿著海岸線朝我們所在的地點而來。他們已經取消了所有空中交通，一直要到晚上六點。

摩西一號：湯瑪斯，我希望你聽清楚。你的船是帶著亞喀巴的徽章還是凱因集團的徽章？

比蒙號：是凱因集團的，先生。

摩西一號：我也認為是這樣。另外，你有聽到我說是誰需要BA609嗎？

比蒙號：嗯，是的，是凱因先生需要。

摩西一號：很好，湯瑪斯。那就麻煩你執行我發出的命令。否則你和你所有的人一個月內就會失去工作。我說清楚了嗎？

比蒙號：非常清楚，先生。飛機馬上出發。

摩西一號：謝謝你，湯瑪斯。完畢。

胡全的準備

水盆裡放著一大盆清澈的水。在水車被炸之前，他就已經準備好。這是他的秘密，即使在沙漠裡渴死，他的嘴唇也不會沾這裡的水。

這是潔身的淨水。

在淨洗的整個過程中，他的上下唇一直在動。他祈求神保佑他消滅所有敵人。

除了被皮膚吸收的水分，沒有一滴水掉在地上。他的腳穿進了鞋子，他已經準備好為榮譽而戰了，即便為此喪命也在所不惜。

他抓起槍，讓自己露出一個微笑。他已經聽到飛機的轟鳴聲。是該給出信號的時候了。

羅素做了一個嚴肅的手勢，然後堅定地走出帳篷。

挖掘地，歐姆達瓦沙漠，約旦
二〇〇六年七月二十日，星期四，下午一點二十四分

ＢＡ６０９的飛行員是豪沃德・杜克。他已經飛行了二十三年，有一萬八千小時的飛行記錄，他飛過很多惡劣天氣情況和各種機型。他遇到過阿拉斯加暴風雪，還有一次在馬達加斯加的風暴，他都安然無恙。但是那些時候他都沒有真正害怕，那種真正讓你毛骨悚然的冷徹恐懼，讓你喉嚨發乾的恐懼。

直到今天。

他從機窗望向外頭，沒有一絲雲彩。他調整引擎，其實對他來說，這個飛機不是他飛過的最快和最好的一架，但無疑也是很不錯的。它可以達到每小時三百多英里的速度，然後可以非常優雅地停在空中，就像一片雲。一切看起來都很好。

他低下眼睛查看高度、油錶和到達目的地的距離。當他再抬起頭來時，他的嘴巴不禁張開了。天際有些剛才沒有的東西。

開始看起來像一堵沙牆，有一百英尺高，兩英里寬。用沙漠裡的一些地標作比較，杜克以為自己剛看到的是靜止的東西。漸漸地他意識到那東西在移動，而且移動得很快。

我已經看到峽谷就在前面。該死，感謝上帝這東西沒有提前十分鐘出現。這一定就是他們告訴我的西蒙風。

他還需要至少三分鐘降落，那堵「牆」不到二十五英里遠。他在頭腦裡迅速計算著。西蒙風需要二十分鐘後才能到達峽谷。他按下飛機的變換模式，飛機馬達立刻慢下來。

至少這個能用。我還有時間把這傢伙停下來，然後我得找個地方躲起來。要是他們說的是真的，我最好抓緊時間……

三分鐘後，BA609停在一塊平地上，在營地和挖掘地之間。杜克關閉引擎，生平第一次沒依照常規檢查安全系統，他就跳出了機艙，那樣子就像他屁股著了火。他看看周圍，什麼人也沒看見。

我得讓大家知道。在峽谷裡他們看不見那個風口，等他們看見的時候可就太晚了。

他跑向帳篷，雖然他也不確定帳篷裡是否安全。突然，一個人朝他走來。不久他認出了他是誰。

「嗨！羅素先生。」杜克說著，羅素寒冷的目光讓他感到很緊張。

羅素離他二十步遠。這時候飛行員發現羅素手裡拿著一把手槍。他停下來。

「羅素先生，發生了什麼事？」

助理一句話沒說。他對著飛行員的胸口連發三槍。然後他走到地上的飛行員身邊，又對著他的頭開了三槍。

在附近的一個洞穴，D聽到了槍響。

「兄弟們，是信號。出發！」

挖掘地，歐姆達瓦沙漠，約旦
二〇〇六年七月二十日，星期四，下午一點三十九分

「你喝多啦？三號？」
「上校，我重複：羅素先生剛剛打爆了飛行員的頭，然後他向挖掘點跑去。請下命令。」
「見鬼！還有誰看見羅素？」
「長官，這是二號，他正朝平臺爬去。我是不是該開槍示警？」
「不。二號，不要採取任何行動，我們需要更多情況報告。一號，你能聽見我嗎？」
「……」
「一號，你能聽見嗎？」
「一號，派克，拿起話筒！」
「……」
「二號，你能否看到一號的位置？」
「是，我可以看見，但是派克不在那裡。」
「混蛋！你們兩個，給我盯住了挖掘點入口。我馬上就到！」

第三十五章 敵人，殺！

峽谷入口處，十分鐘以前

第一口是咬在腿肚子上，那是二十分鐘以前。

安東尼感到一種很尖銳的痛，但是幸虧沒有持續很長時間，那種感覺就變成一種鈍痛。就像被打了一巴掌，一道閃電在眼前劃過。

神父本來希望能咬緊牙關不發出尖叫，現在他還可以忍受，他等著第二次被咬的時候再叫。

螞蟻還沒爬過他的膝蓋。安東尼不知道這些螞蟻是否知道他是個什麼玩意兒。他儘量想讓自己看起來是個不危險的東西，也不會吃它們，而要做出這個樣子，唯一能做的就是保持不動。

第二次的叮咬比第一次強得多。也許他知道接下來是什麼結果：被叮咬的地方會腫起來，最後這種叮咬會無可救藥。

被咬了六次之後，他無法再數了，也許他又被咬了六次不止，也許有二十幾口。他已經快堅持不住。他用完了所有的防禦辦法：咬牙，咬嘴唇，使勁掀張鼻翼。有時他實在覺得自己快不行了，甚至扭動銬著手銬的手來幫忙緩解。

最糟糕的是不知道下一次叮咬會是什麼時候。直到現在他還算運氣好，因為大部分螞蟻在他左腳上一半的位置，還有二百隻左右在腳下地面上。但是他知道，只要他稍稍一動，它們就會群起襲擊。

他需要把意識集中在一個地方，而不是放在疼痛上。按照常識，他會想用靴子踩那些螞蟻。也許他想要殺死一些，但是如果那樣做，顯然它們在數量上的優勢最終會把他滅了。最後一口。疼痛從腿上直傳上來，他感到生殖器要爆炸。此時他已經到了要休克的邊緣。

奇怪的是，就在這個關鍵時刻，派克卻救了他。

「神父，你的罪在攻擊你。一個接著一個，就像要吃掉你的靈魂。」

安東尼抬起頭。派克站在離他三十步遠的地方，臉上帶著欣賞的表情看著他受苦。

「我在外面站崗有些煩了，所以回來看看你。看，這樣我們不會被打擾了。」說著，他用左手關掉對講機，右手拾起一塊石頭，那石頭有網球大小。「現在我們到哪兒了？」

神父簡直要感謝派克站在那兒。因為這樣他可以轉移注意力，集中在他恨惡的目標上。他就可以再堅持幾分鐘不動——幾分鐘的生命。

「哦，是啊，」派克說，「我們來看看是你自己先動呢，還是我來幫你。」

他扔出石頭，打在了安東尼肩膀上。石頭滾下來落在螞蟻群裡，立刻又激起一陣騷動，它們被激怒起來，隨時準備進攻。

安東尼閉上眼睛，想儘量控制自己的疼。石頭正打在上次的傷口上，那一次，十六個月前，一個心理變態的殺手一槍打在他肩頭。傷口部位到了晚上還會隱隱作痛，現在他覺得自己好像又經歷了一次。他儘量集中在肩膀的疼上，好使自己忘了腿上的疼，他曾經聽一個神父很久以前說過：一個人的大腦一次只能對一種銳痛有反應。

安東尼又睜開眼睛，突然他看到派克身後有一個人影，希望在他心頭升起。他用盡全部的力氣控制自己不能有絲毫的移動，否則他的希望將成為泡影。

安德莉亞的頭閃進峽谷入口，就在沙丘後面。她已經接近洞口，馬上會發現派克和安東尼。

安東尼知道，現在他要確保派克不回頭去找石塊。他決定給派克一些希望。

「求求你，派克，饒了我吧！」

派克臉上的表情完全變了。像所有的殺手一樣，控制一個受害者會給他們帶來很大的刺激，如果他們求饒，那就更讓殺手興奮。

「你求我什麼啊？神父。」

神父努力集中精神找到恰當的詞語。目的就是不讓派克回頭。安德莉亞已經看到他們了，此時雖然派克的身體擋住安東尼的視線，他還是肯定安德莉亞正在靠近。

「我請你饒了我的小命。我悲慘的生命啊。你是一個軍人，一個真正的男人。和你比起來，我簡直什麼也不是。」

雇傭兵臉上洋溢著燦爛的笑容，露出黃牙，「是嗎，神父，那麼我們現在……」

派克再也沒有機會說完他的話了，他甚至沒有感覺到挨打。

安德莉亞靠近的時候看清這裡正發生的一切。她決定不用手槍，因為她想起當時對付阿里克的時候她的槍法很糟，如果用槍，很可能會打到安東尼的腦袋，就像剛才打中車輪胎一樣。這次，她把自己做的雨傘裡面的雨刷抽出來，就像拿著一個球棒，她慢慢爬過來。

「棒子」不是很重，因此她需要仔細選好攻擊角度。離派克還有幾步遠，她對準派克的頭。她手心裡全是汗，心裡不住地禱告，不要打偏。萬一派克一回頭她可就完蛋了。

派克沒回頭，安德莉亞站穩腳跟，揮出她的武器，使勁全身力氣打中了派克的太陽穴。

「嘗嘗這個吧，你這個混蛋！」

派克像塊石頭一樣重重地摔在沙地上。紅螞蟻立刻感受到了震動，它們都掉頭朝倒下的派克撲過來。派克還沒有弄清怎麼回事，他想站起來，他的太陽穴很痛，搖晃了一下，他又摔倒。第一隻螞蟻已經到了。當派克被叮了一口後，他下意識地把手放在眼睛上，完全嚇呆了。他想跪著起來，但是碰到了更多的螞蟻，它們一窩蜂地衝過來，就像互相用一種資訊激素傳遞著消息：

敵人，殺！

「快跑，安德莉亞！」安東尼大叫，「離開螞蟻！」

安德莉亞退後幾步，還有幾隻螞蟻跟著她，大多數螞蟻都集中到了派克那裡，現在他從頭到腳都是螞蟻。派克痛苦地嘶吼，身上到處遭到螞蟻的尖銳叮咬，猶如針扎。派克站起來走了幾步，螞蟻在他身上密密麻麻，好像一件奇怪的衣服。

他又走了一步，然後跌倒了，再沒有爬起來。

安德莉亞回到她剛才襲擊派克的地方，拾起雨刷和衣服。她又把雨刷裹在衣服裡。然後繞了個大彎，避開那些螞蟻，朝安東尼走去，用打火機點燃她的衣服當火把，慢慢接近安東尼。有幾隻攻擊安東尼的螞蟻從他心臟的地方匆匆走開。

安德莉亞用手裡的雨刷器敲打安東尼的手銬，把釘在岩石上的釘子撬出來。

「謝謝你。」安東尼說，他的腿發抖。

直到他們走了一百多步之後，確認那些螞蟻不會再有危險了時，兩個人都跌坐在地上，精疲力竭。神父把褲腿捲起來看著自己的腿，現在不光是紅，很多地方都腫起來，一陣陣鈍痛，還好，二十幾處的傷口並沒有太大的危險。

「現在我救了你一命，你可以不必再保護我了吧？」安德莉亞諷刺地說。

「醫生告訴你了？」

「說了，還有其他的事情。我想問你呢。」

「她在哪兒？」神父問，但是他立刻就明白了。

安德莉亞搖搖頭，開始抽泣。安東尼輕輕扶住她。

「對不起，奧蒂羅小姐。」

「我愛她。」安德莉亞說，把頭埋在神父的胸口。當她哭的時候，突然她感到安東尼全身繃緊，屏住呼吸。

「怎麼了？」她問。

安東尼指著地平線的方向，安德莉亞看到一堵黑色的牆正向他們逼近，猶如黑夜死神。

第三十六章　上帝收取他們的性命

歐姆達瓦沙漠，約旦
二〇〇六年七月二十日，星期四，下午一點四十八分

「你們兩個，盯住挖掘點的入口，我馬上到！」

這個命令，雖然不是直接的，卻成了德克兩名屬下的死亡原因。受到攻擊時，他們根本沒有看到危險來自何處。

個子高的蘇丹人特維，只瞄到襲擊者穿著棕色的衣服，他們已經到了營地。一共七個，都拿著卡拉什尼科夫衝鋒槍。他一邊用無線電向馬拉發出警告，一邊朝其中兩人開火。一個人被擊倒，其他人立刻躲到帳篷後面。

他們並沒有反擊，這讓特維感到很奇怪。事實上，這是他最後的疑惑了。幾秒鐘後兩名恐怖份子爬上了山坡從後面伏擊了他。兩發衝鋒槍的子彈讓特維去了另外的世界。

峽谷另外一邊的二號監視點，馬拉看見特維被擊中，意識到她將面臨同樣的厄運。馬拉對這些山岩很熟悉，她曾經趁別人不注意的時候，躲在這裡等著德克，然後執行特殊「偵查」任務。

在警戒的時候，她曾想像過上百次，假想著有敵人襲擊她，爬上山把自己包圍。現在，看到

不遠處發生的一切，她知道至少有兩個真正的敵人離她只有不到兩英尺遠。她立刻開火，十四發子彈衝膛而出。

兩個敵人一聲沒出，應聲倒地。

現在她知道還有四個敵人，但從她處的位置，沒有掩護體，她什麼也做不了。她想自己應該下去和德克在一起到挖掘地，然後共同想出一個計畫。但這樣她就會失去高度優勢，而且不容易逃跑。她別無選擇，因為此時她聽到對講機裡傳來幾個字：

「馬拉……救我。」

「德克，你在哪兒？」

「下面，平臺這裡。」

忘了自己的危險，馬拉爬下繩梯，向挖掘地跑去。德克躺在平臺邊上，胸膛右邊有一個很大的傷口，左腿彎曲在身體下。他一定是從鷹架上掉下來了。馬拉檢查了他的傷口，德克想止住流血，但是他的呼吸已經發出哨音。他的肺穿孔，如果沒有醫生的及時搶救，他的情況會很危險。

「到底怎麼回事？」

「是羅素。那個狗娘養的……我進來的時候他抓到我。」

「羅素？」馬拉吃驚地說。她迅速整理自己的思緒，「你沒事。我會把你帶出去。上校，我發誓。」

「不可能。你要設法逃離這裡。我完了。大師說過：『對大多數人來說，生命就是不斷地為了生存而掙扎，為了最後能夠戰勝自己。』」

「你能不能別再提什麼狗屁叔本華了啊？德克！」

德克朝著自己的情人微笑了一下，笑得很悲哀，他輕輕動了一下。

「注意身後，士兵，永遠別忘了我告訴你的話。」

馬拉回身看到四個恐怖份子，他們散開用岩石做掩護，正朝她逼近。馬拉的唯一掩護只有幾塊大帆布，那是用來保護平臺水壓系統和鋼製軸承的。

「上校，我想我們兩個都完蛋了。」

從肩上卸下她的M4衝鋒槍，馬拉想把德克拖到平臺下面，可是根本拖不動。德克太重了，雖然馬拉是個很壯的女人，還是拉不動。

「聽我說，馬拉……」

「你還想幹嘛啊！」馬拉說著，試試能否用鷹架幫忙。她不確定是否自己該先開槍，但是她知道自己遲早會被撂倒。

「投降吧。我不想讓他們殺死你。」德克說，他的聲音已經很弱。

馬拉本想對自己的上級再發誓保證，但她很快又看了峽谷入口一眼，知道投降也許是目前唯一的辦法。

「我投降！」她衝著外面叫，「聽見沒有？」

她把槍扔到前面幾步遠，又扔出手槍。然後她站起來舉起手。

現在我就聽天由命了。這是你們對付一個女人的機會。別開槍。

恐怖份子漸漸靠近。他們的槍對著馬拉的頭，每一把卡拉什尼科夫衝鋒槍的槍口都隨時準備射出一發子彈結束馬拉的生命。

「我投降！」馬拉重複著，看著他們走近。他們站成半圓，彎著腰，臉上戴著黑色的頭巾，每人之間間隔大大約二十步。這樣他們就不會一次都被打中。

我已經投降了，你們這些混蛋。來享受吧！

「我投降。」馬拉最後說了一句，想掩蓋住逼近的風聲。這時，那可怕的風牆已經爆炸開，霎時間沙塵席捲了整個營地，吞了飛機，然後是那幾個人。

兩個恐怖份子嚇呆了。其他人根本不知道是什麼襲擊了他們。

幾個人立即死去。

馬拉挨近德克，拉下帆布蓋住他們。

你得趴下，用東西蓋住自己。不要和熱風較勁，否則就會變成葡萄乾。

這些是派克說的，他總是夸夸其談，在玩撲克的時候，他曾告訴過他的同伴如何對付西蒙風。也許管用。馬拉抓緊德克，德克雖然很虛弱，他也用了最大的力量抓住馬拉。

「堅持住，上校。半個小時後我們就可以遠離這裡了。」

挖掘地，歐姆達瓦沙漠，約旦

二〇〇六年七月二十日，星期四，下午一點五十二分

峽谷下面的洞很小，就像一個裂縫。但足夠兩個人擠在一起。兩個人剛剛設法鑽進洞裡，西蒙風就到了。露出地面的一些岩石保護了他們，沒有受到第一波熱浪的襲擊。此時風聲如吼，他們必須大叫才能聽到對方。

「放鬆，奧蒂羅小姐。我們得在這裡躲起碼二十分鐘。這種風暴非常可怕，但幸運的是它不會持續很長時間。」

「你以前見過熱帶沙塵暴。是嗎，神父？」

「見過幾次。但從沒見過西蒙風。只在一本《藍迪麥克耐力①地圖冊》上看到過。」

安德莉亞沉默了一會兒，用力調整呼吸。幸虧風暴只是在峽谷上方肆虐，沒有侵入到他們的藏身之所。當然，氣溫仍然在瞬間升高了很多，安德莉亞覺得自己呼吸不過來。

「跟我說話，神父。我覺得我要暈過去了。」

安東尼想變換一下自己的位置好去抓抓腿上的傷痛。那些咬到的地方需要殺菌劑和抗生素，而且越快越好，但現在這個還不是最重要的，最重要的是讓安德莉亞儘快離開這裡。

「風一減速我們就朝H3s的方向跑，分散敵人的注意力，這樣他們還沒來得及開槍，你就可以朝亞喀巴方向去，你會開車，沒問題啊？」

「要是我找到千斤頂的話，我現在已經開著悍馬去亞喀巴了。」安德莉亞撒謊道。

「悍馬車的千斤頂應該在備用胎下面。」

可是我沒有找到。

「別轉移話題。你為什麼說『你』？你不跟我一起嗎？」

「我要完成我的使命，安德莉亞。」

「你來這裡都是因為我。是不是？現在你不能甩下我。」

神父沉默了幾秒鐘。最後他決定告訴安德莉亞真相。

「不，安德莉亞。我被派到這裡，是為了把約櫃帶回去。但不管是誰的命令，我決定不去執行。我的皮箱裡有炸藥是有原因的。原因就在那個洞裡面。如果不是你被扯進來，我是不會接受這個任務的，我也從來沒有真的相信約櫃存在。我的上級利用了我和你。」

「為什麼，神父？」

「很複雜。但是我儘量給你簡單直接的解釋。梵蒂岡方面想了很多可能性，就是約櫃一旦被運回耶路撒冷會發生什麼情況。人們會認為這是一個信號。換句話說，就是要在原址重建所羅門聖殿的信號。」

「如果約櫃被運回去，整個巴勒斯坦地區將會陷入一片混亂。這不只是一個臆想，安德莉亞。這可是最基本的推測。」

安德莉亞想起自己剛當記者時接觸過的一個故事。那是七年前，二〇〇〇年九月，她在報社國際部工作。當時據說如果阿里埃勒・沙龍②要出去到聖殿山走走的話，身邊會有上百名防暴員警保護，因為那裡是耶路撒冷的中心，最聖潔和最有爭端的地方。

但是那次他這麼一走，引來了以色列地區巴勒斯坦人的暴動，現在那裡仍然不斷發生暴亂事件。一邊造成幾千人傷亡，還有人肉炸彈，另外一邊出動軍隊武力鎮壓。陷入一個永無止境的仇恨漩渦。如果發現約櫃意味著所羅門聖殿的重建，衝突會更加無休無止，結果也會非常嚴重。無人可以想像將會有什麼樣的後果。

「這個是不是就是正義呢？」安德莉亞說，她的聲音有些激動。「這就是上帝之愛的聖潔戒條嗎？」

「不，安德莉亞。這是進入應許之地的主權。」

安德莉亞不舒服地動了一下。

「現在我想起斯克教授說的了，他把這個叫做……人們和上帝之間的契約。這也是凱拉說的意思了，她說那是約櫃最初的能力。但是我不懂的是，這個和凱因先生有什麼關係？他為什麼要做這些？」

「凱因先生雖然有些被他們攪擾，但是他的宗教情結很深。就我所知，他的父親給他留下一封信，信裡點明了他們家族的使命。我就知道這些。」

對這個問題，安德莉亞知道的比神父多，因為她採訪過凱因，但是她不想打斷神父的話。要是他想知道其他的細節，就讓他以後買我的書。我一離開這個鬼地方就開始寫。安德莉亞想。

「自從他兒子出生後，凱因就非常清楚，」安東尼接著說，「他會利用一切可用資源發現約櫃，那麼他的兒子就……」

「他兒子名叫以撒。」

「那麼以撒就可以完成家族的使命了。」

「把約櫃送回聖殿去？」

「不完全是這樣，安德莉亞。根據對摩西五經的解釋和凱因所相信的，發現約櫃和重修廟宇的人，後者相對容易些，而且這會帶給凱因財富，但做這一切的只有一位，就是彌賽亞。」

「哦，上帝啊！」

安德莉亞聽到最後揭開所有秘密的這幾句話後，她的臉都扭曲了。因為這解釋了一切。那些幻覺，強迫症舉止等等，以及那個兒時可怕的創傷已經鎖進他的靈魂。宗教成為他唯一的支柱。

「沒錯。」安東尼說，「他陷入其中不能自拔，兒子以撒之死，他看成是上帝需要的一種犧牲。因此他自己就可以實現這個命運之旅了。」

「但是，神父……如果凱因知道你是誰的話，那他怎麼還會讓你加入到探險隊來呢？」

「這很諷刺。如果不得到羅馬方面的祝福和支持，凱因不能進行這次探險，羅馬方面要出具一個證明約櫃確實存在的封印。因此他們就把我扯進來。但還有其他人參與進來。一個有很多權利的人，凱因的兒子告訴他如果可以獲得這個工作，他就可以獲得高級機密之後，這個人就決定一直為凱因工作。後來，凱因的計畫越來越自我，這個人就準備採取行動。」

「羅素！」安德莉亞大喘一口氣。

「對！那個把你扔進海裡的人，他殺了斯都・艾靈，因為斯都第一個發現了約櫃地點。也許羅素想自己去挖。然後不是他就是凱因，或者是他們倆——對那個所謂『小協議計畫』負責的人。」

「他還把蠍子放進我的睡袋，這個混蛋！」

「哦，那倒不是。那是派克幹的。你的粉絲不少呢！」

「自從我和你認識以後就總是這樣，神父。但是我還是不明白羅素為什麼要約櫃呢？」

「也許是為了毀了它。如果是這樣——我也懷疑，因為這樣一來，我就不會阻止他。我倒是怕他把約櫃運出去用於某種瘋狂的行動，比如勒索某個機構。他到底要幹什麼我還不是很清楚，但有一件事是清楚的，什麼也不會阻止我的決定。」

安德莉亞仔細審視著神父的臉。他的臉色非常堅定，讓安德莉亞幾乎僵住。

「你真的想要把約櫃炸掉？神父？這可是神聖之物啊。」

「我以為你不信上帝呢。」安東尼有些挖苦地笑。

「我的生活最近有很多奇怪的轉折。」安德莉亞有些悲哀地說。

「上帝的律法在這裡和這裡。」神父指著自己的頭和胸口說，「約櫃只是一個木頭和金屬做成的箱子，卻會造成上百萬人死亡和一百年的戰爭。我們在阿富汗和伊拉克看到的只是一個將要發生的那些可怕事情的縮影。這就是約櫃不能離開那個洞穴的原因。」

安德莉亞沒說話。突然這裡很靜，風暴的嚎叫聲漸漸弱了，終於從峽谷劃過。風完全靜止了。

挖掘地，歐姆達瓦沙漠，約旦
二〇〇六年七月二十日，星期四，下午兩點十六分

兩人小心地從他們藏身的地方出來，走近峽谷入口。眼前的景色慘不忍睹。帳篷都拔地而起，裡面的東西吹得到處都是。悍馬車的擋風玻璃被石頭打得到處是裂痕，那些石頭都是從峽谷裡飛出來的。安德莉亞和安東尼向卡車走去，突然他們聽見一輛車的馬達轟地一聲響起來。還沒能看得真切，那輛H3s卡車就朝他們全速開來。

安東尼一把推開安德莉亞，自己也跳到一邊。不到半秒鐘的時間他看出是馬拉在開車，她咬牙切齒，怒髮衝冠。車子後面一個輪子幾乎蹭著安德莉亞的臉，濺了她一臉沙子。

兩人還沒爬起來，卡車已經衝出去，消失在遠方。

「我想這裡可能就只有我們兩個了。」他說著把安德莉亞扶起來。車裡的人是馬拉和德克，簡直像魔鬼在後面追他們似的。很可能他們的其他成員都死了。

「神父，我覺得他們不是唯一消失的東西。現在你把我弄出這個地方的計畫也沒戲了。」安德莉亞說，指著三輛剩下的車。

總共十二個輪胎都因扎洞而漏氣癟了。

他們走到被摧毀的帳篷前找水，找到三瓶子半滿的水瓶，還發現了一個東西，這讓安德莉亞欣喜若狂：那是安德莉亞的背包，裡面有她的硬碟。都半埋在沙子裡。

「所有的東西都變了。」安東尼說，看著周圍感嘆不已。他簡直不敢相信，他匍匐觀察，似乎那個岩石後面會突然出現一個暗殺者。

安德莉亞也跟著他，在他後面匍匐著，心裡很害怕。

BA609像隻斷了翅膀的鳥向左邊倒去，安東尼鑽進駕駛艙，三十秒後他走出來，手裡拿著幾節電線。

「羅素不能用飛機運約櫃了。」他說，把那些電線扔在地上，然後又向後跳，落地時他的臉有些扭曲。

他的腿還在疼！這真是要命！安德莉亞想。

安東尼本想說話，但突然他住了口，繞到飛機的後面。在後面有一個很大的黑色東西。神父撿起來。

那是他的箱子。

箱子上層顯然被刀子劃開，可以看到裡面的塑膠炸藥。那就是安東尼用來炸了水車的炸藥。他用手摸索著箱子，裡面兩處暗箱被打開。

「真可惜他們毀了我這東西。這個箱子跟了我很多年。」神父說著，從裡面拿出剩餘的炸藥包，還有一個手錶大小的東西，上面有兩個金屬扣。

安東尼從附近撿來一件衣服，把炸藥包好。

「把這個放在你包包裡，行嗎？」

「想都別想。」安德莉亞說，向後退去。「這東西會把我嚇死。」

「沒有連接引爆管，不會有問題的。」

心裡雖然很不情願，安德莉亞卻只好讓步。

他們向挖掘平臺走，看到了那幾個恐怖份子的身體。安德莉亞的第一反應是害怕，然後才發現他們都死了。到了屍體旁，看著他們的樣子，安德莉亞嚇得張大了嘴巴。屍體的姿勢都很奇怪，有一個似乎要站起來：他的一隻胳膊伸向半空，眼睛睜得大大的。

好像見了地獄。安德莉亞想，露出難以置信的表情。

因為那個人沒有眼睛，睜大的只有空空的眼眶。張大的嘴巴裡也空空的只留下一個黑洞。他們的皮膚像紙板，安德莉亞從背包裡掏出照相機給這幾個木乃伊照了幾張相。

真是無法想像。一點兒警示沒有，生命都從這些皮囊裡消失了。也許現在在別的地方還在發生著同樣的事情。上帝啊，太可怕了！安德莉亞心想。

安德莉亞回轉身，她的背包擦到了一具屍體的頭。就在她的眼前，瞬間那個人就破裂瓦解，只留下一堆灰沙、衣服和骨頭。

安德莉亞感到噁心，她轉身看神父，發現安東尼並沒有什麼良心上的不安。他倒是發現這些屍體中至少有一個看來還有些用途。他從那具屍體下面抽出一把卡拉什尼科夫衝鋒槍。他檢查了一下，槍完好無損，他又從屍體的衣服裡翻出幾個額外的子彈夾，放進自己口袋裡。

他用槍口瞄準挖掘洞穴的入口平臺。

「羅素在那裡。」

「你怎麼知道？」

「當他決定不再隱瞞後，他就呼叫了同伴。」安東尼說，「這些就是你剛來時候見過的人。我不知道還有沒有其他人，但是羅素肯定就在附近，因為沒有車子從平臺開出的痕跡，西蒙風蓋住了所有的痕跡。如果他們出來，我們就可以看到沙子上的腳印。他在裡面，約櫃也在裡面。」

「我們該做什麼？」

安東尼想了幾秒鐘，他的頭低下去。

「要是我聰明的話，我就炸毀洞口，讓他們都在裡面餓死。但是我怕還有其他人在裡面。湯米，凱因還有大衛……」

「那麼你想進去？」

安東尼點點頭。「請把炸藥給我。」

「讓我和你一起去。」安德莉亞說，遞給他背包。

「奧蒂羅小姐，你在外面等著，等著我出來。如果你看到他們出來，不要說什麼，就躲起來。如果可能就照幾張相，然後離開這裡告訴全世界。」

---

①藍迪麥克耐力（Rand Mcnally）：美國專門出版地圖冊、課本和旅遊手冊等方面書籍的出版社。總部在芝加哥。

②阿里埃勒・沙龍（Ariel Sharon）：以色列前總理，軍人。

第三十七章　炸掉約櫃

洞內，十四分鐘前

擺脫掉德克比他想的容易些。

德克看到他殺了飛行員，就立刻焦急地要跟他說話。他可沒有想要搭理德克。德克跟進隧道，結果等著他的就是一發子彈，把德克從平臺掀到地上。

在老傢伙身後使用「小協定計畫」，真是太妙了。羅素想。自己祝賀自己。

這次協議花費幾乎有一千萬美金。德克開始有些懷疑，直到羅素答應付給他七位數的報酬，如果他被迫使用「小協議計畫」，就再付給他這麼多。

羅素滿意地微笑。下個星期凱因集團的會計就會發現退休基金的錢不見了，到時候會有很多問題。可是那時候他已經遠走高飛，約櫃也運到埃及一個安全的地方了。

羅素走近隧道往裡面看。凱因還站在那兒，饒有興趣地看著湯米和大衛把最後一塊石頭從隔牆上拿下來。他們交換著使用電鑽和雙手。當羅素向德克射擊時，他們沒聽到。他想，一旦我用不著你們，一旦約櫃大白於天下，我就把你們全結束掉。

但是凱因怎麼辦？

對凱因的憎惡，羅素已經無法用恰當的語言表達。那種恨已經滲入骨髓，進到靈魂，凱因給他人格上的羞辱，帶給他的憤恨已經被點燃。過去六年中，他覺得自己實在是飽受折磨。

他曾躲在廁所裡禱告，把被迫喝進嘴裡的酒吐出來，因為只有這樣人們才不會懷疑他。為了照顧老人的疾病和心理恐懼，他隨時要留心，無論白天黑夜，還要假裝出關心和愛護的樣子。

這些都是偽裝。

你最好的武器就是為信仰而欺騙，這是戰士的欺詐。有些人可以假裝相信，可以造假，隱藏並扭曲真理。這是十五年前，伊瑪目告訴他的。別以為這樣做很容易，你會在每天夜晚哭泣，因為衝突來自你心裡的痛苦，到了一定的時候你會認不出自己。

現在他終於回到自己了。

年輕時他很靈活，受到很好的訓練，現在他毫不費力就用繩索爬下隧道，根本不用穿笨重的工作服。在他下降的時候，他的衣服飄起來，吸引了凱因的視線。他看著自己的助手這熟練的動作，不禁呆住了。

「你這是什麼意思啊，雅各？」

羅素沒有回答。他直接走向洞中間。他們已經挖開一個很大的洞，大約五英尺高，六個半英尺寬。

「就在那兒，羅素先生，我們都看到了。」湯米興奮地說，開始沒注意羅素的衣服，等他看清楚後，他問：「嘿，你這身兒衣服是怎麼回事？」

「安靜點，叫大衛來。」

「羅素先生，你該更有禮貌一點……」

「別讓我再說第二遍。」羅素說著，從衣服裡掏出槍。

「大衛！」湯米像孩子一樣大叫。

「雅各！」凱因叫。

「閉嘴，你這個老不死的！」

老人因為受到羞辱，臉漲得通紅。從來沒人這麼跟他說過話，更別說這個猶如他右手的人。他還沒來得及說什麼，大衛已經從洞那邊鑽出來，眨著眼睛讓自己適應一下光。

「怎麼回事？」

當他看到羅素手裡的槍，他立刻就明白了。他是三人中最先明白的。儘管不是最失望和最震驚的那個。那個是凱因，他幾乎崩潰。

「是你！」大衛說，「現在我懂了。是你改動了磁力儀的程式，是你改變了資料，是你殺死了斯都。」

「一個小錯誤讓我差點鑄成大錯。我想我對這次探險控制得很不錯。」羅素聳聳肩表示承認大衛的話。「現在一個問題，你馬上告訴我：你已經準備好把約櫃取出來了嗎？」

「去你的！羅素！」

想都沒想，羅素對大衛的腿開了槍。大衛左膝立刻血流如注，他跌倒在地，尖叫聲在隧道牆壁迴響。

「下一槍就是你的腦袋。現在告訴我！」

「是的，現在可以隨時取出來了。先生。道路已經通暢。」湯米回答，他雙手舉到頭頂。

「這就是我想知道的。」羅素回答。

接著是兩聲槍響。他的手臂放下來，又是兩槍。湯米倒在大衛身上，兩人都是頭部中彈。流出來的血混在一起，染紅了地上的石頭。

凱因躲在一個角落，臉上充滿驚恐和絕望。

「你殺了他們，雅各。你殺了他們！」

「是啊是啊，老頭。對你這麼一個老瘋子來說，能說出這話真是了不起了呢。」羅素說。他朝洞裡看著，槍還指著凱因。當他轉過身來時，他的臉上露出滿意的神色，「看來我們終於找到它了，啊？你一生的工作。真可惜你馬上就要死了。」

助手走向他的老闆，一步步走得很慢。凱因使勁往角落裡縮著，完全把自己困在那裡。他滿臉是汗。

「為什麼，雅各？」老人叫道。「我愛你就像愛我的親兒子。」

「你管那個叫愛？」羅素叫起來，走近凱因用槍打他。拳頭落在老人臉上，然後打在胳膊和頭上。「我一直是你的奴隸，老頭。每次你半夜像個女孩似的哭叫，我跑向你，我不住提醒自己我為什麼要這麼做。我必須想像最後我打敗你的情景，那時你就要向我求饒了。」

凱因跌倒在地上。他的臉腫起來，幾乎認不出了。血從嘴角和臉頰流下來。

「看著我，老頭。」羅素繼續說，抓住凱因的衣襟把他拉起來。兩人四目相對。「看看你的失敗。幾分鐘後我的人就會把你的寶貝約櫃抬走。我們要給世界一個教訓，活該！這就該這樣。」

「對不起，羅素先生。我恐怕要使你失望了。」

羅素迅速轉身。在隧道的另一頭，安東尼剛用繩索把自己放下來，他手裡的卡拉什尼科夫衝鋒槍正瞄準著羅素。

挖掘地，歐姆達瓦沙漠，約旦
二〇〇六年七月二十日，星期四，下午二點二十七分

「福勒神父。」
「胡全。」
羅素把凱因搖晃的身體擋在自己和神父之間，安東尼的槍還對著羅素的腦袋。
「看來你解決了我的人。」
「不是我，羅素先生。上帝收取他們的性命。他把他們變成了塵土。」
羅素驚奇地看著安東尼，想弄明白神父是什麼意思。他手下人的幫助是他這次計畫的關鍵。他不明白為什麼到現在他們還沒出現，他想拖延時間。
「那麼你得到了上帝的幫助了，神父？」他說，恢復到他平時的挖苦語氣。「我知道你是一個好槍手。在這個距離內你彈無虛發。或者你是怕打到這個自稱為彌賽亞的傢伙？」
「凱因先生只是一個生病的老人。他相信他在履行上帝的旨意。對我來講，你們倆唯一的不同就是年齡。放下槍。」
羅素顯然被安東尼的話激怒了，但是此時他的處境讓他無法做什麼。他拿著剛才打過凱因的槍，老人的身體並無法完全遮蓋他，羅素知道只要自己走錯一步，他的腦袋就要開花。
他伸開右手把槍放下，然後鬆開左手把凱因放開。
老人慢慢倒下來，軟軟地落在地上，就好像他渾身的關節都斷了。
「好極了，羅素先生。」安東尼說，「現在如果你不介意的話，請向後退十步……」

羅素機械地執行了安東尼的命令，眼中射出怒火。

羅素每向後退一步，安東尼就向前走一步，直到羅素的後背頂住牆，神父現在站在凱因身邊。

「好極了，現在把手放在頭頂，你就是這麼生出來的。」

安東尼蹲下來，摸摸凱因的脈搏。老人在顫抖。他的一條腿陣陣抽動著，安東尼皺皺眉。凱因的狀況讓他擔憂：看來他的中風正在發作，生命隨時會從他的身體裡溜走。

在這時羅素也四處看著。想找到什麼可以當作武器。突然他感到自己腳下有個東西。他低下頭看到那是一些電線，是用來連接發電機的，就在他右邊一步多遠的地方。這個發電機是給洞裡供電用的。

他笑起來。

安東尼抓住凱因的手臂，準備把他放到離羅素遠些的地方。他眼睛的餘光看到羅素跳起來。毫不猶豫地他開了槍。

電燈滅了。

本來是想警告一下羅素，結果是打中了發電機。發電機發出劈劈啪啪的火花，一閃一閃地發出藍光。然後越來越暗，就像一個照相機的閃光燈閃著最後沒電了。

安東尼立刻匍匐下來。這是他當傘兵特種兵時候，沒有月光的夜晚潛入敵人陣營經常用的姿勢。如果你不知道你敵人的位置，最好就是一動不動地等待。

藍光閃了一下。

安東尼覺得自己看到一個影子正沿牆跑到他左邊。他開了一槍，沒打中。安東尼不禁咒罵了一句。他用「之」字形爬了幾步，確保他射擊後對方不會發現他的位置。

藍光又閃了一下。

又看到一個影子，這次在他的右邊。他朝那裡開槍。還是沒打中。又有人影在動。

藍光又閃了一下。

安東尼頂住槍，他找不到羅素。這就意味著……

羅素尖叫一聲，撲向安東尼。使勁打著他的臉和脖子。神父感到有人在用牙咬他的胳膊，就像一隻動物。沒有辦法，他扔了槍，有一秒鐘他摸到了對方的胳膊。他們在黑暗中廝打，安東尼的手槍也掉了。

藍光。

安東尼躺在地上，羅素用盡全力掐住他的脖子。神父終於看清了自己的對手。他攥緊拳頭一拳向羅素小腹神經叢打去。羅素慘叫一聲倒向一邊。

最後一次弱弱的藍光。

安東尼勉強能看到羅素在約櫃密室裡消失。一道閃光，安東尼知道羅素找到了手槍。

在他右邊一個聲音響起。

「神父。」

安東尼爬向奄奄一息的凱因。他不想給羅素一個容易擊中的目標。神父終於在黑暗中找到凱因，他把嘴對著凱因的耳朵。

「凱因先生，堅持住。」他悄聲說，「我會把你抬出去的。」

「不，神父，你不能。」凱因回答。儘管他的聲音很弱，但是他的語氣非常堅定，「這樣挺好，我馬上就可以去見我的父母了，還有我的兒子，我的哥哥。我的生命是從一個洞開始的，現在同樣在洞裡結束，這樣結束才符合道理。」

「那就把自己交托給上帝吧。」神父說。

「我已經這樣做了。在我走的時候，你可以把你的手給我嗎？」

安東尼什麼也沒說，但是他觸到一個即將死去的老人的手，他用雙手抓住它們，不到一分鐘，在希伯來語的內心禱告中，雷蒙德・凱因離開了這個世界。

現在神父知道自己該做什麼了。

在黑暗中，他用手指解開他的衣服扣子，然後拿出炸藥。他摸索著找到雷管，把它們插到C－4管子上。然後他按著按鈕，在心裡數著嘟嘟聲的次數。

裝好這個後，我有兩分鐘時間。安東尼想。

但是他不能把炸藥放在約櫃那個洞口外面。否則威力不夠，無法再次封住洞口。他不知道那個洞到底有多深，如果約櫃在一些岩石後面的話，也許不會被炸毀。但他要阻止這些人的瘋狂想法，他必須把炸藥放到約櫃邊上。他也不能像扔手榴彈似的把炸藥扔過去，因為那樣的話雷管可能會鬆。而且，他還必須有足夠的時間逃跑。

唯一的辦法是戰勝羅素，然後把炸藥放好，逃出去。

他在地上爬著，儘量避免弄出聲音。但這不可能。地面到處是石頭，坑坑窪窪。

「我聽見你過來了，神父。」

一道紅光，羅素開槍了。子彈離安東尼的腦袋很遠，但他還是迅速滾到左邊。第二發子彈射到了他剛才的地方。

他是用閃光定位。但是他不能老這樣做，否則他很快就沒子彈了。安東尼想著，心裡數著大衛和湯米身上中了幾彈。

他可能是打了大衛三槍，湯米兩槍，然後他剛才朝我開了兩槍。那麼是七發子彈。那手槍裡一共是十三發，如果備用夾還有一發，就是十四發子彈。那說明他還有六發或者七發子彈，他很快需要重新裝子彈。一旦他這麼做，我就能聽到機械的喀嗒聲，那麼我就……

他還在計算的時候，又有兩發子彈呼嘯而來，瞬間照亮了洞口。這回安東尼及時滾動身體。子彈就離他四英尺遠。

還有四到五發子彈。

「我馬上要抓住你了，我會抓住你的。」羅素的聲音猶如鬼魂。

「你還是趁早出來吧！」

安東尼抓住一塊石頭扔進洞裡。羅素上當了，他朝著石頭的響聲開了槍。

還有三到四發。

「很聰明。但也幫不了你。」

他沒說完就又開了槍。這回是響了三聲。安東尼滾到左邊又滾到右邊。膝蓋撞到鋒利的石頭上。

還有一發，或者沒了。

就在他第二次滾動時，神父把頭抬起一點兒。也許只有半秒鐘，但是趁著子彈射出的瞬間光明神父看到了一副今後將永遠存在他記憶裡的畫面。

羅素站在一個金屬的箱子後面。箱子上面，有兩個雕刻的東西閃閃發光。在子彈光中，那箱子上的金子好像不是很均勻，而且還皺皺巴巴的。

安東尼深深吸了口氣。

他自己幾乎到了洞口。但他沒有足夠空間移動身體。如果羅素再開槍的話，就算只是為了找到他的位置胡亂開一槍，也一定能打中。

安東尼要做一件羅素根本想不到的事。

他迅速跳起來跑進洞裡。羅素想開槍，但扳機發出一聲空洞的喀嗒聲。趁著這個機會，安東尼已經撲到了約櫃上面。約櫃倒下來對著羅素，蓋子開了，裡面的東西掉出來。羅素向後跳了一步，以免被壓倒。

接下來是一陣搏鬥。安東尼打到羅素幾拳，打到他的胳膊和胸口。但是羅素還是設法給手槍裝上了子彈。安東尼聽到了。他在黑暗中用右手摸索，因為他左手抓住了羅素的一條胳膊。

他摸到了一塊石頭。

安東尼用盡力氣把手上的石頭對著羅素的頭砸過去，羅素跌倒了，暈了過去。

安東尼用力太大，手裡那塊石頭都打碎了。

安東尼想重新站穩。他現在渾身都疼，他的頭也在流血。用他手錶上的光，在黑暗中尋找他的東西。他看到翻倒的約櫃上發出淡淡的光，光線四射照著整個洞穴。

他只有很少的時間欣賞這一切。因為他已經聽到一聲「滴答」音。

滴答。

當他為了避開子彈滾動的時候……

滴答。

沒想到但是……

滴答。

但是他已經啟動了雷管裝置……

這是最後十秒前的聲音。

滴滴滴滴滴滴滴……答！

完全是直覺的驅動，安東尼沒有任何原因就跳出了洞口。後面是約櫃散發出來的微弱的光芒。

安德莉亞站在平臺上，她不住地咬著手指甲。突然地面震動起來。鷹架上面的鋼柱亂晃，還好沒有倒下來。一股煙雲混雜著塵土衝到隧道口，撲了安德莉亞一身土。她向後跑了幾步，然後停下來等著。半個小時後她的眼睛還盯著那個煙燻的入口。但是她已經明白不會有結果了。

沒有人出來。

第三十八章　神必赦免

去亞喀巴的路上
二〇〇六年七月二十日，星期四，晚上九點三十四分

安德莉亞回到H3s悍馬車，就是她打中輪胎的那輛卡車邊上時，已經精疲力竭。她在神父說的地方找到千斤頂，找到的時候，她在頭腦中不禁給死去的神父做了禱告。

如果天堂的確存在，他現在一定已經在那裡。上帝，如果你真的存在的話，能不能給我派來幾個天使幫幫我啊？

沒有人出現。安德莉亞只能自己動手。換完輪胎，她去和醫生道別。醫生的墓就在不遠處。安德莉亞的道別持續了一會兒，她哭得很傷心。過去幾個小時裡發生的一切，讓她覺得自己已經接近崩潰邊緣。

月亮升起來，銀藍色的月光照亮沙丘。安德莉亞終於積聚了力量，和海瑞爾道別後，回到車子裡。她有些頭暈，關上車門，打開空調。冷風吹到她的被汗水濕透的身體上，很清涼，但是她沒有感覺。油箱裡的汽油只有四分之一了，她需要在汽油用完之前上到大路。

要是今天早上我注意到我們上車時候的細節，我就該知道這次路程的真正目的。也許海瑞爾

就不會死。

她搖搖頭。讓思想集中到開車上。很幸運，她開了一會兒就發現了一個小鎮，那裡的加油站開到午夜。不然她就只能用走的了。現在最重要的是找個有網路的電腦，越快越好。

她有很多故事要寫。

尾聲

一個黑影正緩慢地走在回家的路上。他沒有多少水，但對他這樣的人來說也足夠，因為他曾經受過訓練，如何在惡劣條件下生存並幫助別人生存。

他在設法找到一條出路。這個兩千年前的洞穴是也莫拉大祭司曾走過的路。在炸彈爆炸的一剎那，他進入到這個黑暗裡。一些石頭因為爆炸的震動掉下來，透過唯一的一線陽光，他花了幾個鐘頭的艱苦努力，終於又重見天日。

找到一塊樹蔭，他睡了整整一天。他臉上蒙著一塊找到的破頭巾，只用鼻子呼吸。

夜晚他就上路。每個小時休息十分鐘。他的臉完全被塵土蒙住，現在，他看著還要走幾個小時的路程，意識越來越清醒。他的「死」讓他解放了，這些年裡他一直嚮往的解放。現在，他不再是上帝的戰士。

自由是這次經歷的另一個獎賞。當然，他不能和任何人分享。

他把手伸進口袋摸到幾塊石頭，很小，沒有他的手掌大。這些就是他在黑暗中拾起的那塊平滑的石板，他拿石板擊中羅素，石頭碎了，這些是殘留的碎片①。在碎片表面可以看到一個深奧而完美的記號，那不是任何人手可以雕琢的。

兩滴淚從他眼裡滾出，臉上的沙子留下兩道痕跡。他的手指撫摸著石頭上的記號，他的嘴唇輕輕嚅動：

Loh Tirtzach.

不可殺人。

在這條誡命下，他請求神的赦免。

神必赦免。

---

①這裡說的平滑的石板，指的是聖經裡面所講的神給摩西的石板，上面有摩西十誡。這就是神與以色列人立的約，後來放在約櫃裡。十誡其中一條就是「不可殺人」。